中华经典·诗话

本事词

〔清〕叶申芗 撰

贺严 高书文 评注

中华书局

图书在版编目（CIP）数据

本事词/（清）叶申芗撰；贺严，高书文评注. —北京：中华书局，2019.1
（中华经典诗话）
ISBN 978-7-101-13565-7

Ⅰ.本… Ⅱ.①叶…②贺…③高… Ⅲ.词（文学）-诗歌评论-中国-清代 Ⅳ.I207.23

中国版本图书馆 CIP 数据核字（2018）第 263918 号

书　　名	本事词	
撰　　者	〔清〕叶申芗	
评 注 者	贺　严　高书文	
丛 书 名	中华经典诗话	
责任编辑	刘树林	
出版发行	中华书局	
	（北京市丰台区太平桥西里 38 号　100073）	
	http://www.zhbc.com.cn	
	E-mail：zhbc@zhbc.com.cn	
印　　刷	北京市白帆印务有限公司	
版　　次	2019 年 1 月北京第 1 版	
	2019 年 1 月北京第 1 次印刷	
规　　格	开本/710×1000 毫米　1/16	
	印张 17¾　插页 2　字数 150 千字	
印　　数	1-8000 册	
国际书号	ISBN 978-7-101-13565-7	
定　　价	36.00 元	

前言

　　叶申芗（1780—1842），字维彧，号小庚，又号其园，福建闽县（今福建闽侯）人。叶申芗工词，在词学理论和词集编选上颇有建树。他对大量词作进行钩沉爬梳、编辑整理，如为了弥补万树《词律》的不足，编辑了《天籁轩词谱》；专录宋元时期闽籍词人词作而成的《闽词钞》，是最早的地域性词选之一；所撰《词人姓名爵里考略》，考稽唐代至元代二百四十八位词人的生平，等等。从这些著作可见叶申芗保存文献、深研词学的苦心孤诣。

　　词体始于唐，兴于宋，元、明两代衰落，而到了清代又出现了中兴局面。不但词创作的热情在这个时代再度勃发，而且在词史的梳理、词集的编选、词话的编集等各方面也空前活跃。

　　正是在这样的时代背景和词学氛围中，叶申芗编辑了此部《本事词》，力图以此保存一种风格的词的创作本事和故实，也以此来弘扬词的传统娱乐功能。书分上、下两卷，辑录唐代至金、元的词人词作轶事，上卷为唐、五代、北宋，下卷为南宋、辽、金、元，共录词本事二百零四则。

　　叶申芗在《本事词·自序》中说："盖自《玉台新咏》专录艳词，《乐府解题》备征故实。韩偓著《香奁》之集，托青楼柳巷而言情。孟棨汇《本事》之篇，叙破镜轮袍以纪丽。诗既应尔，词亦宜然。"这段自道之语表达出纂集《本事词》两方面的信息：一是借鉴《乐府解题》《本事诗》的编辑体例；二是效法《玉台新咏》《香奁集》的取材。

一、体例仿《本事诗》和《乐府解题》。

《本事诗》收录了很多优美的诗篇、记载了唐朝诗人许多动人的故事，有些唐人佚诗也因此书得以流传，如崔护的《题都城南庄》："去年今日此门中，人面桃花相映红。人面不知何处去，桃花依旧笑春风。"这首脍炙人口的诗，就是因为《本事诗》才得以流传下来。因此《本事诗》一书影响甚巨。

唐代吴兢采录史传和诸家文集有关乐府古题命名由来的材料纂辑为《乐府古题要解》，宋代郭茂倩的《乐府诗集》征引吴兢对乐府古题的解释，但标书名为《乐府解题》，或是同书异名，或是郭茂倩误记书名。

《本事词》借鉴两书的体例，采摭词人及词创作逸事故实，记事简明扼要。同时，采录许多相关词作。其记事和录词皆不注明出处。有时对一些问题也有所辨证，如欧阳修《生查子》（去年元夜时），旧传为朱淑真作，叶申芗考辨为欧阳修词。但有些考辨也有舛误。

二、注重词的娱乐功能，取材偏于绮艳。

《本事词》所选词大都写歌楼舞馆的男女恋情，也有少部分是个人抒怀之作。从北宋词的兴盛时期开始，对词体的本质特征、词的社会功用等就有着不同的观点。北宋陈师道在《后山诗话》中说："退之以文为诗，子瞻以诗为词，如教坊播大使之舞，虽极天下之工，要非本色。"陈师道认为韩愈"以文为诗"，苏东坡"以诗为词"都不是诗之"本色"、词之"本色"。则文、诗、词，显然各有确立其为文、诗、词的"本色"。那么词的"本色"是什么？

　　词作为一种文学体式，最早来自民间，它产生于勾栏瓦肆、歌楼楚馆之间，是歌伎、文人于筵间演唱以佐欢的一种"小词"。因此，历来一种主流的创作倾向认为"词为艳科"。诗言志，而词则以抒情为主；诗调高壮，而词音则婉约。向来难登中国文学大雅之堂的艳情幽思，就这样终于在词之一科获得了表达的场所。也正因为如此，当苏轼将诗坛的挥斥方遒、高声壮响携入词创作中的时候，立即就引起了词坛不小的骚动。

　　这样一种"靡靡之音"在词史的长河中蜿蜒流淌，一部分文人沉醉于其中，风月场中、词酒之间、美人榻际，无限缠绵。同时也有一些文人习惯于家国之志、济世情怀，始终保持着高度的清醒和对文学移人性情的警惕。他们感到了此种风花雪月的柔靡之风的邪性和柔弱。即使仅从词体发展的长远角度考虑，要想在文学史的高山流水中长盛不衰，保持词这一种文学体式长久的生命力，词体也必须有更高的格调、更广阔的容量。因此，即使在有宋一代，词坛也已经是异彩纷呈，既有柔婉清丽之风，也有境界开阔之作；既有清空骚雅之调，也有密丽精工之词……经由元、明，延至清代，词的创作、词学观念更是千姿百态。

　　清代词学号称中兴，出现了许多词学流派，在此不一一赘述。叶申芗编著《本事词》的嘉道年间，浙西词派影响正盛，常州词派刚刚兴起。当时，国家兴亡、社会治衰是人们普遍关心的大事，因此这两个词派都注重词体的社会功能，而轻视词创作主体的自我娱乐功能。尤其是比兴寄托大行其道，词自其产生伊始所具有的传统的娱乐和消遣功能却越来越为人忽视。在这样一种背景下，叶申芗编辑了《本词事》，多收艳情之作，喜道文人风流、词场情事，在《自序》中也明确地表达了他的词学立场和趣味。这无疑是向传统词学"本色"主张的靠拢。但同时也应该看到，这样的取材情调稍有不慎就难免陷于趣味低下。

《本事词》体例上不注出处，收词录事任意删改等，也都是此书显而易见的瑕疵。

但这部书仍然有其词学意义和文献价值。尤其是其作为筵酢间的闲谈之资，其中的故事和词为人津津乐道，在文人中、闺阁内，也多有传阅。

清代名士张仲甫《烟波渔唱》中有一首词《减兰·题叶小庚〈本事词〉》："小星行露三百篇，中多怨诉，窈窕绸缪谱入银笙韵，更幽香荟集亚绝胜，枫江渔夫话黄娟，乌丝合写丁香豆蔻词。"徐轨《词苑丛谈》内有纪事一门，亦采叙本事，轨号枫江渔夫。张词既对《本事词》的选词题材、纪事特征作了明确的总结，又以《诗经》小雅之怨为其增一份雅调的正当装饰。

《本事词》也在闺阁中流传。据谢章铤《赌棋山庄词话》记载："夏日偶过寄巢，辰溪出观闺秀诗词，卷中有题小庚先生《本事词》后二阕。"

《本事词》版本有道光十二年（1832）天籁阁（又称天籁轩）本。唐圭璋《词话丛编》、张璋《历代词话》收录的即是天籁阁本。1957年，古典文学出版社出版的与孟棨《本事诗》同刊的合印本也是天籁阁本。1959年，中华书局以天籁阁本为底本，结合《词话丛编》及《词林纪事》《词律》等校订，重新印刷出版。

《本事词》虽然多次被编入丛书，进行合印，但至今没有注释本、评析本。

作为现存较早的专门载录词本事的词话，除了辑录文献以外，还具有重要的词学史意义。而且叶申芗选词，注重其可读性、可欣赏性、娱乐性，所选词艳声情、美辞藻，所记词背后的故事丰富有趣。因此，本书尊重旧本原貌，以1986 年中华书局出版《词话丛编》收录的天籁阁本为底本选篇，并对选篇进行注释、评析，以方便诗词爱好者阅读和欣赏，亦期引起专业研究者对此书的重视。

贺严

2018 年 6 月

目　录

自　序

　　盖自《玉台新咏》专录艳词①,《乐府解题》备征故实②。韩偓著《香奁》之集③,托青楼柳巷而言情。孟棨汇《本事》之篇④,叙破镜轮袍以纪丽。诗既应尔,词亦宜然,此《本事词》所由辑也。

　　然美人香草⑤,古来多寓意之文。而减字偷声⑥,达者作逢场之戏。或缘情而遣兴,或对景以摅怀,或写怨以骋思,或空言而寄讽。文非一致,绪亦多端。每藉倚声⑦,遂留佳话。是以记新腔于红豆,当时已传遍旗亭。写小字于乌丝⑧,此日宜珍藏箧衍矣。

　　溯夫青莲居士⑨,忆秦苑之琼箫。红杏尚书⑩,咏繁台之画毂⑪。曲传暮雨,白香山恒念吴娘⑫。被掩余寒,张子野偏逢谢女⑬。恋邮亭之一夕,难续鸾胶⑭。对残月之三星,怕听鸡唱⑮。搴帘顾语,相逢疑在梦中⑯。抛髻啼妆,佳约频商别后。晓风杨柳,传绝调于《霖铃》⑰。春雨杏花,寄新词于罗帕⑱。亦复铜琶铁板,或豪气之未除⑲。低唱浅斟,忍浮名之轻换[20]。甚且花明月暗，步刬袜于香阶[21]。马滑霜浓，破新橙于锦幄[22]。此尤传为秘事，洵足侈为艳谈也。

更若萝屋静姝，兰闺秀媛，既工协律，亦擅摛词[23]。瘦比黄花，寓幽情于爱菊[24]。慧同紫竹，抒雅藻于《踏莎》[25]。向金屋而剪缯，宫花簪髻[26]。望锦川而挥泪，山色添眉[27]。复有逐妾辞闺，故姬去国。团扇动弃捐之感，罗裙怀沦落之嗟。念锦瑟之空尘，难吟豆蔻[28]。恨金瓯之已缺，谁弄琵琶。燕子楼头，梦断彭城落月[29]。鹃声马上，愁生蜀道残春[30]。斯皆悲离恨之有天，欲埋愁而无地。但留怨什，宜播吟坛。

他若记拟游仙，奇因纪梦。江亭龙女，题吴头楚尾之谣[31]。月府仙姬，问五拍双鬟之授[32]。遇钱塘之苏小，半阕歌传[33]。访缙邑之李英，三峰阁在[34]。情虽缥缈，意亦缠绵。又足补《女史》之遗闻[35]，续虞初之新志也[36]。

然而引商刻羽，恒在当歌。促拍添声，多因顾曲。钗遗枕畔，价曾公库为偿[37]。榴献座中，围藉髯翁以解[38]。绢云梭玉，詹天游真个魂销[39]。纨扇焦琴，刘改之几经肠断[40]。徐幹臣之还思纤手，剖镜重圆[41]。尹梅津之催唤红妆，寻芳再误[42]。

且有红楼少妇，紫曲名娃[43]，才擅涛笺[44]，慧工浪语。改山抹微云之韵，灵出犀心[45]。吟花啼红雨之篇，巧偷莺舌[46]。折来官柳，真蜀艳之可人[47]。插满山花，美严卿之侠气[48]。凡兹丽制，问何事以干卿。偶辑艳闻，正钟情之在我。

盥薇细读，雅宜当花天酒地之时。搦管亲裁，疑若在倚翠偎红之际。仆也颠比柘枝⁴⁹，痴同竹屋⁵⁰。癖既耽乎绮语，赋更慕乎闲情。品竹调丝，愧未能乎陶写。擘笺染翰，笑徒效乎抄胥⁵¹。杨元素之遗篇⁵²，亡而莫觏⁵³。王仲言之旧话⁵⁴，秘已难窥。仅就耳目之所经，复惭见闻之未广。纵竭搜罗之力，终虞挂漏之讥。惟是篇因采摭而成，似应列原书之目。然其文或剪裁以出，又难仍旧帙之题。况敷藻偶繁，自必删而就简。亦传闻互异，尤宜酌以从同。缀玉编珠，细撷《金荃》之丽。吹花嚼蕊，闲资玉尘之谈。技本虫雕，只堪覆瓿。取同獭祭，难博解颐。但以裒非一腋所能成，念曾劳乎铅椠。寻欲千金而自享，将贻祸于枣梨云尔。

三山叶申芗

【注释】

　　①《玉台新咏》：南朝梁徐陵编，绝大部分收录自汉代至南朝梁代共一百三十一人（宋刻一百一十一人）的作品八百七十篇（其中一百七十九篇宋刻本未收）。共十卷，五言诗八卷，歌行一卷，五言四句诗一卷。《玉台新咏》专收古今爱情诗，既表现女性的丰富情思，也表现男性对女性的欣赏、爱慕，多有对女性服饰、体貌的描写。因为此书以"选录艳歌"为宗旨，故称其"专录艳词"。

②《乐府解题》：唐代吴兢采录史传和诸家文集有关乐府古题命名由来的材料纂辑为《乐府古题要解》，宋代郭茂倩的《乐府诗集》征引吴兢对乐府古题的解释，但标书名为《乐府解题》，或是同书异名，或是郭茂倩误记书名。《四库全书总目》编纂者则认为："疑兢书久佚，好事者因《崇文总目》有《乐府解题》，与吴兢所撰《乐府》颇同语，因捃拾郭茂倩所引《乐府解题》，伪为兢书。"《乐府古题要解》诠释乐府古题，往往征引故实，考证本事，叙述流变，内容详实。

③韩偓（wò，约824—约923）：字致光，号致尧，晚年又号玉山樵人，京兆万年（在今陕西西安境内）人。晚唐五代著名诗人。有艳情诗集《香奁集》，韩偓在《香奁集自序》中说："遐思宫体未敢称庾信攻文；却诮《玉台》，何必倩徐陵作叙。粗得捧心之态，幸无折齿之惭。柳巷青楼，未尝糠秕；金闺绣户，始预风流。"也有人认为是五代和凝所作。宋代沈括在《梦溪笔谈》中说："和鲁公凝有艳词一编名《香奁集》。凝后贵，乃嫁其名为韩偓，今世传韩偓《香奁集》，乃凝所为也。"

④孟棨（qǐ）：生卒年、籍贯不详，字初中。撰笔记《本事诗》一卷，记录唐朝诗人逸事，并收录一些诗歌。《本事诗》以诗系事，开创了一种新的体例。

⑤美人香草：战国屈原在《离骚》中用美人比君，用香草象征自己忠君爱国的坚贞品格，后来成为诗文中的一种象征传统。

⑥减字偷声：词的术语。词有定格，句度和声韵都必须按谱填写，但歌唱时也会因旧曲而为新声，对音节韵度进行增减。减字和偷声都是在原来词谱的基础上减去数字，如《木兰花》原为七言八句，后来将一、三、五、七句各减

去末三字，成为《减字木兰花》。

⑦倚声：按照词调作词称为"倚声"或"填词"。

⑧乌丝：即乌丝栏。书籍卷册中，绢纸类有织成或画成的界栏，红色的称朱丝栏，黑色的称乌丝栏。

⑨青莲居士：即李白（701—762），字太白，号青莲居士。世传李白首制《忆秦娥》词，其中有"箫声咽，秦娥梦断秦楼月"句，因以为词牌，又名《秦楼月》。

⑩红杏尚书：北宋著名文学家、史学家和词人宋祁的雅称。宋祁《玉楼春》（东城渐觉风光好）中有"红杏枝头春意闹"的名句，故同时代的词人张先称宋祁为"红杏尚书"。

⑪咏繁台之画毂（gǔ）：相传宋祁路过繁台街，偶遇一位妙龄宫女，心旌摇荡，因此回去写了一首《鹧鸪天》，表达自己的相思和惆怅之情，词中有"画毂雕鞍狭路逢"之句。

⑫曲传暮雨，白香山恒念吴娘：事见"吴二娘善歌"。

⑬被掩余寒，张子野偏逢谢女：事见"张先词"。

⑭恋邮亭之一夕，难续鸾胶：事见"陶谷《风光好》"。

⑮对残月之三星，怕听鸡唱：事见"秦观赠妓词"。

⑯搴帘顾语，相逢疑在梦中：事见"左誉词"。

⑰晓风杨柳，传绝调于《霖铃》：北宋词人柳永《雨霖铃》词有"杨柳岸，晓风残月"句。

⑱春雨杏花，寄新词于罗帕：元末明初陶宗仪《辍耕录》记载："吾乡柯

敬仲先生，际遇文宗，起家为奎章阁鉴书博士，以避言路居吴下。时虞邵庵（虞集）先生在馆阁，赋《风入松》长短句寄之。……词翰兼美，一时争相传刻。"柯敬仲对此词更是珍爱有加，"书《风入松》于罗帕作轴"。其中"杏花春雨江南"成为传世名句。

⑲亦复铜琶铁板，或豪气之未除：宋代俞文豹《吹剑续录》记载：东坡在玉堂日，有幕士善歌，因问："我词何如柳七（柳永）？"对曰："柳郎中词，只合十七八女郎，执红牙板，歌'杨柳岸晓风残月'；学士词，须关西大汉，铜琵琶，铁绰板，唱'大江东去'。"东坡为之绝倒。

⑳低唱浅斟，忍浮名之轻换：见"柳永《鹤冲天》"。

㉑甚且花明月暗，步刬（chǎn）袜于香阶：事见"李后主词"。

㉒马滑霜浓，破新橙于锦幄：见"周邦彦词"。

㉓摛（chī）词：指铺陈文采。摛，铺陈。

㉔瘦比黄花，寓幽情于爱菊：事见"李清照《醉花阴》"。

㉕慧同紫竹，抒雅藻于《踏莎》：事见"紫竹词"。

㉖向金屋而剪缯，宫花簪鬓：出自"刘鼎臣妻词"，本书未选。

㉗望锦川而挥泪，山色添眉：事见"卢氏词"，本书未选。

㉘念锦瑟之空尘，难吟豆蔻：出自"赵长卿寄妾词"，本书未选。

㉙"恨金瓯（ōu）之已缺"四句：指文天祥和王清惠《满江红》词。见"王清惠《满江红》"。

㉚鹃声马上，愁生蜀道残春：事见"花蕊夫人"。

㉛江亭龙女，题吴头楚尾之谣：事见"吴城小龙女词"。

㉜月府仙姬，问五拍双鬟之授：出自"关注《桂华明》"，本书未选。

㉝遇钱塘之苏小，半阕歌传：见"苏小小词"。

㉞访缙邑之李英，三峰阁在：出自"韩元吉《水龙吟》"，本书未选。

㉟《女史》：原名《绿窗女史》，明代秦淮客编著。广泛辑录历代女子生活、劳作、婚姻、爱情、才品、著撰等方面内容，全方位、多角度地展现了传统闺阁文化的方方面面。

㊱虞初之新志：指《虞初新志》，明末清初张潮汇编文言短篇小说集。虞初，汉武帝时方士，后人将他当成"小说家"的始祖，虞初就成为了"小说"的代名词。

㊲钗遗枕畔，价曾公库为偿：事见"欧阳修《临江仙》"。

㊳榴献座中，围藉髯翁以解：事见"苏轼《贺新郎》"。

㊴绉云梭玉，詹天游真个魂销：出自"詹玉赠粉儿词"，本书未选。

㊵纨扇焦琴，刘改之几经肠断：事见"刘过《贺新郎》"。

㊶徐幹臣之还思纤手，剖镜重圆：出自"徐伸《二郎神》"，本书未选。

㊷尹梅津之催唤红妆，寻芳再误：出自"尹焕词"，本书未选。

㊸红楼少妇，紫曲名娃：表明这部分词本事的主人公是歌妓舞女。

㊹涛笺：唐代薛涛是富有才情和传奇色彩的女诗人，薛涛自己制作桃红色小笺用来写诗，后人仿制，称"薛涛笺"。

㊺改山抹微云之韵，灵出犀心：事见"琴操改词"。

㊻吟花啼红雨之篇，巧偷莺舌：事见"陈凤仪词"。

㊼折来官柳，真蜀艳之可人：事见"蜀妓词"。

㊽插满山花，羡严卿之侠气：事见“严蕊小词”。

㊾颠比柘枝：寇准酷爱柘枝舞，时称“柘枝颠”。

㊿痴同竹屋：南宋词人高观国有诗集《竹屋痴语》，多描写男女恋情，缠绵悱恻。“颠比柘枝”“痴同竹屋”，作者引古人以自况，表现自己放浪形骸以自适。

(51)抄胥：专事誊写的胥吏，此讥讽抄袭陈言、不能自出新意的人。

(52)杨元素：即杨绘，字元素。苏轼曾为杭州通判，时杨元素任杭州知州，二人共事时，多有唱和之作。

(53)觏：遇见。

(54)王仲言：即王明清（约1127—约1202），字仲言。以史学知名，父兄并称博学。撰《挥麈录》《清林诗话》等。

【评析】

这篇自序昌明主旨、辨析源流、说明去取，内涵十分丰富。

作者首先列举了四部前贤著作《玉台新咏》《乐府解题》《香奁集》《本事诗》，申其所本和承继，明确此书取材多是男女恋情、词中故实。

继而，作者又表达了自己对词的性质、功能的认识。作者认为词虽为“达者作逢场之戏”，但“或缘情而遣兴，或对景以摅怀，或写怨以骋思，或空言而寄讽。文非一致，绪亦多端”。简言之，亦是情思风发之会、有兴观群怨之能。

自序还用大量篇幅来介绍《本事词》的内容，总结起来，可以分为五类：从“溯夫青莲居士”到“洵足侈为艳谈也”，将词人韵事辑为一类；从

"更若萝屋静姝"到"宜播吟坛",是闺媛宫妃类;还有神仙记梦类;青楼楚馆的酬赠类;最后还有一类专记青楼女词人的词作和本事。

各类词作的选取、故实的撷拾,都围绕着"情"这一核心,由此可见叶申芗"主情"的词学观。

同时,自序中"仆也颠比柘枝,痴同竹屋。癖既耽乎绮语,赋更慕乎闲情"这样简明的语言,还体现出了作者个人的人生志趣和个性。"缀玉编珠,细撷《金荃》之丽。吹花嚼蕊,闲资玉尘之谈",也表现出作者对艺术美的自觉追求。

卷上　唐五代北宋

吴二娘善歌

吴二娘，江南名姬也，善歌。白香山守苏时^①，尝制《长相思》^②，词云："深画眉，浅画眉，蝉鬓鬅鬙云满衣^③，阳台行雨回。　巫山高，巫山低，暮雨潇潇郎不归，空房独守时。"吴喜歌之。故香山有"吴娘暮雨潇潇曲，自别江南久不闻"之咏^④，盖指此也。

【注释】

①白香山：即白居易（772—846），字乐天，号香山居士，后人又称"白傅""白太傅""白文公"，下邽（今陕西渭南）人。唐代伟大的现实主义诗人，与元稹共同倡导新乐府运动，世称"元白"，与刘禹锡并称"刘白"。白居易的诗歌题材广泛，形式多样，语言平易通俗，有"诗魔"和"诗王"之称。有《白氏长庆集》传世。

②《长相思》：唐教坊曲。又用为词牌名，又名《双红豆》《忆多娇》。

③蝉鬓（chán bìn）：古代妇女的发饰之一，其鬓发薄如蝉翼，黑如蝉身，故称。亦借指妇女。鬅鬙（péng sēng）：头发散乱貌。

④吴娘暮雨潇潇曲，自别江南久不闻：白居易《寄殷协律》中诗句。

【评析】

吴二娘，又称吴娘，江南名姬，唐以后多以其入诗，大多都是缘于白居易"吴娘暮雨潇潇曲，自别江南久不闻"之句。清初王士禛《带经堂诗话》评这两句诗时就说道："白乐天诗'吴娘暮雨潇潇曲，自别江南久不闻'，极是佳句。虞山钱牧翁宗伯诗：'东风谁唱吴娘曲，蟆雨潇潇暗禁城。'予亦有二绝句云：'波绕雷塘一带流，至今水调怨扬州。年来惯听吴娘曲，暮雨潇潇水阁头。''七载离筵唤奈何，玉壶红泪敛青蛾。潇潇暮雨南阳驿，重听吴娘一曲歌。'"吴娘曲，则泛指江南歌姬的演唱。

至于篇中所引《长相思》词，叶申芗认为是白居易所作，宋代黄昇《唐宋诸贤绝妙词选》也系于白居易名下。但明代就已有人考证此词应是江南名姬吴二娘词，而不是白乐天所作。

明代杨慎在《升庵诗话》中说，白乐天有诗："吴娘暮雨潇潇曲，自别江南久不闻。"及"夜舞吴娘袖，春歌蛮子词。"（《对酒自勉》）又自注："吴二娘歌词有'暮雨潇潇郎不归'之句。"据此，他认为："《绝妙词选》以此为白乐天词，误矣。吴二娘亦杜公之黄四娘也。"

陈尚君认为"杨氏定黄氏之失甚是"，并在《全唐诗续拾》中，把《全唐诗》中归属白居易的这首词，移至吴二娘名下。

《谢秋娘》①

《望江南》，原名《谢秋娘》，李赞皇镇浙西日②，为其亡姬谢秋娘作也，其词久逸。今所传者，白太傅之《江南好》③，刘宾客之《春去也》诸篇④，至宋始加为双调⑤。隋炀帝之《湖上曲》八首⑥，盖伪作也。

【注释】

①《谢秋娘》：唐教坊曲名，后用为词牌名，又名《望江南》《忆江南》《梦江南》《江南好》《春去也》等。

②李赞皇：即李德裕（787—850），字文饶，赵郡赞皇（今属河北）人，生于长安万年县安邑坊。晚唐名相。代表作有《会昌一品集》《左岸书城》《次柳氏旧闻》等。

③《江南好》：白居易有组词《忆江南》三首，第一首开头为“江南好”，故又以为词牌名。作者题下自注说：“此曲亦名《谢秋娘》，每首五句。”

④刘宾客：即刘禹锡（约772—约842），字梦得，晚号庐山人，洛阳（今属河南）人。曾任太子宾客，故称“刘宾客”。刘禹锡是唐代大儒，又诗文俱佳，与白居易合称“刘白”，与柳宗元并称“刘柳”，与韦应物、白居易合称“三杰”。有《刘宾客集》。《春去也》：刘禹锡创作的组词《忆江南词》二首，因两首词都以“春去也”开头，故因以名词。

⑤双调：词仅一阕者为“单调”，由上、下两阕相叠而成者称“双调”。

⑥隋炀帝：即杨广（569—618），隋朝第二位皇帝。在位期间修建大运河，迁都洛阳，开创科举制度，并亲征吐谷浑，三征高句丽。因为滥用民力，造成天下大乱，直接导致了隋朝的覆亡，公元618年在江都被部下缢杀。《全隋

诗》录存其诗四十多首。《湖上曲》八首：原出宋刘斧《青琐高议·隋炀帝海山记》。隋炀帝泛东湖，制《湖上曲》八阕，即为《忆江南》句调。《海山记》撰者不详，鲁迅认为是编者所加，校录《唐宋传奇集》时删去不录。

【评析】

《谢秋娘》一则对《谢秋娘》这一词牌名称的由来、词牌的流变、存佚及词的格式的演变、词作的真伪等进行辨别，勾勒出了这一词牌发展的简明脉络。

张曙《浣溪沙》①

张祎侍郎丧爱姬②，伤悼不已。其犹子张曙③，戏作《浣溪沙》词，密置几上云："枕障熏炉冷绣帏④，二年终日苦相思，杏花明月尔应知⑤。　天上人间何处去，旧欢新梦觉来时，黄昏微雨画帘垂。"祎见之，哀恸曰："此必阿灰作也。"阿灰，曙小字。

【注释】

①张曙（772—846）：小字阿灰，一作"阿咸"，南阳（今属河南）人。工诗善词，风流才俊，颇为乡里所重。《浣溪沙》：唐教坊曲名，因春秋时期西施浣纱于若耶溪而得名，后用作词牌名，又名《浣溪纱》《小庭花》等。

②张祎：生卒年不详，字冠章，南阳（今属河南）人。张祎苦心为文，老而益壮，《全唐诗》存其诗两首。

③犹子：如同儿子。也称"从子"，指侄子或侄女。

④枕障：枕头和屏障。熏炉：用来熏香或取暖的炉子。

⑤杏花明月：杏花每年春天盛开一次，月亮每月一度圆缺，故以之喻岁月。

【评析】

宋孙光宪《北梦琐言》载："唐张祎侍郎，朝望甚高。有爱姬早逝，悼念不已。因入朝未回，其犹子右补阙曙，才俊风流，因增大阮之悲，乃制《浣溪沙》，其词曰：'枕障薰炉绣帏，二年终日两相思。好风明月始应知。　天上人间何处去，旧欢新梦觉来时。黄昏微雨画帘垂。'置于几上。大阮朝退，凭几无聊，忽睹此诗，不觉哀恸，乃曰：'必是阿灰所作。'阿灰即中谏小字也。然于风教似亦不可，以其叔侄年颜相似，恕之可耳。谚曰：'小舅小叔，相追相逐。'谑戏固不免也。"这则记事或本于此。

这首小词以婉约细腻的笔法抒写相思之情，上阕将睹物思人的哀愁诉诸杏花、明月，凄婉缠绵。下阕"黄昏微雨画帘垂"句，与潘岳"帏屏无仿佛"、李商隐"更无人处帘垂地"句相似，同以最亲近的闺中帘帷感发悼亡之情，倍增哀感。

黄损词①

贾人女裴玉娥，善弹筝。与黄损有婚姻之约，后为吕用之劫归第中②，赖胡僧神术取回。损尝为《赋筝》词云："无所愿，愿作乐中筝。得近佳人纤手里，研罗裙上放娇声③。

便死也为荣。"

【注释】

①黄损：生卒年不详，字益之，五代南汉连州（今广东连南）人。官至尚书左仆射。有诗集《桂香集》。

②吕用之（？—887）：江西鄱阳人。方士。

③研（yà）罗裙：用研罗制的裙。研罗，一种研光的丝织品。

【评析】

南宋风月主人《绿窗新语》中有《裴玉娥》一篇，篇中开首写荆襄守帅聘黄损为记室，黄损在赴任途中，听到所附商人船中筝声凄婉，"从窗中窥伺，见幼女，年未及笄，娇艳之容，非目所睹"，情难自禁，遂挑灯赋成此词。

《裴玉娥》写黄损与裴玉娥之间悲欢离合的爱情故事，曲折而充满传奇色彩，因此成为优秀的传奇作品广为流传，其中词事也为文人所乐道。

王感化善歌①

金陵妓王感化，善歌讴，知词翰。元宗手写《山花子》二阕赐之云②："菡萏香消翠叶残③，西风愁起绿波间。还与韶光共憔悴，不堪看。　　细雨梦回鸡塞远，小楼吹彻玉笙寒。多少泪珠何限恨，倚阑干。"又云："手卷真珠上玉钩，依前春恨锁重楼。风里落花谁是主，思悠悠。　　青鸟不传云外信，丁香空结雨中愁。回首绿波三峡暮，接天流。"感化于后主时④，上其词札，后主为之感动，因优赐之。

【注释】

①王感化：建州（今属福建）人，后入金陵教坊。南唐著名歌妓。王感化聪敏过人，既善歌，又善诗词，深得元宗宠爱。

②元宗：即李璟（916—961），五代十国时期南唐的第二位皇帝。嗣位后因受到后周威胁，削去帝号，改称国主，史称"南唐中主"。李璟好读书，诗词俱佳，有着很高的文学造诣，其诗词被录入《南唐二主词》中。《山花子》：唐代教坊曲名，后来用为词牌。此调在五代时为杂言《浣溪沙》的别名，是就《浣溪沙》的上、下阕中，各增添三个字的结句，因此又名《摊破浣溪沙》或《添字浣溪沙》。也有径称《浣溪沙》的，见敦煌曲子词。

③菡萏（hàn dàn）：荷花的别称。

④后主：指南唐后主李煜（937—978）。元宗李璟第六子，南唐最后一位国君。李煜多才多艺，精通书法、音律，又工于绘画，诗、词、文也都有很高的造诣，尤以词的成就最高。李煜的词，继承了晚唐以来温庭筠、韦庄等花间派词人的传统，又受到李璟、冯延巳等人的影响，情感纯洁真挚、语言自然明快、意境优美清丽，具有鲜明的个性风格。其亡国后所作的词反映亡国之痛，哀婉凄凉，更是富有极深的艺术感染力。

【评析】

王感化是南唐著名歌妓，《南唐书》记载她"声韵悠扬，清振林木"。王感化能自作词，尤以敏慧之质深得中主宠爱。一次李璟在宴会上让她唱新词，她只清唱了"南朝天子爱风流"一句，并且连续重复了四遍。李璟听罢顿时醒悟，当场覆杯罢宴。李璟的词流传到现在的只有四首，他的词，感情真挚，风格清新，语言不事雕琢，本条所引《山花子》两首就鲜明地体现出其词作的这种风格特征。前一首中"细雨梦回鸡塞远，小楼吹彻玉笙寒"为传世的名句。

从"王感化善歌"一条记载，我们可以看出，一方面，当时词作尚多为歌舞宴会助兴之作，是伶工歌妓演唱之词。李璟等人的词创作，使词由伶工之词向士大夫之词转变，至后主李煜则完成了这种转变。另一方面，所引两首词体现出李璟词的内容、题材、艺术风格，也体现出南唐词风的本色。即李璟等南唐士大夫词人的词，虽然还未脱尽女人、相思之类的内容题材，但已经不像花间词那样有着浓烈的脂粉气息。经由文人的改变，南唐词风总体上清丽幽婉，语言省净，充满着感伤情调。

李后主词

南唐李后主小周后①，即昭惠后之妹也②。昭惠感疾，后尝在禁中，先与后主有私。后主为赋《子夜歌》云③："花明月暗飞轻雾，今宵好向郎边去。刬袜步香阶④，手提金缕鞋。　画堂南畔见⑤，一晌偎人颤。奴为出来难，教君恣意怜。"又云："铜簧韵脆锵寒竹⑥，新声慢奏移纤玉⑦。眼色暗相勾，娇波横欲流。　雨云深绣户⑧，来便谐衷素⑨。宴罢又成空，梦迷春睡中。"此词既播，人皆知之。已而纳为后，大宴群臣，韩熙载以下⑩，多诗以讽，后主亦不之罪焉。

【注释】

①小周后（950—978）：名不详，南唐司徒周宗次女，大周后（周娥皇）之妹。容貌美丽，才思敏捷。南唐开宝元年（968）立为国后，南唐亡国后，随后主被俘入北宋京师汴京（今河南开封）。后主死后不久，小周后亦与世长辞。创作《击蒙小叶子格》一卷，是叶子戏规则的早期记录。

②昭惠后：即周娥皇（936—965），周宗长女，十九岁入宫为妃，深得李煜宠爱，册封为国后。年仅二十九岁病逝，谥昭惠，史称"大周后"。周娥皇精通音律，能歌善舞，尤工琵琶，曾创作乐曲《邀醉舞破》《恨来迟破》，并搜寻五代时已失传的《霓裳羽衣曲》，改订为新曲。

③《子夜歌》：乐府曲名。《乐府诗集》收录四十二首。五言，以爱情为题

材，后来延伸出多种变曲。另有词牌《菩萨蛮》的别称《子夜歌》。

④刬（chǎn）袜：刬，《广雅》释为"削也"；《声类》释"平也"；《通俗文》曰"攻板曰刬"。因古训几种字义难以解释"刬袜"中刬的字义，古对"刬袜"一词也有不同的理解，有人认为是只穿着袜子着地，有人则认为是袜子脱落。步：走过。

⑤画堂：古代宫中有彩绘的殿堂，泛指华丽的堂舍。南畔：南边。

⑥铜簧：乐器中用铜片制成的薄叶，吹奏时能够发出声音。锵：象声词，乐器发出的声音。寒竹：指乐器。竹，指笛、箫、笙一类用竹子做成的乐器。

⑦新声：指新谱的乐曲或新颖美妙的声音。纤玉：比喻美女洁白如玉的纤细手指。

⑧雨云：指男女欢爱。绣户：雕绘华美的庭户。这里指精美的居室。

⑨谐：谐和。衷素：内心的真情。素，通"愫"，真情。

⑩韩熙载（902—970）：字叔言，青州（今属山东）人。工书法，博学善文，史称"制诰典雅，有元和之风"。有《定居集》《拟议集》（已佚）等。

【评析】

小周后和昭惠后为同胞姐妹。宋陆游《南唐书·昭惠传》载，李煜十八岁娶昭惠，称大周后。十年后，大周后病重。一日，见小周后在宫中，惊问："汝何日来？"对曰："既数日矣。"大周后恚怒，至死不与小周后相见。

这则"李后主词"的故事说的就是小周后在昭惠病时与李煜幽会的事，所录两首词描写的都是二人幽会的情形。

两首词素以艳情狎昵著称。

第一首词：月色朦胧，鲜花盛开，幽静的夜晚笼罩在迷蒙的香雾中。一个少女手提着金缕鞋，袜子贴着地面，蹑手蹑脚，偷偷出去与情人幽会。而见到情人后更是浓情蜜意："一晌偎人颤"，极尽少女享受爱情的销魂之态；结语"教君恣意怜"，恋情炽烈，忘记了娇羞，也忘记了世诉，不顾一切地享受彼此的欢爱，"极俚极真"（明潘游龙《古今词余醉》）。

这首词虽极尽风流，却不会让人感到轻薄，就是因为词中描摹人物、表达情感，坦率、真诚，毫无造作，极为感人。

第二首词仍是写男女欢情。上阕写宴会上一对男女情意相通，眉目传情。乐声清脆，是纤纤玉指在抚弄琴弦。弹琴的女子对男子暗生情愫，明眸顾盼，眼中柔情万种。下阕写欢情未谐的惆怅和空虚。男子对女子意乱情迷，想望云雨之欢，但双方柔情蜜意终成空，宴罢人散，缱绻的情思辗转为迷离的春梦。

整首词表现男女隐幽的情思大胆直率，可谓侧艳，但情真意切，语词优雅，又不失后主词固有的清雅之格。

张泌《江城子》①

张泌仕南唐，为内史舍人，初与邻女浣衣相善，为赋《江城子》云："浣花溪上见卿卿②，眼波明，黛眉轻。高绾绿云③，金簇小蜻蜓④。好是问他来得么？和笑道：莫多情。"后经年不复相见，张夜梦之，因寄《绝句》云⑤："别梦依稀到谢家⑥，小廊回合曲阑斜⑦。多情只有春庭月，犹为离人照落花⑧。"

【注释】

①张泌：生卒年不详，字子澄，安徽淮南人。唐末五代词人，花间词派的代表。存词二十八首，《全唐诗》收其诗一卷。《江城子》：词调名。始见于《花间集》韦庄词，起源于晚唐五代时期的唐著词曲调。唐著词是唐代的酒令。晚唐，《江城子》在酒筵上流行，经过文人的加工，就成为一首小令的词调。唐五代时为单调，到北宋苏轼始变为双调。

②浣花溪：在四川成都，一名"濯锦江"，又称"百花潭"，因杜甫草堂在此而闻名于世。每年四月十九日，蜀人多游宴于此，谓之浣花日。卿卿：是男子对他所爱的女子的昵称。

③高绾（wǎn）绿云：把头发盘绕起来打成高髻。绿云，头发的美称。

④金簇小蜻蜓：金缕结成蜻蜓状的首饰。

⑤绝句：又称"截句""断句""绝诗"，一首诗只有四句，短小精萃。按照每句的字数，绝句可分为五言绝句、六言绝句和七言绝句，其中以五、七言绝句居多，六言绝句很少。绝句又分为律绝和古绝。律绝要求平仄格律，古绝则没有严格的平仄格律要求。

⑥谢家：泛指闺中女子。晋谢奕之女谢道韫、唐李德裕之妾谢秋娘等皆有盛名，故后人多以"谢家"代闺中女子。

⑦小廊回合曲阑斜：指梦中所见景物。回合，回环，回绕。阑，栏杆。

⑧多情只有春庭月，犹为离人照落花：指梦后所见。离人，这里指寻梦人。

【评析】

这则本事本是写后蜀词人张泌，由于南唐张佖的"佖"和"泌"均读作bì，所以后人常将张泌误为南唐张佖。

浣花溪既以诗圣杜甫而著名，更因一代名媛薛涛居此而倍添风情。窈窕佳人、风流才子多流连于此，自然会生出许多风流韵事。词人张泌于浣花溪畔见一邻家女子，喜而挑之，女子之拒既嗔又喜，《江城子》词绘此情事，趣味怡人。难能可贵的是，此情并非一时兴趣，几年不见，犹入梦中，并赋《绝句》一首，以诗代柬，表达衷情，聊寄相思。

陶谷《风光好》①

宋遣陶谷使江南，李宪以书抵韩熙载曰②："五柳公骄甚，其善待之。"陶至，果如所言。韩因谓所亲曰："陶非端介者，其守可隳③，当使诸君一笑。"乃令歌姬秦弱兰衣敝衣，伪为驿卒女，供酒扫馆舍中。陶见而悦之，遂忘慎独之戒④，赠以长短句云："好因缘，恶因缘，只得邮亭一夕眠，会神仙。　　琵琶拨尽相思调，知音少。再把鸾胶续断弦，是何年？"他日，后主宴陶，陶凛然若不可犯。主持舣命弱兰出⑤，歌前所赠词以侑觞⑥，陶大惭而罢。此调名《风光好》，诸书皆谓陶谷事，而《湘山野录》独谓曹翰使江南赠妓词⑦，未悉何据耳。

【注释】

①陶谷（903—970）：字秀实，本姓唐，避后晋高祖石敬瑭讳而改姓陶，邠州新平（今陕西彬州）人。陶谷以文章闻名天下，人称"五柳公"。有《清异录》六卷，内分三十七门。其中"茗荈"一门，被后人单独编辑为一种茶书，名为《荈茗录》。《风光好》：词牌名。双调，三十六字。

②李宪：不详。北宋有名将宦官李宪，其时代晚于陶谷、韩熙载生活的时代。

③隳（huī）：毁坏，崩毁。

④慎独：语出《中庸》："莫见于隐，莫显于微，故君子慎其独也。"是指一个人即使在没人监督的独处之际，也严格要求自己，自觉遵守道德准则，不做任何不道德的事。

⑤觥（gōng）：古代酒器。

⑥侑觞（yòu shāng）：劝酒佐助饮兴。侑，相助，在筵席旁助兴，劝人吃喝。觞，古代酒器。

⑦《湘山野录》：北宋僧人文莹撰写的一部笔记体野史。因作于荆州金銮寺，故以湘山为书名。主要记载自北宋开国至神宗时期的历史，内容十分广泛，涉及朝章国典、宫闱秘事、将相轶闻，下及风俗风情，主要内容是高官显贵的趣闻轶事。曹翰（924—992）：北宋大名（今属河北）人。初隶后周世宗

帐下，从征高平与瓦桥关。入宋，又从平李筠之叛。乾德二年（964），为均州刺史兼西南诸州转运使，督运军饷供应入蜀大军，先后参预镇压全师雄及吕翰领导的士兵起事。开宝间，主持塞河有成绩。又预击平南唐，攻克江州（今江西九江）。太平兴国四年（979）从太宗灭北汉，旋从攻契丹。次年，为幽州行营都部署。以私市兵顺，流锢登州。雍熙间，起为右千牛卫大将军、分司西京。淳化三年（992）去世，追赠太尉，谥号武毅。

【评析】

陶谷是生活在五代至宋初的一位文人。他文词为一代之冠，然而为人狡黠险媚，这则本事就表现出其伪诈的特征。

陶谷后周年间曾出使江南，他冠冕堂皇，神色端严。南唐宰相韩熙载为证其并非端介君子，让歌妓秦弱兰扮作驿卒之女，每天早晚在馆驿中洒扫庭院。陶谷果然把持不住，赠送艳词《风光好》。

几天后，南唐后主李煜在澄心堂设宴招待陶谷。陶谷仍是正襟危坐，道貌岸然。李煜将秦弱兰唤来，命她演唱《风光好》，君臣因此都对陶谷非常鄙薄。

耿玉真词①

南唐卢绛未仕时②，尝病痁③，梦白衣妇人歌词劝酒云："玉京人去秋萧索④，画檐鹊起梧桐落。欹枕悄无言⑤，月和清梦圆。　　背灯惟暗泣，甚处砧声急⑥。眉黛小山攒⑦，芭蕉生暮寒。"因谓绛曰："子之疾，食蔗当愈。"如言果瘥⑧。越数夕，又梦之曰："妾玉真也，他日富贵，相见于固子坡。"绛后仕金陵，累官柱国⑨。归宋，以龚慎仪事坐诛⑩。临刑有白衣妇人同斩，宛如所梦者，问其姓名，则耿玉真，其地则固子坡也。

【注释】

①耿玉真：南唐妇人。生卒年无考，相传入宋后受刑处死。事见《南唐书》《侯鲭录》。

②卢绛（891—975）：字晋卿，南昌（今属江西）人。因为善于水战，在南唐拜为上柱国。后降宋，授冀州团练副使。开宝八年（975）被斩。

③疝（shān）：疝疾。

④玉京：月亮的别称。

⑤欹：通"倚"，斜倚，斜靠。

⑥砧（zhēn）声：亦作"碪声"，捣衣声。

⑦眉黛：古代女子用黛画眉，所以称眉为眉黛。黛，青黑色的颜料。

⑧瘥（chài）：病愈。

⑨柱国：古代官名。唐以后作为勋官的称号，成为功勋的荣誉称号。

⑩龚慎仪：南唐大臣。乾德四年（966），龚慎仪奉李煜诏书出使南汉，相约臣服宋朝，遭到南汉的囚禁。南汉灭亡，才得以回到南唐。南唐灭亡后，龚慎仪任歙州刺史，原南唐昭武留后卢绛抗宋，途经歙州，龚慎仪闭城坚拒。卢绛派裨将马雄攻城，杀龚慎仪。

【评析】

此事宋阮阅《诗话总龟》等书也有类似记载。

这首词的作者一说是耿玉真，一说是卢绛。因此种传说，这首词蒙上了一层迷离恍惚的神秘色彩，世称为"鬼词"。

"玉京人去秋萧索，画檐鹊起梧桐落。"月圆夜深，人不能寐。也许是受到了不眠人的惊扰，清冷月光中，画檐栖鹊惊飞，梧桐叶悉悉窣窣飘落。"欹枕悄无言，月和清梦圆。"原来是寂寞独宿人梦中与亲人团圆，梦醒后更增孤凄，夜不成寐，惟有倚枕独坐，默默无语。月圆人不圆，月色与人事，梦境与现实，鲜明对比中，见出深婉幽曲情致。"背灯惟暗泣，甚处砧声急。"梦断神伤，背灯暗泣，正强忍着心中的思念、伤感，又听到远处传来急切的捣衣声。一种寂寞、冷清、思念在清冷的月下漫洇。"眉黛小山攒，芭蕉生暮寒。"词末写清闺人双眉紧蹙，连芭蕉也仿佛横生出寒凉，不说其哀怨凄凉之情，而其伤情自现。小词以景结情，语浅情深，言近意遥。

因此，清陈廷焯评赞此词曰："如怨如慕，极深款之致。"

王衍词①

前蜀主王衍好裹小巾，其尖如锥。宫妓多衣道服，簪莲花冠，施燕支夹粉②，号醉妆。自制《醉妆词》云③："者边走④，那边走，只是寻花柳。那边走，者边走，莫厌金杯酒。"末年好道愈笃，常祷青城山⑤，随行宫人皆衣画云霞道服，自制《甘州曲》⑥，亲与宫人唱之，音甚哀怨。词云："画罗裙，能结束，称腰身。柳眉桃脸不胜春，薄媚足精神。可惜许，沦落在风尘。"衍本意，谓神仙而在凡尘耳。后降中原，其宫人多沦落民间，始应其谶云。

【注释】

①王衍（899—926）：字化源，初名王宗衍。五代十国时期前蜀最后一位皇帝。王衍即位后，荒淫无道，委政于宦官、狎客，朝政混乱。同光三年（925），后唐庄宗李存勖发兵攻打前蜀，前蜀灭亡。王衍在被押赴洛阳的途中，和他的亲族一起被李存勖派人杀害。王衍颇具文才，善作浮艳之词，有《甘州曲》《醉妆词》等流传于世。

②燕支：即胭脂。古代女性的化妆品，也用作国画的颜料。

③《醉妆词》：词牌名。单调，六句，二十二字。句句押韵，均用仄声韵。

④者边：即这边。

⑤青城山：中国四大道教名山之一，位于四川成都都江堰西南。

⑥《甘州曲》：唐教坊曲名。单调，二十九字，平韵；或单调，三十三字，平韵。

【评析】

王衍是王建的第十一子，排行最小，因母亲受宠而被立为皇太子。王建驾崩，王衍继位。王衍年少荒淫，虽有文才，但颇多浮艳。《本事词》中所引《醉妆词》《甘州曲》都是此类作品。王衍在位期间，不但疏于朝政，大小事悉委于臣下，而且卖官敛财，荒淫无道。

宋欧阳修《新五代史》中就评价他"年少荒淫""骄淫"，载其"为人方颐大口，垂手过膝，顾目见耳，颇知学问，能为浮艳之辞"。宋司马光《资治通鉴》也记载其"好酒色，乐游戏"，"奢纵无度"。

这则本事所记可见其一斑，也可知其亡国之必然。

孟昶《玉楼春》①

后蜀主孟昶，令罗城上尽种芙蓉②，周四十里，盛开。时语左右曰："古以蜀为锦城，今观之，真锦城也。"尝夜同花蕊夫人避暑摩诃池上③，因作《玉楼春》云④："冰肌玉骨清无汗，水殿风来暗香满。绣帘一点月窥人，欹枕钗横云鬓乱。　　起来琼户启无声⑤，时见疏星度河汉。屈指西风几时来，只恐流年暗中换。"此即苏长公因忆朱姓老尼所述⑥，而衍为《洞仙歌》者⑦。乃赵闻礼《阳春白雪》又载蜀帅谢元明⑧，因浚摩诃池，得古石刻。孟主《洞仙歌》原词云："冰肌玉骨，自清凉无汗。贝阙琳宫恨初远⑨。玉兰干倚遍，怯尽朝寒，回首处，何必留连穆满⑩。　　芙蓉开过也，楼阁香融，千片红英泛波面。洞房深深锁，莫放轻舟瑶台去，甘与尘寰路断。更莫遣流红到人间⑪，怕一似当时，误他刘阮⑫。"是盖传闻异辞，姑录之以备考云。

【注释】

①孟昶（chǎng，919—965）：初名孟仁赞，字保元，祖籍邢州龙岗（今河北邢台沙河孟石岗），生于太原（今山西太原西南），五代十国时期后蜀末代皇帝。934年登基，965年后蜀被宋军攻灭，孟昶投降北宋，被送往京师汴梁（今河南开封），授任检校太师兼中书令，封秦国公。孟昶在被封秦国公的第七天去世，追封为楚王。传世诗作有《避暑摩诃池上作》《玉楼春·与花蕊夫人夜起》等。

②罗城：城外的大城。

③花蕊夫人：生卒年不详，姓徐，一说姓费，青城（今四川都江堰）人。后蜀皇帝孟昶的贵妃，五代十国时期女诗人。花蕊夫人自幼能文，尤其擅长宫词。深得蜀主孟昶宠爱，赐号花蕊夫人。摩诃池：位于四川成都。隋文帝开皇二年（582），益州刺史杨秀镇蜀，取土筑成都子城，取土之坑因以为池。当时有一位胡僧见之，曰"摩诃宫毗罗"，摩诃池因此得名。摩诃，是大的意思。毗罗为龙，谓此池广大有龙。

④《玉楼春》：词牌名，亦称《木兰花》《春晓曲》《西湖曲》《惜春容》等。双调，五十六字，上、下阕格式相同，各三仄韵，一韵到底。

⑤琼户：饰玉的门户，形容华美的居室。

⑥苏长公：指苏轼，因排行老大，所以人称"苏长公"。古人又常以"长公"为字，为行次居长之意，如果排行为二以下，则往往会取字次公、少公。

⑦《洞仙歌》：原唐教坊曲，后用为词牌。共八十三字，上、下阕各三仄韵。

⑧赵闻礼：生卒年不详，约宋理宗淳祐中前后在世。曾官胥口监征。南宋词人。词风清丽舒徐、缠绵委婉，编有《阳春白雪》，著有《钓月集》。《阳春白雪》：词总集，有正集八卷，外集一卷，共收词六百多首。所选词人，大都是南宋词家，极少选北宋词人。词集以词调分卷，每卷先慢词，后小令。

⑨贝阙：以紫贝为饰的宫阙。本指河伯所居的龙宫水府，后用以形容壮丽的宫室。琳宫：仙宫，亦为道观、殿堂之美称。

⑩穆满：指周穆王。周穆王名满，后人称之为"穆天子"或"穆满"。

⑪流红：指漂流在水中的落花。

⑫刘阮：刘晨、阮肇二人的合称。南朝宋刘义庆小说《幽明录》中记载，东汉剡县人刘晨、阮肇，于永平年间同入天台山采药，遇到两个女子，留居。半年后辞归还乡，时子孙已历七世。

【评析】

宋苏轼《洞仙歌》序云："仆七岁时，见眉州老尼，姓朱，忘其名，年九十余，自言曾随其师入蜀主孟昶宫中。一日大热，主与花蕊夫人夜起，避暑摩诃池上，作一词，朱具能记之。今四十年，朱已死久矣，人无知此词者，独记其首两句……暇日寻味，岂《洞仙歌令》乎？乃为足之云。"

苏轼记得的"首两句"，即"冰肌玉骨，自清凉无汗"两句。赵闻礼《阳春白雪》中记载谢元明疏通摩诃池挖到一块石碑，上面刻有一首《洞仙歌》词，开头正是苏轼记得的这两句。

清沈雄《古今词话》认为孟昶这首词是"东京士人橐栝东坡《洞仙歌》为《玉楼春》，以记摩诃池上之事，见张仲素《本事记》"。

　　苏轼写的《洞仙歌》和这则词本事中所录孟昶的《玉楼春》有明显相似的词句。这首词是孟昶真本，还是后人将苏东坡的《洞仙歌》改头换面而成，目前还难以确证。

花蕊夫人词

　　后蜀亡，花蕊夫人随孟昶北行至葭萌驿①，偶题馆壁云："初离蜀道心将碎，离恨绵绵，春日如年，马上时时闻杜鹃。"书未竟，为军骑促行，词仅半阕，真一字一泪也。后有无名子续之云："三千宫女如花貌，妾最婵娟②，此去朝天，只恐君王宠爱偏。"成何语意耶？

【注释】

①葭萌驿：位于四川剑阁附近，西傍嘉陵江，是蜀道上著名的古驿之一。

②婵娟：形容姿态曼妙优雅。

【评析】

清代况周颐《蕙风词话》也记载花蕊夫人此事。

前一阕抒写的是亡国之痛。后一阕写的却是冀宠之心。两阕词意和境界都迥然不同，故此则《本事词》中断定后一阕为"无名子续之"，并斥之"成何语意耶"。

韦庄词①

　　韦庄字端己，以才名寓蜀。王建割据②，遂羁留之。庄有宠人，姿质艳丽，兼擅词翰。建闻之，托以教内人为辞，强夺去。庄追念悒怏③，每寄之吟咏，《荷叶杯》《小重山》《谒金门》诸篇④，皆为是姬作也。其词情意凄惋，人相传诵，姬后闻之，不食而卒。《荷叶杯》词云："绝代佳人难得，倾国，花下见无期。一双愁黛远山眉⑤，不忍更思惟⑥。　　闲掩翠屏金凤，残梦，罗幕画堂空。碧天无路信难通，惆怅旧房栊⑦。"《小重山》词云："一闭昭阳春又春⑧。夜寒宫漏永⑨，忆君恩。细思陈事黯销魂。罗衣湿，红袖有啼痕。　　歌吹隔重阍⑩。绕阶芳草绿，倚长门⑪。万般惆怅向谁论？凝情立，宫殿欲黄昏。"《谒金门》词云："空相忆，无计得传消息。天上姮娥人不识⑫，寄书何处觅？　　新睡觉来无力⑬，不忍把伊书迹⑭。满院落花春寂寂，断肠芳草碧。"

【注释】

　　①韦庄（约836—约910）：字端己，长安杜陵（今陕西西安附近）人。谥文靖，前蜀宰相。韦庄又是晚唐五代诗人、词人。其诗多以伤时、感旧、离情、怀古为主题，律诗圆稳整赡，音调浏亮，绝句情致深婉。《全唐诗》录存

其诗六卷。词创作方面，善用白描手法，词风清丽，与温庭筠同为"花间派"代表作家，并称"温韦"。其词多写自身的生活体验，如冶游宴享的快乐、闺情离别的忧伤等。近人王国维、刘毓盘辑其词为《浣花词》一卷。

②王建（847—918）：字光图，五代时期前蜀开国皇帝。

③悒怏（yì yàng）：忧郁不快。

④《荷叶杯》：原为唐教坊曲，后用为词牌。单调小令，二十三字。温庭筠体以两平韵为主，四仄韵转换错叶。韦庄体重填一阕，增四字，以上、下阕各三平韵为主，错叶二仄韵。《小重山》：词牌名，又名《小重山令》。唐人惯例用来写"宫怨"，其调忧伤。五十八字，上、下阕各四平韵。《谒金门》：原为唐教坊曲，后用为词牌。双调，四十五字，仄韵。

⑤愁黛：即愁眉。

⑥思惟：相思。

⑦房栊：房里窗户。

⑧昭阳：本汉代宫名，此借指王建之宫。春又春：过了一春又一春。

⑨宫漏：古时宫中用铜壶滴漏计时。永：缓慢悠长。

⑩重阍（hūn）：多重的宫门。阍，本指守宫门的人，后引申为宫门。

⑪长门：汉代宫名。汉武帝皇后陈阿娇失宠之后，退居长门。司马相如作《长门赋》，为陈皇后写失宠后的苦痛。

⑫姮（héng）娥：即嫦娥，中国古代神话传说中住在月宫里的女神。

⑬觉（jué）：醒。

⑭把伊书迹：拿她的手迹看。把，拿。伊，她，指所怀念者。

【评析】

韦庄是晚唐五代具有代表性的词人，与温庭筠并称"温韦"。但两人的词风截然不同，温词秾丽，韦词则以清新著称。韦庄善用白描手法，将浓挚的情感凝结于清丽的意境和词句中。

《荷叶杯》写对一个女子的相思之情。上阕写室外花下相思。"绝代佳人难得，倾国"，传达出女子绝代之美。"花下见无期"，往日曾在花下相见，而今花依然盛开，却再无相见之期。见花而思人，伤痛之感寄于言外。"不忍更思惟"，更见相思之痛，清陈廷焯《白雨斋词话》评："'不忍更思惟'五字，凄然欲绝。姬独何人，能不断肠乎！"下阕写室内画堂相思。"闲掩翠屏金凤，残梦，罗幕画堂空"，寂寥入梦，梦中相思，梦醒更觉室堂空旷。"碧天无路信难通，惆怅旧房栊"，碧天茫茫，两处相思之人也如天地睽隔，无有通路，只有在旧居独自惆怅徘徊。

《小重山》写宫怨之情。上阕正面写一个宫女一入深宫，便过着幽禁的日子，与世隔绝，年复一年，长夜漫漫，惟觉寒意袭人，滴漏清寂。美好的生活只能在梦中回忆想象，醒来惟有泪湿衣袂。下阕首先以重门相隔的其他宫中热闹的歌舞欢乐，反衬主人公的孤独凄苦；又以满院的萋萋芳草，正衬出主人公幽闭深宫、空倚长门的无限寂寞孤苦之情。万般惆怅之情与碧草萋萋之景和独立黄昏的形象水乳交融，小词含蓄不尽，韵味无穷。

《谒金门》一词同样写相思之情。"空相忆，无计得传消息"，上阕开头便言空相思忆，而无法互通消息。"天上姮娥人不识，寄书何处觅"，将一入深宫的对方比作天上的嫦娥，则无人能传递消息、互通款曲。"新睡觉来无力，不忍把伊书迹"，写相思之情的折磨，不敢看留下的旧日书迹。"满院落花春寂寂，断肠芳草碧"，词笔又宕开，以景结情，言有尽而意无穷。

三首词都写尽了哀伤缠绵的相思之情，据说传到宫中，为王建所夺的韦庄之姬读之悲伤难禁，竟至绝食而死。

太尉夫人《极相思》①

仁庙时②，皇族中太尉夫人，一日入内③，再拜告帝曰："臣妾有夫，不幸为婢妾所惑。"帝怒，流其婢于千里。夫人亦得罪，谪居瑶华宫④。太尉夺俸不得朝请。后经岁，值春暮，夫人制词名《极相思》云："柳烟霁色方晴⑤，花露遍金茎⑥。秋千院落，海棠渐老，才过清明。　　嫩玉腕托香腮脸，相傅粉、更与谁情。秋波绽处，相思泪迸，天阻深诚。"词闻，帝命释之。

【注释】

①《极相思》：词牌名。双调，四十九字，上阕五句三平韵，下阕五句两平韵。

②仁庙：指宋仁宗赵祯（1010—1063）。庙，庙号。

③内：皇宫，帝王所居之处。

④瑶华宫：原名安和院，位于北宋都城汴梁的金水门外。景祐元年（1034），宋仁宗郭皇后因罪出居于此，改名瑶华宫。

⑤霁色：晴朗的天色。

⑥金茎：指承露盘或盘中的露。

【评析】

这则本事说的是仁宗时皇族一段趣事。一天，一位出身皇族的太尉夫人入宫见仁宗皇帝，她哭哭啼啼地向皇帝告状，说家里一个婢女媚惑了她的夫君。皇帝大怒，将此婢女流放千里之外。太尉停发俸禄，并不得参与朝事。按照宋朝的法律，状告夫君者本人也要受责罚，太尉夫人因此被贬谪到瑶华宫居住。

过了一年，时值暮春，清明过后，太尉夫人望着如烟柳色，难掩对丈夫的相思之情，写下了这首《极相思》词。

词的上阕写夫人谪居独处之宫院的景色：屋外，雨后初晴，如雾的湿气中柳色青青，承露盘中布满了晶莹的露珠。挂着秋千的院落中，海棠花经雨凋落。屋内，则是一位孤独的女子，独自回忆着夫君为自己傅粉打扮的柔情。而此刻独栖深院，不觉泪如雨下。

这首词传到仁宗皇帝那里，皇帝心领神会，将这位夫人放回家与太尉团圆。

张先《碧牡丹》

晏元献尹京兆日①，辟张子野为判官②。公适新纳一姬，甚宠之。每子野来，令出侑觞，辄歌子野词以为乐。嗣王夫人不容③，遣去。他日子野至，公与之饮，子野制《碧牡丹》词④，令营妓歌之。词云："步障摇红绮⑤。晓月堕，沉烟砌⑥。缓拍香檀⑦，唱彻伊州新制⑧。怨入眉头，敛黛峰横翠⑨。芭蕉寒，雨声碎。　镜华翳⑩，闲照孤鸾戏⑪。思量去时容易。钿盒瑶钗⑫，至今冷落轻弃。望极蓝桥⑬，但暮云千里。几重山，几重水。"公怃然曰："人生行乐耳，何自苦如此。"亟命于宅库支钱，取侍姬回。既至，夫人亦不复谁何也⑭。

【注释】

①晏元献（991—1055）：即晏殊，字同叔，抚州临川（今江西南昌进贤）人。北宋著名文学家、政治家。晏殊工诗善文，更以词著，尤其擅长小令，词的风格含蓄婉丽。其子晏几道也以词名，因此，父子俩分别被称为"大晏"和"小晏"。晏殊又与欧阳修齐名，并称"晏欧"。诗文原有集，已散佚。存世有

《珠玉词》《晏元献遗文》等。尹京兆：做京兆的府尹。京兆尹，职官名。为三辅（治理京畿地区的三位官员，即京兆尹、左冯翊、右扶风）之一。

②判官：职官名。始于隋朝，为地方长官的僚属，辅理政事。

③嗣：接着，随后。

④《碧牡丹》：词牌名。有两种格式，格式一：双调，七十四字。上阕七句，五仄韵；下阕八句，六仄韵。格式二：双调，七十五字。上阕九句，五仄韵；下阕九句，六仄韵。

⑤步障：一种屏风、帷幕。红绮：红色的绮罗。

⑥沉烟：沉水香的烟气。砌：连缀。

⑦香檀：用檀香木制成的拍板，在唱歌时打节拍用。

⑧新制：新谱的乐曲。

⑨敛黛峰横翠：形容女子皱眉的样子。

⑩镜华：镜子的光华。翳（yì）：暗淡。

⑪闲照孤鸾戏：描写女子照镜子时感到孤独，怨恨情人离开了自己。

⑫钿（diàn）盒：用金银珠宝镶饰的小盒子。瑶钗：玉钗。

⑬蓝桥：典出唐裴铏《传奇·裴航》。裴航在回京途中与樊夫人同舟，赠诗以致情意，樊夫人却答以一首离奇的小诗："一饮琼浆百感生，玄霜捣尽见云英。蓝桥便是神仙窟，何必崎岖上玉清。"裴航见了此诗，不知何意。后来他行到蓝桥驿，因口渴求水，偶遇一位名叫云英的女子，一见倾心。此时此刻，裴航念及樊夫人的小诗，恍惚之间若有所悟，便以重金向云英的母亲求聘云英。云英的母亲给裴航出了一个难题："想娶我的女儿可以，但你得给我找

来一件叫做玉杵臼的宝贝。我这里有一些神仙灵药，非要玉杵臼才能捣得。"裴航得言而去，终于找了玉杵臼，又以玉杵臼捣药百日，这才得到云英母亲的应允。后来裴航与云英双双仙去。

⑭谁何：盘诘查问。

【评析】

张先对两宋婉约词产生了重大的影响，他的词含蓄工巧，情韵浓郁，大多反映士大夫的诗酒生活与男女之情。

《碧牡丹·晏同叔出姬》与司马相如《长门赋》有异曲同工之妙。据传，汉武帝皇后陈阿娇因妒忌失宠，谪居长门宫。她以百金相请，托司马相如代为作赋，向武帝倾诉她幽居深宫的痛苦，这就是《长门赋》。武帝读此赋后，深为感动，陈皇后遂重新得宠。

《碧牡丹·晏同叔出姬》一词则是张先为一位被晏殊遣出的歌姬所作。晏殊初纳此姬，非常宠爱，常引其于宴前歌唱佐欢。因为不见容于夫人，晏殊又将其遣出。张先作《碧牡丹》词让已为营妓的此女歌唱，打动了晏殊，晏殊即命人回府取钱，重将其赎回。

这首词之所以有如此打动人心的魅力，首先是因为张先对晏殊和此歌姬间情意的深刻了解和同情。张先为晏殊的判官，经常出入于晏殊的府第和宴燕间，而每逢与宴，晏殊则令此姬歌张先词以为乐。因此，三人可谓是非同一般的知音。词中"步障摇红绮"是凝聚着往日欢乐的平常物事，"晓月堕，沉烟砌"也是似曾相识的旧日氤氲之景，朦胧而又温馨。人也依旧"缓拍香檀"，但唱的却不再是往日欢乐之辞，而是满怀的相思和哀怨。歌姬但紧锁眉头，歌声哀怨，雨打芭蕉声声寒，淅沥雨声人心碎。"镜华翳，闲照孤鸾戏"，她已无心打扮，连妆镜也蒙上了尘翳，无精打采地照着孤鸾只影。"思量去时容易"，离别已然很痛苦了，但与现在的相思相比较，则离别的痛苦反倒不算什么了。"钿盒瑶钗，至今冷落轻弃"，再次描写主人公别后无心梳妆打扮的百无聊赖的心情。"望极蓝桥，但暮云千里。几重山，几重水"，结尾以情人怨遥、望极天涯的形象作结，言尽而情不尽。

《碧牡丹》以工巧之笔写景，却能表现出一种朦胧之美。又以人物的动作细节细腻生动地抒写了闺怨之情。全词清新深婉，具有动人的魅力。

宋祁《鹧鸪天》①

宋子京尝过繁台街②，遇内家车子数辆，适不及避。忽有褰帘者曰③："小宋也。"子京惊讶不已，归赋《鹧鸪天》云："画毂雕鞍狭路逢④，一声肠断绣帘中。身无彩凤双飞翼，心有灵犀一点通⑤。　金作屋，玉为栊，车如流水马如龙。刘郎已恨蓬山远，更隔蓬山几万重⑥。"词传达于禁中，仁宗知之，因问第几车子，何人呼小宋。有内人自陈云⑦："顷因内宴，见宣翰林学士，左右内臣皆曰小宋，时在车中，偶见之，呼一声尔。"上召子京，从容语及，子京惶悚无地⑧。上笑曰："蓬山不远。"即以内人赐之。

【注释】

①宋祁（998—1061）：字子京，安州安陆（今属湖北）人。北宋史学家、文学家。曾与欧阳修等合修《新唐书》。因所作《玉楼春》词中有"红杏枝头春意闹"句，世称"红杏尚书"。《鹧鸪天》：词牌名，又名《思佳客》《思越人》《醉梅花》《半死梧》等。双调，五十五字，押平声韵。

②繁台：古台名，在今河南开封东南禹王台公园内。相传为春秋时师旷吹台，汉代梁孝王曾加以增筑，后来又有繁姓人家居住其侧，因此名繁台。

③褰（qiān）：撩起。

④画毂雕鞍：装饰华美的彩车和雕饰着精美图案的马鞍。

⑤身无彩凤双飞翼，心有灵犀一点通：袭用唐李商隐《无题》（昨夜星辰昨夜风）中的两句，是说虽然不能像彩凤那样比翼双飞，却能如灵犀一样两心相通。灵犀，犀牛角。传说犀牛有神异，犀牛角中有白纹如线，两头相通。

⑥刘郎已恨蓬山远，更隔蓬山几万重：袭用唐李商隐《无题》（来是空言去绝踪）中的两句，是说两人相隔遥远，无缘相会。刘郎，相传东汉刘晨和阮肇入天台山采药，偶遇仙女留居。半年后回家，子孙已历七世。后以刘郎借指情郎。蓬山：即蓬莱山，仙山名。相传为神仙所居之处。

⑦内人：宫内服侍的女子。

⑧惶悚（huáng sǒng）：惶恐而心中害怕。

【评析】

此事南宋黄升《花庵词选》中亦有记载，故事与《本事词》相同，因此，《本事词》记的故事当本于《花庵词选》。

这则本事说的是宋祁《鹧鸪天》一词的创作缘由。宋祁一次路过繁台街，碰到几辆皇家马车驶来，来不及躲避。正慌乱间，忽然有一个宫女掀起帘子，叫道："是小宋啊！"宋祁非常惊讶，神魂激荡，回家就作了这首《鹧鸪天》词。

这首词很快就传到了宫中，仁宗皇帝知道后，就问是第几辆车子，谁喊的小宋。一个宫女自陈请罪说："有一次在宫内侍宴，陛下宣旨召见翰林学士，周围的公公都说是小宋，我就记住了。那天偶然碰见，就情不自禁地叫了一声小宋。"皇帝召见宋祁，从容地说起此事，宋祁惊恐窘迫，无地自容。仁宗笑着说："蓬山不远。"就将这位宫女赐给了宋祁。

词分上、下两阕，上阕回忆途中相逢，一见钟情的情景。下阕写人海茫茫，宫阙遥远，无缘相见的相思之情。其中袭用或化用前人诗句占全篇一半多的篇幅，如"身无彩凤双飞翼，心有灵犀一点通""刘郎已恨蓬山远"，都是一字不错地袭用了李商隐两首《无题》诗中的诗句，"更隔蓬山几万重"与李商隐诗"更隔蓬山一万重"仅有一字之异。"车如流水马如龙"又是袭用南唐李煜词《忆江南》（多少恨）中的成句。但袭用或化用却很自然，如从己出，很好地表达出词人路上意外相逢，魂牵情系，而蓬山路远、相见无望的独特感受和绵绵无尽的相思之情。

孙洙《菩萨蛮》①

孙洙巨源，元丰中居翰苑②，与李端愿太尉往来最密③。会一日锁院④，宣召者至其家⑤，出数十辈踪迹之⑥，得于李氏。时李新纳姬，善琵琶。孙饮不肯去，而逼于宣召，入院几二鼓矣。草三制罢，尚不能忘情，走笔作《菩萨蛮》云："楼头尚有三通鼓，何须抵死催人去⑦。上马苦匆匆，琵琶曲未终。　　回头凝望处，那更廉纤雨⑧。漫道玉为堂，玉堂今夜长⑨。"迟明，即驰以示李焉。

【注释】

①孙洙（1031—1079）：字巨源，广陵（今江苏扬州）人。北宋词人。他博学多才，文风典雅，有西汉之风。《菩萨蛮》：唐教坊曲，后用为词牌，也用作曲牌。亦作《菩萨鬘》，又名《子夜歌》《重叠金》等。《菩萨蛮》为小令，以五七言组成，双调，四十四字。

②元丰：宋神宗赵顼（xū）的年号（1078—1085）。翰苑：翰林院的别称。

③李端愿（？—1091）：字公谨，北宋官吏。

④锁院：宋代翰林院处理如起草诏书等重大事机时，闭院锁门，断绝与外界的来往，以防止泄密。

⑤宣召：帝王召见臣下。

⑥踪迹：按行踪影迹追查、追寻。

⑦楼头尚有三通鼓，何须抵死催人去：刚刚二更时分，城楼上还要敲三通鼓才天亮，何必这么死命地催人走呢。

⑧廉纤雨：蒙蒙细雨。

⑨玉堂：翰林院的别称。

【评析】

宋洪迈《夷坚甲志》卷四最早记载此事：一天晚上，翰林学士孙洙正在太尉李端愿家欢宴，宴上李端愿新纳的侍妾弹奏琵琶助兴。正在兴浓之时，朝廷却来宣召。孙洙恋恋不舍，不愿离去，但皇命难违，不能不奉召。事后，孙洙仍不能忘情，制草完毕即作词以达情，故此词颇有怨意。

词一开头就是牢骚话："楼头尚有三通鼓，何须抵死催人去。"刚刚二更时分，城楼上还要敲三通鼓天才会亮，现在离天亮还早呢，何必这么死命地催人离开！"抵死"，死命、拚命，表现出对促迫宣召的强烈不满。对于皇帝宣召，竟然如此不情愿，可见这宴会是多么让人留恋！"上马苦匆匆，琵琶曲未终"，还没听完这一曲琵琶，就要匆匆上马，词人深以为憾，万般留恋。琵琶曲的诱人魅力其实是来自那位弹奏琵琶的女子，言外蕴含着对李端愿之姬的深情眷恋。

上阕四句，节奏快速，表现出皇命催人、刻不容缓的紧张气氛，从而反衬出词人万般不情愿，又不敢有违皇命的矛盾心情。

下阕写主人公恋恋不舍，虽已上马，心却依然牵系着宴会，一路出神地频频回头凝望。但天公不作美，又下起了蒙蒙的细雨，眼前一片模糊。有道是"无边丝雨细如愁"，这"廉纤雨"既阻断了词人留连的视线，又打湿了词人愁闷的心绪。一切景语皆情语，小词情景交融而又蕴藉有致。"漫道玉为堂，玉堂今夜长。"在玉堂供职，本来是一件让人感到骄傲的荣宠之事，但今夜的玉堂却让词人感到十分的无聊和索寞，官署的夜晚是如此漫长难熬！这与开头"楼头尚有三通鼓"那种对于时间的感受形成鲜明的对比，使这首小词首尾照应，有回环不尽之妙。

刘几《花发状元红慢》①

刘几伯寿，素精音律。神庙时②，与范蜀公重定大乐③。熙宁中④，以秘监致仕。洛品曰状元红⑤，为一时之冠。乐工范日新，能为新声。汴妓郜懿以色著。一日春暮，值牡丹盛开，伯寿携范日新就郜懿赏花欢饮，因制《花发状元红慢》以纪之云："暄春向暮，万卉成阴，有嘉艳方坼⑥。娇姿嫩质。冠群品，共赏倾城倾国。上苑晴画暄⑦，千素万红尤奇特。绮筵开会⑧，咏歌才子，压倒元白⑨。　别有芳幽苞小，步障华丝，绮轩油壁。与紫鸳鸯，素蛱蝶⑩。自清旦、往往连夕。巧莺喧脆管，娇燕语雕梁留客。武陵人⑪，念梦役意浓，堪遣情溺。"郜懿第六，当时人皆呼郜六。生女蔡奴，色艺尤著。李定亦其所生，时议谓定母死不服丧者，母即郜六也。

【注释】

①刘几（1008—1088）：字伯寿，号玉华庵主，洛阳（今属河南）人。《花发状元红慢》：词牌名。双调，一百零二字，上、下阕各十一句，五仄韵。

②神庙：即指宋神宗赵顼（xū，1048—1085）。即位后，深感于北宋政治的疲弱，命王安石推行变法，史称"王安石变法"，又称"熙宁变法"，使宋积贫积弱局势有所改观。

③范蜀公（1007—1088）：即范镇，字景仁，华阳（今四川成都）人。与欧阳修、宋祁等一起修《新唐书》。中国史学界有"三范修史"的佳话，三范即范镇、范祖禹、范冲。《宋史·范镇传》。

④熙宁：宋神宗赵顼年号（1068—1077）。

⑤状元红：牡丹花的一个品种。

⑥坼（chè）：裂开，开放。

⑦上苑：皇家的园林。

⑧绮筵：华丽丰盛的筵席。

⑨元白：指唐朝诗人白居易与元稹。两人共同倡导新乐府运动，世称"元白"。

⑩蛱蝶：蝴蝶之一种。

⑪武陵人：用刘晨、阮肇典故，借指相爱之人。

【评析】

宋代出现了一种"评花榜"现象，即品评妓女的等次。起初，一些名士才子在歌馆舞筵游玩之际，兴之所至，往往会对自己熟悉、赏识的妓女予以比较、品评。他们或者以名花，或者以科举功名分列妓女等次，并且还会以诗词或评语来概括妓女的特征。品第之后，公之于众。后来，"评花榜"就成为一种评选和品题名妓的流行活动。

在品花列榜之前，主持人先是选好花场，立下章程，然后召集名妓赴会，围观者往往成千上万。文士名流一边饮酒行令，一边对众妓品定高下，题写评语，名次评定后当场公之于众。妓女们一经品题，往往就会身价倍增。

这则本事就可见北宋熙宁年间的此种风气。汴京名妓郜懿在开花榜时被品评为状元红，称一时之冠。《醉翁谈录》中也记载："丘郎中守建安日，招置翁元广于门馆，凡有宴会，翁必预焉；其诸妓佐樽，翁得熟谙其姿貌妍丑，技艺高下，因各指一花以寓品藻之意，其词轻重，各当其实，人竞传之。"

明代冯梦龙在《卖油郎独占花魁》中描写了南宋杭州一位名妓莘瑶琴的故事。莘瑶琴被称为花魁娘子，也是在"评花榜"中所得的桂冠。

韩缜《芳草词》①

韩玉汝有爱姬，能词。韩使北时，姬作《蝶恋花》送之云②："香作风光浓着露，正恁双栖，又遣分飞去。密诉东君应不许，泪波一洒奴衷素。"神宗知之，特命步军司搬家追送。时莫测中旨所出，后乃知因别曲传入内廷也。韩亦有《芳草词》

云："锁离愁，连绵无际，来时陌上初薰③。绣帏人念远④，暗垂珠露⑤，泣送征轮。长行长在眼，更重重、流水孤村。但望极楼高，尽日目断王孙⑥。　　销魂。池塘从别后，曾行处、绿妒轻裙⑦。恁时携素手⑧，乱花飞絮里，缓步香茵⑨。朱颜空自改，向年年、芳意长新。遍绿野、嬉游醉眼，莫负青春。"

【注释】

①韩缜（1019—1097）：字玉汝，原籍灵寿（今属河北），徙雍丘（今河南杞县）。庆历二年（1042）进士。《宋史》《东都事略》有传。《全宋词》录其词一首。《芳草词》：词牌名，又名《凤箫吟》《凤楼吟》。双调，一百字，上阕十句四平韵，下阕十句五平韵。

②《蝶恋花》：唐教坊曲，后用为词牌名。一般用来填写多愁善感和缠绵悱恻的内容。

③陌上初薰：路上散发着草的香气。陌，道路。

④绣帏：绣房，闺阁。

⑤暗垂珠露：暗暗落下一串串珠露般的眼泪。

⑥王孙：这里指送行之人。

⑦绿妒轻裙：轻柔的罗裙和芳草争绿。

⑧恁（nèn）时：那时，彼时。素手：指女子洁白如玉的手。

⑩香茵：芳草地。

【评析】

此事宋人叶梦得《石林诗话》中也有记载："元丰初，夏人来议地界，韩丞本玉汝出分画，将行，与爱姬刘氏剧饮通夕，且作词留别。翌日，忽中批步兵司遣为搬家追送之，初莫测所由，久之方知自乐府发也。"

清代沈雄《古今词话》亦引《乐府纪闻》云："韩缜有爱姬能词，韩奉使时，姬作《蝶恋花》送之云：'香作风光浓着露，正恁双栖，又遣分飞去。密诉东君应不许，泪波一洒奴衷素。'神宗知之，遣使送行。刘贡父（放）赠以诗：'卷耳幸容留婉娈，皇华何啻有光辉。'莫测中旨何自而出，后乃知姬人别曲传入内廷也。韩作《芳草词》别云……此《凤箫吟》词咏芳草以留别，与《兰陵王》咏柳以叙别同意。后人竟以《芳草》为调名，则失《凤箫吟》原唱意也。"

韩缜身为北宋的使臣，在出行之际，不念国家大事，却与爱姬通宵剧饮，缠绵赠词。天子读罢，竟然派步兵司搬家追送其姬随行，此等艳事在文人士大夫间广为流播，并屡见于诗话、词话，由此可见北宋的大臣是怎样地文恬武嬉！

韩姬词直抒离情，韩缜词却自然地融入了前人诗赋意境，使小词富有感染力。又巧妙地化用前人诗句而不着痕迹，增强了艺术表现力。如"陌上初薰"化用南朝江淹《别赋》"闺中风暖，陌上草熏"之句；"绿妒轻裙"从唐牛希济《生查子》"记得绿罗裙，处处怜芳草"两句化出；"目断王孙"则融入汉淮南小山《招隐士》"王孙游兮不归，芳草生兮萋萋"之意；"向年年"句显然又是用唐白居易《赋得古原草送别》诗"离离原上草，一岁一枯荣。野火烧不尽，春风吹又生"之意，等等。

全词处处用典、化句，又用拟人、比喻的手法，将草拟人化，把芳草上的露珠比喻为惜别之泪，将离情渲染得委婉深曲，连绵不尽。

吴感《折红梅》①

吴感应之，天圣中省试第一②，以文章知名。有爱姬曰红梅，因以名其阁。乃制《折红梅》词云："睹南翔征雁③，疏林败叶，凋霜凌乱。独红梅、自守岁寒，天教最后开绽。盈盈水畔，疏影蘸、横斜清浅。化工似把④，深色燕支，怪姑射仙姿⑤，剩与红间。　　谁人宠眷。待金锁不开，凭阑先看。曾飞落、寿阳粉额，妆成汉宫传遍⑥。江南风暖。春信喜、一枝清远。对酒便好，折取奇葩，捻清香重嗅，举杯重劝。"

【注释】

①吴感：字应之，吴（今江苏苏州）人。《折红梅》：词牌名。双调，一百零八字，上阕十一句，五仄韵；下阕十一句，六仄韵。。

②天圣：宋仁宗赵祯的年号（1023—1032）。

③征雁：迁徙的雁，多指秋天南飞的雁。

④化工：指自然的造化者。

⑤姑射（yè）：神仙或美人的代称。

⑥曾飞落、寿阳粉额，妆成汉宫传遍：说的是南朝宋武帝之女寿阳公主的传说。有一天，寿阳公主躺卧在含章殿的屋檐下小憩，这时，梅花落在公主的额上，留下了淡淡的腊梅花痕。皇后看到后，十分喜爱，特意让寿阳公主保留着它，三天后才用水洗掉。有宫女就以红点额加以效仿。不久，这种被人们称为"梅花妆"的妆饰方式便在宫中流行开来。

【评析】

《永乐大典》亦将此词归于吴感名下，但吴感《折红梅》其实不是这一首。

吴感在苏州有宅园，廊亭回环，花木扶疏。园内书房名为红梅阁。吴感十分宠爱一位名叫红梅的侍妓，因此以其名命名书阁。吴感还曾经为她作《折红梅》一词："喜冰澌初泮，微和渐入，东郊时节。春消息，夜来顿觉，红梅数枝争发。玉溪仙馆，不是个、寻常标格。化工别与、一种风情，似匀点胭脂，染成香雪。　重吟细阅。比繁杏夭桃，品格真别。只愁共、彩云易散，冷落谢池风月。凭谁向说。三弄处、龙吟休咽。大家留取，时倚阑干，闻有花堪折，劝君须折。"并让家中歌妓歌唱，《折红梅》词于是在吴地广为传播。宋代龚明之在《中吴纪闻》中记道："其词传播人口，春日郡宴，必使倡人歌之。"

因为吴感《折红梅》词广为传唱，就有人填《折红梅》词回应："睹南翔征雁，疏林败叶，凋霜零乱。独红梅、自守岁寒，天教最后开绽。盈盈水畔，疏影蘸、横斜清浅。化工似把，深色燕支，怪姑射仙姿，剩与红间。　谁人宠眷，待金锁不开，凭阑先看。曾飞落、寿阳粉额，妆成汉宫传遍。江南风暖。春信喜、一枝清远。对酒便好，折取奇葩，捻清香重嗅，举杯重劝。"

歌妓传唱是宋词传播的一种重要方式，歌妓和词人，和宋词的发展都有密切的联系。

欧阳修《临江仙》①

欧阳永叔为河南幕官时，尝眷一妓。钱文僖为留守②，梅圣俞、尹师鲁同在幕下③。一日，宴于后园，客集而欧与妓俱不至。移时方来，钱诘妓何以后至。妓谢曰："患暑，往凉堂小憩，觉后失金钗，竟未觅得，是以来迟。"钱笑曰："若得欧推官一词，当为偿钗。"欧即席赋《临江仙》云："柳外轻雷池上雨，雨声滴碎荷声。小楼西角断虹明。阑干私倚④，待得月华生⑤。　　燕子飞来窥画栋，玉钩垂下帘旌⑥。凉波不动簟纹平⑦。水晶双枕，旁有堕钗横⑧。"举座击节叹赏。钱命妓满酌进欧公，库为偿钗焉。

【注释】

①欧阳修（1007—1072）：字永叔，号醉翁、六一居士，吉州永丰（今江西吉安永丰）人。北宋政治家、文学家。欧阳修继承并发展了韩愈的古文理论，散文创作的高度成就与其古文理论相辅相成，从而开创了一代文风，领导了北宋诗文革新运动，成为一代文坛领袖。后人将其与韩愈、柳宗元和苏轼合称"文章四大家"，又与韩愈、柳宗元、苏轼、苏洵、苏辙、王安石、曾巩并

称为"唐宋散文八大家"。欧阳修在变革文风的同时，也对诗风、词风进行了革新。在史学方面，也有较高的成就。《临江仙》：唐教坊曲，后用作词牌，为双调小令。又名《画屏春》《庭院深深》《采莲回》《想娉婷》《瑞鹤仙令》等。俱为平韵格，字数有五十二字、五十四字、五十八字、五十九字、六十字、六十二字六种。全词分两阕，上、下阕各五句，三平韵。

②钱文僖（977—1034）：即钱惟演，字希圣，谥文僖，钱塘（今浙江杭州）人。北宋著名诗人，西昆体的重要代表，博学能文，今存《家王故事》《金坡遗事》等。

③梅圣俞（1002—1060）：即梅尧臣，字圣俞，宣州宣城（今属安徽）人。梅尧臣是北宋著名诗人，他反对西昆体，主张写实，诗作力求平淡、含蓄，号为"梅体"，被誉为宋诗的"开山祖师"。他与苏舜钦齐名，时号"苏梅"，又和欧阳修并称"欧梅"。词存二首。他还曾参与编撰《新唐书》，并为《孙子兵法》作注，所注为孙子十家著（或十一家著）之一。有《宛陵先生集》六十卷。尹师鲁（1001—1047）：即尹洙，字师鲁，河南（今河南洛阳）人。北宋散文家，世称"河南先生"。他继柳开、穆修之后，提倡古文，反对浮靡的文风，是唐宋古文运动的重要作家。尹洙一生喜谈兵事，又精于史学，欧阳修曾与他商议修《五代史记》。有《河南先生文集》。

④阑（lán）干：栏杆。

⑤月华：月光、月色之美丽。这里指月亮。

⑥玉钩：精美的帘钩。帘旌（jīng）：帘端下垂用以装饰的布帛。此代指帘幕。

⑦凉波不动簟（diàn）纹平：指竹子做的凉席平整如不动的波纹。簟，竹席。

⑧旁有堕钗横：化用唐李商隐《偶题》："水文簟上琥珀枕，旁有堕钗双翠翘。"堕，脱落。

【评析】

宋代钱世昭《钱氏私志》记载："欧阳文忠公任河南推官，亲一妓。时先文僖罢政为西京留守，梅圣俞、谢希深、尹师鲁同在幕下，惜欧有才无行，共白于公，屡微讽之而不恤。一日，宴于后园，客集而欧与妓俱不至，移时方来，在坐相视以目。公责妓云：'未至，何也？'妓云：'中暑往凉堂睡着，觉而失金钗，犹未见。'公曰：'若得欧阳推官一词，当为汝偿。'欧即席云……坐皆称善。遂命妓满酌赏饮，而令公库偿钗，戒欧当少戢。"《本事词》此则故事即本于此，胡适亦以《钱氏私志》考证此首《临江仙》为欧阳修所作。

词分上、下两阕。上阕写夏日室外骤雨旋晴的景色：柳林外传来轻雷声，则雷声远，雨并不急骤。滴在池塘里，风吹荷叶摩擦的声音中夹杂上了雨声。雨过天晴，一角彩虹挂在小楼西角，而小楼上则有人静静伫立，直至月亮升起。是赏景，还是等人？词没有交待。

下阕从燕子的视角写室内景象：画栋、玉钩、帘旌，凉簟、水晶双枕、堕钗。无一笔写人，却生动地画出了一幅闺中人的昼日小睡图。

词中用字非常传神："滴碎荷声"，一个"碎"字细腻地描绘出风声、雨声的交响；"断虹明"，"断"字、"明"字真实生动地再现楼上檐间望见彩虹的场景。

欧阳修创作态度非常严谨，锻字炼句精益求精，于此可见一斑。

欧阳修《生查子》①

"去年元夜时②，花市灯如昼③。月在柳梢头，人约黄昏后。　　今年元夜时，灯月仍依旧。不见去年人，泪满春衫袖④。"此六一居士词，世有传为朱秋娘作⑤，遂疑朱为失德女子，亟为辩之。秋娘名希真，与朱敦儒之字正同⑥。

【注释】

①《生查子》：唐教坊曲，后用作词调名。也称《楚云深》《梅和柳》《晴色入青山》《相和柳》《梅溪渡》《陌上郎》《遇仙楂》《愁风月》《绿罗裙》等。双调，四十字，上、下阕各四句，格式相同，各两仄韵，上、去通押。

②元夜：即农历正月十五元宵之夜。从唐朝开始，民间就有正月十五夜间观灯闹元宵的风俗。北宋时从正月十四到正月十六，连续三天开宵禁，游人逛灯街、花市，通宵歌舞。此时也是年轻人密约幽会、谈情说爱的时节。

③花市：民俗每年春时举行的卖花、赏花的集市。

④春衫：年少时穿的衣服，也指代年轻时的自己。

⑤朱秋娘：即朱淑真，生卒年不详，小字秋娘，号幽栖居士。南宋著名女词人。

⑥朱敦儒（1081—1159）：字希真，洛阳（今属河南）人。宋代著名词人，有

"词俊"之名，与"诗俊"陈与义等并称为"洛中八俊"。有词三卷，名《樵歌》。

【评析】

这首《生查子》作者是欧阳修还是朱淑真，一直都存有争议。

有人认为此词作者是朱淑真。"月在柳梢头，人约黄昏后"，无疑就是私相约会之词，古代闺阁妇女若有此举，那是为人所不齿的。因此闺阁女儿作此种"淫"词，也会比李清照被后人指责的"闾巷荒淫之语，肆意落笔"更为严重。所以明代的杨慎在《词品》里一本正经地斥责朱淑真为"不贞"。

也有人认为此词是欧阳修所作。清代王士禛《池北偶谈》云："今世所传女郎朱淑真'去年元夜时，灯市花如昼'，见《欧阳文忠公集》一百三十一卷，不知何以讹为朱氏之作。世遂因此词，疑淑真失妇德，纪载不可不慎也。"清代陆以湉《冷庐杂识》也辨析道："'去年元夜'一词，本欧阳公作。后人误编入《断肠集》（渔洋山人亦辨之），遂疑朱淑真为泆女，皆不可不辨。按'去年元夜'词，非朱淑真作，信矣。"

这是一首语近情遥、脍炙人口的佳作。词在今昔对比中，追忆往昔的甜蜜欢乐，表达今日的孤独忧伤。

"去年元夜时，花市灯如昼。月在柳梢头，人约黄昏后。"花市、明灯、朗月、青柳、黄昏、幽会，时间、地方、风景、场面……无不温馨、浪漫、欢洽、柔美。

"今年元夜时，灯月仍依旧。不见去年人，泪满春衫袖。"下阕开头和上阕开头只差一字，第二句也是"灯月仍依旧"，但接下来却词情陡转，物是人非，往昔月上柳梢头的温柔化作今日的"泪满春衫袖"。真是"物是人非事事休，欲语泪先流"。

欧阳修此词的艺术构思与唐人崔护的《游城南》（去年今日此门中）相似，但比崔诗更具有回环错综之美，也更富民歌风味。

张先词①

张子野风流潇洒，尤擅歌词，灯筵舞席赠妓之作绝多。其有名可考者：《谢池春慢》为谢媚卿作也②，词云："缭墙重院③，时闻有、流莺到④。绣被掩余寒，画阁明新晓。朱槛连空阔⑤，飞絮无多少。逗莎平⑥，池水渺。日长风静，花影闲相照。　尘香拂马，逢谢女、城南道。秀丽过施粉，多媚生轻笑。斗色鲜衣薄⑦，碾玉双蝉小⑧。欢难偶，春过了。琵琶流韵，都入相思调。"又《南乡子·听二玉鼓胡琴》也⑨，词云："相并细腰身⑩。时样宫妆一样新⑪。曲项胡琴鱼尾拨，离人⑫。入塞弦声水上闻。　天碧染衣巾。血色轻罗碎摺裙。百卉已随霜女妒，东君⑬。暗折双花借小春。"又《望江南·赠龙靓》也⑭，词云："青楼宴，靓女荐银杯。一曲白云江月满，际天拖练夜潮来⑮。人物误瑶台⑯。　醺醺醉，拂拂上双腮⑰。媚脸已非朱淡粉，香红全胜雪笼梅。标格外风埃⑱。"他如，赠年十二琵琶娘者，有《醉垂鞭》云⑲："朱粉不须施，花枝小，春偏好。娇妙近胜衣⑳，轻罗红雾垂。　　琵琶金画凤，双绦重㉑，倦眉低。啄木细声迟，黄蜂花上飞。"又听九人鼓胡琴者，有《定西番》云㉒："焊拨紫檀金衬㉓，双秀莩、两回鸾㉔。齐学汉宫妆样，竞婵娟。　　三十六弦弹闹，小弦蜂作团。听尽昭君幽怨，莫重弹。"又舟中闻双琵琶者，有《剪牡丹》云㉕："野绿连空，天青垂水，素色溶漾都净。柔柳摇摇，坠轻絮无影。汀洲日落人归，修巾薄袂㉖，撷香拾翠相竞。如解凌波㉗，泊烟渚春暝。　　彩绦朱索新整。宿绣屏、画船风定。金凤唱、双槽弹出㉘，古今幽思谁省？玉盘大小乱珠迸。酒上妆面，花艳媚相并。重听，尽汉妃一曲，江空月静。"而咏吹笛、咏舞、赠善歌诸作，又不胜枚举矣。

【注释】

①张先（990—1078）：字子野，乌程（今浙江湖州吴兴）人。北宋著名词人，"能诗及乐府，至老不衰"（《石林诗话》卷下），曾与梅尧臣、欧阳修、苏轼等游。他善作慢词，与柳永齐名，造语工巧，因其词中有三处妙用"影"字，世称"张三影"。有《张子野词》，存词一百八十多首。

②《谢池春慢》：词牌名。双调，九十字，上、下阕各十句，五仄韵。谢媚卿：生卒年不详，北宋歌伎。张先在观赏玉仙观的途中与她偶遇。

③缭墙：围墙。

④流莺：即莺。流，谓其鸣声婉转。

⑤朱槛：红色栏杆。

⑥迳莎：即莎迳或莎径，长满莎草的小路。

⑦斗色：争奇斗美。

⑧碾玉双蝉：用碾玉作的双蝉，是一种装饰用的玉器。

⑨《南乡子》：唐教坊曲，后用作词牌名。又名《好离乡》《蕉叶怨》。原为单调，有二十七字、二十八字、三十字各体，平仄换韵。单调始自后蜀欧阳炯，此词牌即以欧阳炯《南乡子》为正体。南唐冯延巳始增为双调。冯词平韵五十六字，十句，上、下阕各四句用韵。另有五十八字体者。《南乡子》定格为双调，五十六字，上、下阕各四平韵，一韵到底。

⑩相并：并排，并列。

⑪时样：时新的式样。

⑫离人：离开家园、亲人的人。

⑬东君：东风，春风。

⑭龙靓：约活动于990—1078年间，北宋杭州营妓。

⑮拖练：飘动而绵长的白绢。

⑯人物误瑶台：误以为是瑶台中的人物。瑶台，中国古代神话传说中神仙所居之地。

⑰拂拂：散布貌。

⑱标格外风埃：指气质超凡脱俗。标格，风范，品格。风埃，指世俗，纷乱的现实社会。

⑲《醉垂鞭》：词牌名。双调，四十二字，上、下阕各五句，三平韵、两

仄韵。

　　⑳胜衣：谓儿童稍长，能穿起成人的衣服。

　　㉑绦（tāo）：用丝线编织成的花边或扁平的带子，可以装饰衣物。

　　㉒《定西番》：唐教坊曲名，后用作词调名。一共四十一个字，此调有不同格体，俱为双调。

　　㉓焊拨：即捍拨，弹奏琵琶用的拨子。

　　㉔秀萼：秀美的花萼。回鸾：即回鸾舞，古代舞曲名。

　　㉕《剪牡丹》：词牌名。双调，一百零一字，上阕十句四仄韵，下阕十句七仄韵。

　　㉖袂：衣袖。这里指衣服。

　　㉗凌波：即踩水而行。

　　㉘金凤：代指琵琶。双槽：指两把琵琶。槽，指琵琶上架弦的格子。

【评析】

　　张先以诗句精工而受人称赞。《古今诗话》中说："有客谓子野曰：'人皆谓公张三中，即心中事、眼中泪、意中人也。'公曰：'何不目之为张三影？'客不晓。公曰：'云破月来花弄影''娇柔懒起，帘压卷花影''柳径无人，堕絮飞无影'，此余生平所得意也。"因此得名"张三影"。他的《一丛花令》中有"沉恨细思，不如桃杏，犹解嫁东风"之句，从而又拥有"桃杏嫁东风郎中"的雅号。

　　张先词内容大多是士大夫的诗酒生活和男女之情，也有登山临水之作，部分词作描写都市社会生活。他擅长小令，一些清新深婉的小词写得很有情韵。

善作慢词，与柳永齐名。

　　张先是使词由小令转向慢词的一个重要作家，在两宋婉约词史上影响巨大。他的词意韵恬淡，意象繁富，内在凝练。

　　清末词学理论家陈廷焯评张先词说："才不大而情有余，别于秦、柳、晏、欧诸家，独开妙境，词坛中不可无此一家。"（《词坛丛话》）又说："张子野词，古今一大转移也。前此则为晏、欧，为温、韦，体段虽具，声色未开。后此则为秦、柳，为苏、辛，为美成、白石，发扬蹈厉，气局一新，而古意渐失。子野适得其中，有含蓄处，亦有发越处。但含蓄不似温、韦，发越亦不似豪苏腻柳。规模虽隘，气格却近古。自子野后一千年来，温、韦之风不作矣，亦令我思子野不置。"（《白雨斋词话》）细腻地分析了张先在词史上的地位。

　　此则本事所录几首词都是其灯筵舞席的赠妓之作，是其风雅浪漫生活的体现，艺术上也见其深婉精工。

沈子山词①

　　宿州营妓张温卿，色艺冠时，见者无不心醉。沈子山为狱掾②，最留情焉。秩满去官③，不能忘情，归舟途次④，为赋《别银灯》两阕⑤。其一云："一夜隋河风劲⑥。霜混水天如镜。古柳堤长，寒烟不起，波上月流无影。那堪频听。疏星外、离鸿相应。　　须信道情多是病。酒未到愁肠还醒。数叠罗衾，余香未减，甚时枕鸳重并。教伊须更⑦。将兰约见时先定。"其二云："江上秋高霜早。云净月华如扫。候雁初飞，啼螿正苦⑧，又是黄花衰草。等闲临照。潘郎鬓、星星渐老⑨。　　那堪更酒醒孤棹。望千里长安西笑。臂上妆痕，胸前粉泪，暗惹离愁多少。此情谁表。除非是重相见了。"后张子野、黄子思相继为掾⑩，亦甚赏之。偶陈求古以光禄丞来掌榷酤⑪，温卿遂托身焉。两载而殁⑫，年仅十九。子思以诗吊之云："人生第一莫多情，眼看仙花结不成。为报两京才子道，好将诗句哭温卿。"

【注释】

①沈子山：即沈邈，生卒年不详，字子山，信州弋阳（今属江西）人。

②狱掾（yuàn）：狱曹的属吏。

③秩满：官吏任期届满。

④途次：旅途停留，住宿。

⑤《剔银灯》：词牌名。双调，上、下阕各七句。

⑥隋河：指隋炀帝杨广开通的隋唐大运河。

⑦须更：更应该。

⑧螿（jiāng）：蝉属，似蝉而小，色青。

⑨潘郎：指晋代的潘岳。潘岳美容止，为女子所爱慕。后来便以潘代指貌美的情郎。

⑩黄子思：即黄孝先，生卒年不详，字子思，浦城（今属福建）人。宋仁

宗天圣二年（1024）进士。北宋诗人。

⑪偶：假借为"遇"，遇合，得到赏识。陈求古：生卒年不详，阆中（今属四川）人。仁宗时曾任越州剡县县令，庆历中为国子博士，累迁驾部郎中。榷酤：亦作"榷沽"，汉代以后历代政府所实行的酒专卖制度。

⑫殁（mò）：死。

【评析】

这则本事叙述的是《剔银灯》词背后的凄美故事。《全宋词》亦有收录。两词都是先以景起，景是秋寒萧索之景；继以抒情，情是离别愁苦之情；后结以盟誓。

柳永《鹤冲天》①

柳耆卿初名三变，与兄三接、三复齐名，时称"柳氏三绝"。偶因下第②，戏赋《鹤冲天》云："黄金榜上③。偶失龙头望④。明代暂遗贤⑤，如何向⑥。未遂风云便⑦，争不恣⑧，狂游荡。何须论得丧⑨。才子词人，自是白衣卿相⑩。　烟花巷陌⑪，依约丹青图障⑫。幸有意中人，堪寻访⑬。且恁偎红翠⑭，风流事，平生畅。青春都一晌⑮。忍把浮名⑯，换了浅斟低唱。"此亦一时遣怀之作⑰，都下盛传⑱，至达宸听⑲。时仁宗方深思儒雅，重斥浮华，闻之颇然⑳。次举，柳即登第。至胪唱时㉑，帝曰："此人好去浅斟低唱，何要浮名，且填词去。"柳因自称"奉旨填词"。迨景祐中，始复得第。
改名后，方磨勘转官焉㉒。

【注释】

①柳永（约987—约1053）：原名三变，字景庄，后改名永，字耆卿，排
行第七，又称柳七，崇安（今福建武夷山）人。柳永是北宋著名词人，宋婉
约词派的代表人物之一。他自称"奉旨填词柳三变"，以毕生精力作词，并以
"白衣卿相"自诩。其词多描绘城市风光和歌妓生活，尤长于抒写羁旅行役之
情。柳永大力创制慢词，善于铺叙刻画。他的词情景交融，音律谐婉，语言通
俗，在当时流传极广，人称"凡有井水饮处，皆能歌柳词"。《鹤冲天》：词牌
名。双调，仄韵格。

②下第：科举时代殿试或乡试没考中称为"下第"，又称"落第"。

③黄金榜：指录取进士的金字题名榜。

④龙头：旧时称状元为龙头。

⑤明代：政治清明的时代。遗贤：遗漏了贤能之士。

⑥如何向：向何处。

⑦风云：风云际会，指得到好的机遇。

⑧争不：怎不。恣：放纵，随心所欲。

⑨得丧：得失。

⑩白衣卿相：指自己才华出众，虽然没有官职，也有卿相一般的尊贵。白
衣，古代未仕之士身着白衣。

⑪烟花：指妓女。巷陌：指街巷。

⑫丹青图障：彩绘的屏风。丹青，绘画的颜料。这里借指画。

⑬堪：能，可以。

⑭恁：如此。偎红翠：指狎妓。

⑮一晌：片刻，一会儿。指时间短暂。

⑯忍：忍心，狠心。浮名：指功名。

⑰遣怀：抒写排遣情怀。遣，排遣。

⑱都下：京都。

⑲宸（chén）听：谓帝王的听闻。宸，北辰（北极星）的所在、星天之枢。借指帝王所居，又引申为帝王的代称。

⑳艴（fú）然：生气的样子。

㉑胪唱：科举殿试之后，皇帝传旨召见新考中的进士，依次唱名传呼，称为"胪唱"，也叫"传胪"。

㉒磨勘：古代政府通过勘察官员政绩，任命和使用官员的一种考核方式。

【评析】

祸从口出，自古文人多以文招祸。此《鹤冲天》词是词人落第后牢骚之情的宣泄。

"黄金榜上。偶失龙头望。""黄金榜""龙头望"，可见柳永自视之高，志在夺魁。而落第不中，也视为"偶失""暂遗"，对自己仍然充满了信心。

"明代暂遗贤"，唐玄宗曾特诏，求天下有一艺之长者到长安应试，结果主持特试的李林甫非但没有录取一人，还向皇帝奏报"野无遗贤"，柳永这句词隐含着对所谓的圣明之世的讥讽。

"如何向。未遂风云便，争不恣，狂游荡。何须论得丧。才子词人，自是白衣卿相。"词人未因落第而沮丧，他狂荡狷介，自称"白衣卿相"，堂而皇之地去向正人君子讳言的"烟花巷陌"消情遣志。

柳永以风流傲视功名，但一句"忍把浮名，换了浅斟低唱"的牢骚话也惹怒了皇帝，下一次科考，在最后一关——天子殿试中凌空挫跌，皇帝以其词相击曰："此人好去浅斟低唱，何要浮名，且填词去。"柳永因此成为"奉旨填词柳三变"。

此后他甚至穷彻寒骨，连丧葬费都是他流连吟咏的烟花女子们凑置的。但孰失孰得？也正因此，词人能放情专力为词，最终成就了"凡有井水饮处，皆能歌柳词"的一代词宗，其歌咏东南形胜之词甚至令一代枭雄金主完颜亮"遂起投鞭之志"。

柳永《望海潮》①

耆卿与孙相何为布衣交②。孙镇杭日，门禁甚严，柳欲进谒③，门吏不为通刺④。乃制《望海潮》词，诣名妓楚楚曰："欲见孙相不得通，若因府会，愿朱唇为歌此词。倘询谁作，但云柳七耳。"适中秋夜宴，楚为宛转歌之。果询谁作，答以柳七，孙即席延柳预宴。其词云："东南形胜⑤，三吴都会⑥，钱塘自古繁华⑦。烟柳画桥⑧，风帘翠幕⑨，参差十万人家。云树绕堤沙，怒涛卷霜雪⑩，天堑无涯。市列珠玑⑪，户盈罗绮⑫，竞豪奢。　　重湖叠巘清佳⑬。有三秋桂子⑭，十里荷花。羌笛弄晴，菱歌泛夜，嬉嬉钓叟莲娃。千骑拥高牙⑮。乘醉听箫鼓，吟赏烟霞。异日图将好景⑯，归去凤池夸⑰。"然此词传播，致启金海陵立马吴峰之志⑱，又追咎于歌咏之工也已。

【注释】

①《望海潮》：词牌名。双调，一百零七字，上阕五平韵，下阕六平韵，一韵到底。

②孙相何：即孙何（961—1004），字汉公，汝州（今属河南）人。淳化三年（992）举进士甲科。有《两

晋名臣赞》《春秋意》《尊儒教议》《驳史通》传于世。布衣交：指不拘地位高低，平等相处的朋友。

③进谒：进见上司，谒见。

④通刺：通报传递来访者的姓名或名片。

⑤形胜：地理形势特别好的地方。

⑥三吴：即吴兴（今浙江湖州）、吴郡（今江苏苏州）、会稽（今浙江绍兴）三郡。

⑦钱塘：今浙江杭州，古吴国的一个郡，唐宋时已经非常繁华。

⑧烟柳：雾气罩着的柳树。画桥：雕饰华美的桥。

⑨风帘：挡风的帘子。翠幕：翠绿色的帷幕。

⑩怒涛卷霜雪：汹涌的浪潮冲卷，浪花像霜雪在滚动。

⑪珠玑（jī）：珍珠玉石等珍贵的商品。

⑫罗绮（qǐ）：彩色的丝绸。

⑬重（chóng）湖：西湖分里湖和外湖，故称重湖。叠巘（yǎn）：层层叠叠的山峰。巘，山峰。

⑭三秋：秋季第三个月，即阴历九月。桂子：桂花。

⑮千骑（jì）：大批的马队。高牙：原指旗杆饰以象牙的军前大旗，这里指孙何。

⑯异日图将好景：日后把这番美景画出来。异日，他日。图，描绘。

⑰凤池：凤凰池，古代宰相衙门所在地。这里借指朝廷。

⑱启金海陵立马吴峰之志：金主完颜亮读到这首词后，对杭州天然秀丽的景色垂涎三尺，这才有了日后率大军南下，扬鞭渡江侵略大宋的举动。

【评析】

《望海潮》始见于《乐章集》，是柳永创制的新调。柳永渴望用世，却一直不得志。他到处浪游，到了杭州，得知故友孙何任两州转运使，便作此词让歌妓传唱，以希得到故友的提拔。因此，此词是为干谒而作。

柳永是一代婉约词宗，他浪迹烟花柳巷，词多描写都市繁华和青楼女子的生活，风格以纤丽婉约、低回幽怨为主。此词在柳永同样题材的作品中，却风格独具，兼有豪放阔大之象。

此词极具艺术匠心，通过描写杭州都会的壮美、物质的富足、生活的惬意来赞美地方官孙何的治理有方，同时展现自己富赡的才华，以求故友荐引。

词分上、下两阕，上阕描写都市繁华，以"竞豪奢"三字为主线；下阕以西湖为重点写景，以"清佳"二字总括。

"东南形胜，三吴都会，钱塘自古繁华。"由东南到三吴到钱塘，由古到今，词一开头就从时、空两个维度鸟瞰都会全景，纵贯古今形胜、繁华，视野开阔。与唐朝诗人王勃《滕王阁诗序》开头"豫章故郡，洪都新府。星分翼轸，地接衡庐。襟三江而带五湖，控蛮荆而引瓯越……"有异曲同工之妙。接下来就紧紧围绕"形胜""繁华"写画桥、屋宇、车乘之富丽，人口之繁庶，商品之"竞豪奢"，极尽都市之富丽。

下阕聚焦于西湖，重叠的山峰、郁香的桂子、悦目的清荷，又有幽幽的笛管、清扬的歌喉，犹如人间仙境。人在其中，老人悠闲垂钓，小孩儿欢快嬉笑。当此之际，一方地方官与民同乐，"千骑拥高牙"，万人拥戴，一幅地胜物阜、国泰民安的盛世图景如在眼前。

全词大开大阖，波澜起伏，既充分描绘了一幅承平之治的景象，又充分表现出了词人如江似海的赋词才具，但这样一首干谒词却没有起到如期的效果，柳永并未因此而获得孙何有力的荐举。

苏轼《贺新郎》①

苏子瞻倅杭日②，府僚高会湖中，群妓毕集，惟秀兰不至。营将督之，良久乃来。诘其故，答因午浴倦眠，忽闻扣门声，起视，乃营将催督也。整妆趋命，不觉稍迟。时府僚有属意于兰者③，责以有私，秀兰力辩，子瞻亦为之缓颊④，终未释然。适榴花盛开，秀兰以一枝献座，府僚愈怒其不恭，秀兰进退失措。子瞻欲为解围，乃赋《贺新郎》词授秀兰歌之。词云："乳燕飞华屋⑤。悄无人、桐阴转午，晚凉新浴。手弄生绡白团扇⑥，扇手一时似玉⑦。渐困倚、孤眠清熟。帘外谁来推绣户，枉教人梦断瑶台曲⑧。又却是，风敲竹⑨。　　石榴半吐红巾蹙⑩。待浮花浪蕊都尽⑪，伴君幽独⑫。秾艳一枝细看取⑬，芳心千重似束⑭。又恐被、秋风惊绿⑮。若待得君来，向此花前，对酒不忍触。共粉泪，两簌簌⑯。"秀兰闻命欣然，即歌以侑觞。声容双妙，满座尽欢而罢。

【注释】

①苏轼（1037—1101）：字子瞻，号东坡居士，眉州眉山（今属四川）人。在诗、词、文创作方面都取得了优异的成就。在诗歌创作方面，题材广泛，风格清新豪健，善于运用夸张比喻的手法，与黄庭坚并称"苏黄"。词开豪放一派，与辛弃疾同是豪放派代表，并称"苏辛"。散文创作方面，与父苏洵、弟

苏辙并入"唐宋八大家"之列。又工书画。有《东坡七集》《东坡易传》《东坡乐府》等传世。《贺新郎》：词牌名，又名《金缕曲》《乳燕飞》《貂裘换酒》等。现传世《贺新郎》词最早见于《东坡乐府》，故应为苏轼创调。

②倅（cuì）：任副职，做幕僚。

③属（zhǔ）意：意向专注于。

④缓颊：为人求情或婉言劝解。

⑤乳燕：雏燕。

⑥生绡白团扇：用素色的生绡制成的圆扇子。生绡，没有漂煮过的丝织品，古代多用来作画。

⑦扇手：白团扇和素手。

⑧枉：白白地。曲：形容处所委曲幽深的样子。

⑨风敲竹：风吹动竹子摩擦有声。

⑩红巾蹙：形容石榴花盛开，像一条皱束起来的红巾。蹙，皱。

⑪浮花浪蕊：指早开轻浮争艳的花，如桃、李、杏等。

⑫幽独：默然独守。

⑬秾艳：色彩艳丽。

⑭芳心千重似束：佳人心事重重，就如石榴花瓣重重层层。

⑮秋风惊绿：秋风吹落石榴花，满树绿叶格外醒目。

⑯两簌簌：形容花瓣与眼泪同落。

【评析】

关于这首词的写作背景，说法不一。

南宋杨湜《古今词话》云："苏子瞻守钱塘，有官妓秀兰，天性黠慧，善于应对。湖中有宴会，群妓毕至，唯秀兰不来，遣人督之，须臾方至。子瞻问其故，具以发结沐浴，不觉闲睡，忽有人叩门声急，起而问之，乃乐营将催督之，非敢怠忽，谨以实告。子瞻亦恕之，坐中倅车属意于兰，见其晚来，恚恨不已……。时榴花盛开，秀兰以一枝藉手告倅，其怒愈盛……。子瞻作《贺新郎》以解之，其怒始息。"（《苕溪渔隐丛话》后集引）。但宋胡仔（《苕溪渔隐丛话》的作者）认为这是荒野无稽之谈。

南宋曾季狸《艇斋诗话》说《贺新郎》是苏轼在杭州万顷寺时作。

南宋陈鹄《耆旧续闻》录陆辰州语，说晁以道对他说：苏轼有妾名朝云、榴花。朝云客死岭南，只有榴花独存，故词的下阕专说榴花。

苏轼词以豪放著称，但此词尽显婉约风致之美。

词分上、下两阕。上阕写静谧的初夏午后，一位孤高绝尘的女子寂寞孤独的生活。乳燕轻飞，华屋寂静，女主人公看着梧桐树阴渐移，时光流转到了午后。"手弄生绡白团扇，扇手一时似玉。"汉代班婕妤写了一首《团扇诗》："新裂齐纨素，鲜洁如霜雪。裁为合欢扇，团团似明月……"自此以后，团扇就成为红颜薄命、佳人失宠的象征。词中女子百无聊赖，"渐困倚、孤眠清熟"。而一阵风又吹断了她一帘幽梦："帘外谁来推绣户，枉教人梦断瑶台曲。又却是，风敲竹。"

下阕写佳人的心态。醒来的生活依旧是孤独寂寞，但词中女子并未逐"浮花浪蕊"，而是独自忍受幽独，对石榴花孤芳自赏："石榴半吐红巾蹙，待浮花浪蕊都尽，伴君幽独。秾艳一枝细看取，芳心千重似束。"佳人的心事如这半开的石榴花，"红巾蹙""千重似束"，既形象地描绘了石榴花的形状，又恰切地表达出佳人重重叠叠的心曲。

苏轼此词所刻画的女子有着杜甫《佳人》诗中"幽居在空谷"的高洁形象，又有词人在《卜算子》（缺月挂疏桐）中"谁见幽人独往来，飘渺孤鸿影"的幽独情怀。因此，此词咏物、咏人，亦或为抒怀、写意。

苏轼《减字木兰花》①

子瞻知颍州日②，适正月堂前梅花大开，月色鲜霁③。王夫人曰④："春月色胜于秋月色，秋月令人惨凄，春月令人和悦。何如召赵德麟辈⑤，饮此花下。"子瞻大喜曰："吾不知汝能诗耶，此真诗家语耳。"遂召赵饮，即用是语作小词云："春庭月午⑥，摇荡春醪光欲舞⑦。步转回廊，半落梅花婉婉香⑧。　　轻风薄雾，都是少年行乐处。不似秋光，只与离人照断肠。"

【注释】

①《减字木兰花》：词牌名，又名《减兰》《木兰香》《天下乐令》《玉楼春》《偷声木兰花》《木兰花慢》。双调，上、下阕各四句，共四十四字。

②颍州：今安徽阜阳。

③鲜霁：清新明朗。

　④王夫人：苏轼的第二位夫人王闰之。

　⑤赵德麟：即赵令畤（1061—1134），初字景贶，苏轼为之改字德麟，自号聊复翁。有《侯鲭录》，赵万里为辑《聊复集》。

　⑥月午：月至午夜，即半夜。

　⑦春醪（láo）：春酒。醪，浊酒。

　⑧婉婉：形容梅花幽幽的芳香。

【评析】

　苏轼一生中有三位王姓女子相伴：王弗、王弗的堂妹王闰之、侍妾王朝云。

　第一任妻子王弗美丽聪慧，十六岁嫁给苏轼，与苏轼情投意合。可惜她盛年早逝，苏轼在其去世十年后写了一首悼亡词《江城子·乙卯正月二十日夜记梦》，对早逝的妻子仍然情真意切，魂牵梦萦。

　王弗堂妹王闰之是苏轼继娶的第二任妻子，嫁给苏轼时已经二十一岁，在古代已属大龄女子。王闰之勤劳贤淑，待王弗之子如同己出，随苏轼仕途起落，命运坎坷，任劳任怨。

　朝云是西子湖畔的一名歌妓，敏慧灵秀，体贴人意。苏轼纳为侍妾，非常宠爱。

　王闰之才学不如王弗，能歌善舞不如朝云。但此处可见，王闰之对生活美、自然美也有高度的敏感，平日老实持家的她同样有灵动的诗性。她对春、秋之月的诗意感受让夫君苏轼也觉惊喜，并激发起这位伟才的诗兴而作了一首小词。

"春庭月午，摇荡春醪光欲舞。"春天的庭院，中天月光下，岂止有酒杯之影，亦有一颗欢喜的心欲舞。词人携"吏事通敏，文采俊丽，志节端亮，议论英发"的年轻才俊一起"步转回廊"。"半落梅花婉婉香"，月下半落的梅花又平添一种烟花迷蒙之美，而"婉婉香"，悠然的暗香浮动，更其美妙怡人。"轻风薄雾，都是少年行乐处"，自古花前月下，向来是年轻人的风光，但此良宵却也让"齿发日向疏"的太守欢畅沉醉。

苏轼《永遇乐》①

　　子瞻守徐州，尝夜宿燕子楼②，梦盼盼③，因作《永遇乐》云："明月如霜，好风如水，清景无限。曲港跳鱼，圆荷泻露，寂寞无人见。统如三鼓④，铿然一叶，黯黯梦魂惊断。夜茫茫、重寻无处，觉来小园行遍。　　天涯倦客，山中归路，望断故园心眼⑤。燕子楼空，佳人何在，空锁楼中燕。古今如梦，何曾梦觉，但有旧欢新怨。异时对，黄楼夜景⑥，为余浩叹。"是词初脱稿，尚未授歌，而城中已哄传耳。子瞻究其所从来，乃谓起于逻卒。召而诘之，对云："某颇知音，前夜宿张建封庙⑦，闻有歌是词者，因记而传之，初不知何谓也。"子瞻笑而释之。

【注释】

①《永遇乐》：词牌名，又名《消息》。有平韵、仄韵两体，分上、下两阕，共一百零四字。

②燕子楼：始建于唐朝贞元年间，江苏徐州五大名楼之一，因飞檐挑角形如飞燕而得名。

③盼盼：即关盼盼（785—819），唐代名伎，女诗人，徐州守帅张愔姜（一说为张愔父张建封妾）。据说关盼盼夫死守节，十余年后，白居易作诗批评她只能守节不能殉节，她于是绝食而死。

④纮（dǎn）如三鼓：响亮的三更鼓声。纮如，击鼓的声音。

⑤心眼：心愿。

⑥黄楼：1077 年秋，黄河决口，水困徐州数日。苏轼当时任徐州知州，带领民众筑堤抗洪。抗洪胜利后，就在徐州东门要冲处筑了一座十丈高楼，按金、木、水、火、土五行之说，土克水，土为黄色，因此取名"黄楼"。

⑦张建封（735—800）：字本立，邓州南阳（今属河南）人，寓居兖州（今属山东）。唐代中期著名大将，能文能武。唐代宗时，李光弼进讨苏常盗匪，张建封自请前去招安，一日降数千人。德宗时，官至寿州刺史。李希烈反叛，派部下杨峰劝降张建封，张建封将其腰斩。李希烈又派部将杜少诚攻打寿州，张建封坚守成功。张建封因抗敌有功，升徐泗濠节度使。新、旧《唐书》均有传。

【评析】

此词作于苏轼知徐州时。苏轼因上书谈论新法之弊，不合时宜，知徐州前，曾先后徙任杭州、密州。因遭遇政治挫折、频繁迁调，苏轼在夜深人静时，常常会从梦中惊醒，孤怀独步。

这首词上阕写清幽的梦境和梦醒后的孤寂之感。下阕写醒后独步小园的情怀和沉思，发出人生如梦的浩叹。词创作的起因是现实生活中发生的对名伎的追梦，却并没有写红粉佳人的爱情故事。明月如霜、好风如水的无限清景让人迷恋又忧伤，郁情惊梦，倦客怀乡，又有多少感怀和惆怅。但词人并未沉溺于此情此景，而是以冥思的穿透力超然独悟，如梦独醒。情、景、理水乳交融，空灵清奇；怀古伤怀而不粘着，格调高旷。

苏轼《水龙吟》^①

同邱公显守黄州日^②，作栖霞楼^③，为郡中绝胜。子瞻谪居黄州，尝梦扁舟渡江，中流回望，楼上歌乐杂作，舟人言，同邱太守宴客也。觉而异之，作《水龙吟》以纪梦。时同邱已从岭南致仕^④，归居苏州矣。词云："小舟横截春江，卧看翠壁红楼起。云间笑语，使君高会，佳人半醉。危柱哀弦^⑤，艳歌余响，遏云萦水^⑥。念故人老大，风流未减，独回首，烟波里。　　推枕惘然不见，但空江、月明千里。五湖闻道，扁舟归去，仍携西子^⑦。云梦南州^⑧，武昌南岸^⑨，昔游应记。料多情、梦里端来见我^⑩，也参差是^⑪。"同邱，盖亦子瞻之旧交，其居苏州日，子瞻每过之，必为留连数日。

且尝言过姑苏不游虎邱^⑫，不谒闾邱，是二欠事，其倾倒可知矣。子瞻又有赠其吹笛侍姬名懿卿者《水龙吟》云："楚天修竹如云，异材秀出千林表。龙须半剪，凤膺微涨，玉肌匀绕^⑬。木落淮南^⑭，雨晴云梦^⑮，月明风袅。自中郎不见^⑯，桓伊去后^⑰，知孤负，秋多少。　　闻道岭南太守^⑱，后房深、绿珠娇小^⑲。绮窗学弄^⑳，《梁州》初遍^㉑，《霓裳》未了^㉒。嚼徵含宫，泛商流羽^㉓，一声云杪^㉔。为使君、洗尽蛮风瘴雨^㉕，作《霜天晓》^㉖。"

【注释】

①《水龙吟》：又名《龙吟曲》《庄椿岁》《小楼连苑》。一百零二字，上阕四仄韵，下阕五仄韵。

②闾邱公显：即闾邱孝终，生卒年不详，字公显，苏州（今属江苏）人。清姚承绪《吴趋访古录》载："东坡谪黄州，孝终为太守，往来甚密。"

③栖霞楼：宋代黄州四大名楼之一，北宋初期兴建，苏轼在黄州时最喜游此处，赞为"郡中胜绝"。

④致仕：即辞官退休。

⑤危柱哀弦：指乐声凄绝。危，高。谓定音高而厉。柱，筝、瑟之类乐器上的枕木。

⑥艳歌余响，遏云绕水：用秦青"响遏行云"典。《列子·汤问》："薛谭学讴于秦青，未穷青之技，自谓尽之，遂辞归。秦青弗止。饯于郊衢，抚节悲

歌，声振林木，响遏行云。薛谭乃谢求反，终身不敢言归。"

⑦"五湖闻道"三句：相传范蠡辅佐越王平吴之后，携西施，乘扁舟泛五湖而去。这里借指间邱公显致仕后的潇洒生涯。

⑧云梦南州：指黄州，其在古云梦泽之南。

⑨武昌南岸：亦指黄州。

⑩端来：准来，真来。

⑪参差：依稀。后三句悬想对方梦见自己。

⑫姑苏：今浙江杭州。虎邱：亦称"虎丘"，位于苏州城西北郊，相传春秋时吴王夫差葬其父于此，后有白虎踞其上，故名。后成为苏州城著名旅游地。

⑬"龙须半剪"三句：《汉书·律历志上》载："昆仑之阴取竹之解谷，生其窍均者，断两节间而吹之，以为黄钟之宫。"龙须，指首颈处节间所留纤枝。凤膺，指节以下若膺（胸）处。玉肌，指匀净的全体。

⑭淮南：淮河以南，即江南。

⑮云梦：即古代云梦泽，旧址在今湖北天门西。

⑯中郎：指东汉末的蔡邕。蔡邕，汉代著名音乐家，曾为中郎将。晋干宝《搜神记》卷十三："蔡邕曾至柯亭，以竹为椽。邕仰眄之，曰'良竹也'。取以为笛，发声嘹亮。"

⑰桓伊：古代音乐家。《晋书·桓伊传》："（桓伊）善音乐，尽一时之妙，为江左第一。有蔡邕柯亭笛，常自吹之。"

⑱岭南太守：指退休的间邱公显，他曾在岭南任知州。

⑲绿珠：石崇家的歌妓，善吹笛。这里指间邱公显的乐妓。

⑳绮窗：指雕刻着花纹的窗子。弄：演奏。

㉑《梁州》：即《梁州曲》。也有人认为是《凉州曲》之误。

㉒《霓裳》：即《霓裳羽衣曲》，唐代宫廷乐舞，唐玄宗创曲，杨贵妃编舞。

㉓嚼徵含宫，泛商流羽：意谓笛声包含徵调和宫调，又吹起缓和的商调和羽调。宫、商、角、徵、羽，中国古代五声音阶中五个不同的音的名称。

㉔云杪（miǎo）：云霄，高空。

㉕使君：指闾邱公显。

㉖《霜天晓》：即《霜天晓角》，乐曲名。

【评析】

《水龙吟》一词是苏轼因"乌台诗案"被贬黄州时所作。苏轼是一个擅长写梦的词人，这是又一首记梦词。梦境浪漫奇丽、热闹欢乐，但醒来却是空江月明、惘然不见。梦境和现实形成强烈的对照和反差。

清郑文焯《大鹤山人词话》评云："突兀而起，仙乎仙乎！'翠壁'句崭新，不露雕琢痕。上阕全写梦境，空灵中杂以凄厉，过片始言情，有苍波浩渺之致，真高格也。'云梦'二句，妙能写闲中情景，煞拍不说梦，偏说梦来见我，正是词笔高浑，不犹人处。"

闾邱公显有侍姬懿卿善于吹笛，故年老退休而有佳人声乐相伴，而苏轼恰神奇地梦见"云间笑语，使君高会，佳人半醉。危柱哀弦，艳歌余响，遏云萦水"，"念故人老大，风流未减"！后苏轼又有赠懿卿词，亦名《水龙吟》，其意颇可令人莞尔一笑。

苏轼《江神子》①

子瞻一日游孤山②，与客坐竹阁前之临湖亭。忽有彩舟鼓楫而来，渐近亭前，见靓妆数人，中有一人年差长，而风韵尤胜，方鼓筝，绰有态度。二客皆目送之，曲未终，翩然而逝。公戏作《江神子》云："凤凰山下雨初晴③。水风清，晓霞明。一朵芙蓉④，开过尚盈盈⑤。何处飞来双白鹭⑥，如有意，慕娉婷⑦。　　忽闻江上弄哀筝⑧。若含情，遣谁听⑨？烟敛云收⑩，依约似湘灵⑪。欲待曲终寻问取，人不见，数峰青⑫。"

【注释】

①《江神子》：词牌名，又名《江城子》。原为单调，至苏轼始变为双调。

②孤山：在浙江杭州西湖风景区旁，是西湖的一个著名景点。

③凤凰山：在杭州南。

④芙蓉：即荷花。

⑤盈盈：轻盈美丽的样子。

⑥白鹭：又称"鹭鸶"，一种捕鱼的水鸟。古诗词中以鸟、鱼、荷相戏相待的形象隐喻男子对女子的爱慕和追求。

⑦娉婷（pīng tíng）：形容女子美好的姿态。

⑧哀筝：悲凉的筝声。

⑨遣：使，教。

⑩烟敛云收：指仙人收起云雾，下凡到人间。这里是把弹筝女子比作下凡的仙人。

⑪湘灵：湘水之神。

⑫"欲待曲终寻问取"三句：化用唐代钱起《省试湘灵鼓瑟》诗句"曲终人不见，江上数峰青"。

【评析】

宋朝张邦基《墨庄漫录》卷一记载："东坡在杭州，一日游西湖，坐孤山竹阁前临湖亭上。时二客皆有服，预焉。久之，湖心有一彩舟，渐近亭前。靓妆数人，中有一人尤丽，方鼓筝，年且三十余，风韵娴雅，绰有态度。二客竞目送之。曲未终，翩然而逝。公戏作长短句。"

这首《江神子》词就是写这位"风韵娴雅，绰有态度"的弹筝女子的美好容态极其美妙的筝声。

词的上阕写凤凰山下雨后初晴的清丽之景：清清的江水、柔和的晨风、明丽的朝霞，还有荷花、水鸟，看似纯是写景，却以景衬人，以物喻人。"何处飞来双白鹭，如有意，慕娉婷"，既是自然之景，又隐喻着词人与客二人对如盈盈芙蓉的女子的倾慕。

下阕转而写音乐，写筝声里的哀情，从乐曲传达的感情来间接写弹筝女子。"欲待曲终寻问取，人不见，数峰青"，暗用湘水女神的典故来隐喻女子的空灵和哀怨，又写出乍遇旋离、飘渺难求的惆怅，言有尽而意无穷。

苏轼仲殊倡和词①

子瞻在杭，暇日多往湖上。一日携妓访大通禅师②。大通愠形于色，子瞻戏作小词，令妓歌之。词云："师唱谁家曲，宗风嗣阿谁③？借君拍板与门槌④。我也逢场作戏，不须疑。　溪女方偷眼⑤，山僧莫皱眉。却嫌弥勒下生迟，不见阿婆三五，少年时⑥。"仲殊时在苏州，闻而和寄云："解舞《清平乐》⑦，如今说合谁？红炉片雪上钳锤⑧。打就金毛狮子⑨，也堪疑。　木女明开眼，泥人暗皱眉。蟠桃已是着花迟，不向东风一笑，待何时？"皆可谓善谑矣。

【注释】

①仲殊：生卒年不详，字师利，本姓张，名挥，仲殊为其法号，又用其俗名称他为僧挥，安州（今湖北安陆）人。北宋僧人、词人，与苏轼交往密切。苏轼曾说："此僧胸中无一毫发事，故与之游。"

②大通禅师：俗姓董，本名善本，宋神宗赐号大通，曾住杭州净慈寺。

③宗风：指佛教各宗系特有的风格、传统。

④拍板：木制的乐器，僧人唱经时用来打节奏。门槌：僧人说法时，说到紧要关头，往往用棍击案（称"棒"）或者大声叫喊（称"喝"）。

⑤溪女：指妓女，与"山僧"相对成趣。

⑥"却嫌弥勒下生迟"三句：只恨年轻僧人出生太晚，没有看到老太婆年

轻时的模样。弥勒，即弥勒佛。此指寺内年轻的僧人。

⑦《清平乐》：原为唐代教坊曲名，后用为词牌，又名《清平乐令》《醉东风》《忆萝月》。双调，四十六字，上阕押仄声韵，下阕换平声韵。也有全押仄声韵的。

⑧红炉片雪：片雪投入烧得通红的火炉中，立刻融化得无影无踪。

⑨金毛狮子：文殊菩萨所乘坐骑。

【评析】

东坡善戏谑，不论对什么人都喜欢开玩笑，这也是其屡屡招祸的一个原因。这则故事见于宋惠洪《冷斋夜话》："东坡镇钱塘，无日不在西湖。尝携妓谒大通禅师，师愠形于色。东坡作长短句，令妓歌之。"大通禅师是杭州净慈寺名僧，妓女被视为不贞洁之人，苏轼性格疏放，又好开玩笑，携妓到寺院见禅师，当然被认为极大的不尊重，禅师因此面露不悦之色。苏轼不但不理会，反而作此词让歌妓唱。又据宋洪仔《苕溪渔隐丛话》记载，苏州和尚仲殊得知此事后，也和了一首词。两则记事当是此则本事词的来源。

苏词大意是说明携妓之行为非是淫乐，而是游戏，"我也逢场作戏，不须疑"，同时鼓励对美好事物的大胆欣赏："溪女方偷眼，山僧莫皱眉。却嫌弥勒下生迟，不见阿婆三五，少年时。"

仲殊不愧为苏轼的知音，其和作以禅宗空性智慧更清楚地揭示出苏词未明之意。《清平乐》是李白奉玄宗旨侍帝妃宴前歌颂贵妃之词，"云想衣裳花想容"即赞杨贵妃花容月貌，但李白不可能有半点不净之想。苏轼携妓之戏当亦此情，故云"解舞《清平乐》，如今说合谁？""红炉片雪上钳锤"，片雪融于红炉，即了无踪迹，何须再用钳锤锻打？勘破红尘，空性明了，无有污染和障碍，当下自无半点执着和拘泥，还拘什么形迹？"打就金毛狮子，也堪疑"，金毛狮子是文殊菩萨坐骑，文殊菩萨是智慧的象征。若不悟时，乘上金毛狮子，也仍可疑，是否有真的觉悟。"木女明开眼"，木女非女，觉人眼中又哪还有什么女色？只是"泥人暗皱眉"。"蟠桃已是着花迟，不向东风一笑，待何时？"或是点拨学佛拘执于形象，觉悟得太迟了，时不我待，应及时醒觉，自在笑对生命生动活泼、美好自然的状态。

苏轼《临江仙》

龙邱子自洛之蜀①，载二侍女，戎装骏马，每至溪山佳处，辄作数日留，见者疑为异人。后十年，筑室黄冈，独居习道，自号静庵居士。子瞻因作《临江仙》纪之云："细马远驮双侍女②，青巾玉带红靴。溪山好处便为家。谁知巴峡路，却见洛城花。　　面旋落英飞玉蕊，人间春日初斜。十年不见紫云车。龙邱新洞府，铅鼎养丹砂。"龙邱子，陈季常也，即公他诗所谓"忽闻河东狮子吼，拄杖落手心茫然"是耳。想其载姬侍而远游，亦非无故欤。

【注释】

①龙邱子：即陈慥，生卒年不详，字季常，自称龙邱先生，又曰方山子，

眉州（今四川眉山）人。信佛，饱参禅学，和苏东坡是好友。

②细马：骏马。

【评析】

苏轼才华横溢，又好戏谑。陈季常是苏轼的好朋友，苏轼经常拿他开玩笑。

苏轼还有一首诗《寄吴德仁兼简陈季常》："龙邱居士亦可怜，谈空说有夜不眠。忽闻河东狮子吼，拄杖落手心茫然。"

陈慥性情不羁，蓄养了许多歌妓，又好结交宾客，每与宾客宴，就让歌妓出来助兴。陈妻柳氏性情暴躁，每当歌妓欢舞之时，她就会吃醋，一边大喊大叫，一边用木杖抽打墙壁，搞得陈慥很没面子。

河东是柳氏的郡望，古代以郡望代人。"狮子吼"来源于佛教，意指有威慑力的"如来正声"。河东狮吼的典故就源于此，至今仍然是凶悍妻子的代名词。这个故事后来被宋代的洪迈写进《容斋三笔》中，广为流传。明代戏曲作家汪廷讷又据此创作了戏剧《狮吼记》。

苏轼《定风波》①

王定国自岭外归②，子瞻过之，因留宴。出家姬柔奴以侍宴。公问柔奴，岭南风土应是不好。对曰："此心安处，便是吾乡。"公喜其善于应对，为赋《定风波》云："常羡人间白玉郎③，天教分付点酥娘。自作清歌传皓齿，风起，雪飞炎海变清凉④。万里归来年愈少，微笑，笑时犹带岭梅香。试问岭南应不好，却道，此心安处是吾乡。"

【注释】

①《定风波》：唐教坊曲名，后用作词牌，一作《定风波令》，又名《卷春空》《醉琼枝》。双调小令。

②王定国：即王巩（约1048—约1117），字定国，号介庵，又号清虚居士。北宋著名诗人、画家，是苏轼的好友。王巩官位不高，一生勤于写作，著有《随手杂录》《甲申杂记》《闻见近录》《王定国诗集》《王定国文集》《清虚杂著补阙》等书。岭外：指岭南。

③白玉郎：古代女子对情人的爱称，也泛指青年男子。

④炎海：比喻酷热。

【评析】

王巩是苏轼的好友，苏轼遭"乌台诗案"之祸，王巩也受到牵连，被贬谪到荒僻的岭南。王定国受贬时，其歌妓柔奴也毅然相随。

词的上阕写柔奴的外在美。"常羡人间白玉郎，天教分付点酥娘。"词一开头表达了对这一对璧人的羡慕。描写柔奴的美，"自作清歌传皓齿，风起，雪飞炎海变清凉"，写她歌声清越，容貌清爽鲜丽，清歌、皓齿、雪、清凉，给人以冰清玉洁的感受。

下阕写她的内在美。"万里归来年愈少，微笑，笑时犹带岭梅香。"年轻的笑容、梅香，笑对沧桑，如傲雪之梅。"试问岭南应不好，却道，此心安处是吾乡。"一问一答显示出，柔奴的内、外之美都来自于其超旷清净的心灵。有此温暖柔美又坚强豁达的女子，足可慰贬谪之人躁动不安的心。

苏轼《西江月》①

朝云姓王氏②，钱塘名妓也。子瞻守杭，纳为侍妾。朝云敏而慧，初不识字。既事子瞻，遂学书，粗有楷法。又学佛，略通大义。子瞻南迁，家姬多散去，独朝云愿侍行，子瞻愈怜之。未几，病且死，诵《金刚经》四句偈而绝③，葬惠州栖禅寺松下。子瞻为赋《西江月》词以悼之云："玉骨那愁瘴雾④，冰肌自有仙风。海仙时过探芳丛⑤，倒挂绿毛幺凤⑥。　　素面翻嫌粉涴⑦，洗妆不褪唇红⑧。高情已逐晓云空⑨，不与梨花同梦⑩。"盖指梅花以况之也⑪。

【注释】

①《西江月》：原唐教坊曲，后用作词调，又名《白蘋香》《步虚词》《晚香时候》《玉炉三涧雪》《江月令》。五十字，上、下阕各两平韵，结句各叶一仄韵。

②王朝云（1062—1096）：字子霞，苏轼的姬妾，钱塘（今浙江杭州）人。苏东坡谪居惠州，朝云随往。因不适应岭南艰苦的自然环境和生活亡于惠州。苏东坡亲自为她撰写了墓志铭，并写下《悼朝云》诗，寄托对她的深情和

哀思。

③《金刚经》四句偈：《金刚经》有多处四句偈，朝云所诵为"一切有为法，如梦幻泡影，如露亦如电，应作如是观"一偈。

④玉骨：指梅花枝干。瘴雾：惠州一带的湿热之气。

⑤芳丛：花丛。

⑥倒挂绿毛幺凤：倒挂树上的绿毛小鸟。幺凤，鸟名。一说为岭南独有的鹦鹉。

⑦浼（wò）：沾污，弄脏。

⑧唇红：比喻红色的梅花。

⑨高情：超然物外的高洁之情。

⑩不与梨花同梦：苏轼自注"诗人王昌龄，梦中作梅花诗"，王昌龄诗有"梦中唤作梨花云"句。

⑪况：比拟，比喻。

【评析】

朝云是苏轼在杭州西子湖畔遇到的歌妓，"水光潋滟晴方好，山色空濛雨亦奇。欲把西湖比西子，淡妆浓抹总相宜"，这首脍炙人口的诗相传就是苏轼乍见朝云心动而作。朝云不但才貌双全，而且善解人意，对苏轼的一举手一投足都能深知其意，陪伴了苏轼二十多年，死而无悔。

这首词看似咏梅，实为悼亡。以梅花的冰肌玉骨、不畏瘴雾比喻朝云的冰清玉洁之姿和坚贞的品格，表达了对朝云的无限深情和思恋。

苏轼《卜算子》①

子瞻谪惠州时②，有温都监者③，其女颇有姿色，年及笄④，而不肯字人⑤。闻子瞻至，窃谓人曰："是吾婿也。"居适相邻，每夜闻公讽咏，则徘徊庭际窃听之，迨公觉推窗，复翩然逝矣。公从而物色之⑥，温具言其然。公曰："吾当呼王郎来⑦，与尔为姻。"未几，公过海，此议遂寝。其女旋卒，葬于沙洲之侧。迨公南旋过惠，知此女已卒，怅然为赋《卜算子》云："缺月挂孤桐⑧，漏断人初静⑨。时见幽人独往来⑩，缥缈孤鸿影。　惊起却回头，有恨无人省。拣尽寒枝不肯栖，寂寞沙洲冷。"此词时有谓公在黄州时为王氏女作，及《贺新郎》词有谓为侍妾榴花作者，殆皆传闻异辞欤。

【注释】

①《卜算子》：词牌名，又名《百尺楼》《眉峰碧》《楚天遥》等。双调，四十四字，上、下阕各两仄韵。

②谪（zhé）：古代官吏降职，调往边外地方。

③都监：即监军，官名。宋代设有路都监，掌管本路禁军的屯戍、训练和边防事务；州府都监，掌管本城厢军的屯驻、训练、军器和差役等事务。

④年及笄（jī）：古代女子满十五岁结发，用笄贯之，因称女子满十五岁为及笄。笄，即簪子。

⑤字人：许配于人。

⑥物色：访求，寻找。

⑦吾当呼王郎来：王郎就是权贵之人，苏轼遇见她的时候已经六十多岁了，他说这话的意思就是：别再想着我了，寻个好人家嫁了吧。

⑧孤：一作"疏"。

⑨漏断：指深夜。漏，古人计时用的漏壶。

⑩幽人：幽居的人，形容孤雁。幽，《易·履卦》："幽人贞吉。"其义为幽囚。引申为幽静、优雅。

【评析】

这首词苏轼自题"黄州定慧院寓居作"，并非在惠州时作，因此与这等传说故事毫不相干。小说家言，多猎奇传奇，于此可见。

这首词写在苏轼因"乌台诗案"被贬黄州之时，通过孤雁的形象表达自己幽居孤冷的心情。

词分上、下两阕，上阕写深夜院中所见的景色："缺月挂孤桐，漏断人初静。时见幽人独往来，缥缈孤鸿影。"夜深人静，残缺的半月挂在枝叶稀疏的梧桐树上。一只孤往独来的鸿雁身影倏忽飘过，环境幽清凄冷。下阕人、鸿相融，写孤鸿的心理活动，其实是词人内心的写照："惊起却回头，有恨无人省。拣尽寒枝不肯栖，寂寞沙洲冷。"孤鸿遭遇不幸，惊恐不已，心怀幽恨，无人理解。但这只孤鸿"拣尽寒枝不肯栖"，仍然不肯同流合污，高洁自守。

　　作者与孤鸿二而为一，表面上是在写孤鸿，其实是以拟人化的手法写自己。正如清代张惠言在《词选序》中所揭示的那样，这首词表达了作者"幽约怨悱不能自言之情"。

秦观赠妓词①

　　秦少游在蔡州，眷营妓陶心儿，别时为赋《南歌子》云②："玉漏迢迢尽，银潢淡淡横③。梦回宿酒未全醒。已被邻鸡催起，怕天明。　臂上妆犹在，襟间泪尚盈。水边灯火渐人行。天外一钩残月，带三星④。"末句盖暗藏"心"字。东坡见此词，笑曰："此恐被他姬厮赖耳。"少游又有《水龙吟》词，乃寄营妓娄婉之作。婉小字东玉，词中亦暗藏"娄婉东玉"四字。词云："小楼连苑横空，下窥绣毂雕鞍骤⑤。疏帘半卷，单衣初试，清明时候。破暖轻风，弄晴细雨，欲无还有。卖花声过尽，垂杨院落，红成阵，飞鸳甃⑥。　玉佩丁东别后，怅佳期、参差难又⑦。名缰利锁，天还知道，和天也瘦。花下重门，柳边深巷，不堪回首。念多情，但有当时皓月，照人依旧。"

【注释】

①秦观（1049—1100）：字太虚，又字少游，别号邗沟居士、淮海居士，世称"淮海先生"。因为排行第七，故称"秦七"。高邮（今属江苏）人。北宋文学史上一位重要作家，婉约派重要代表，"苏门四学士"之一。

②《南歌子》：原唐教坊曲名，后用为词牌，又名《南柯子》《春宵曲》《风蝶令》《望秦川》《水晶帘》《碧窗梦》《十爱词》《恨春宵》。

③玉漏迢迢尽，银潢（huáng）淡淡横：这两句皆是描写天黎明前的景象，透过景象写出离人对长夜已尽、离别在即的心理感受。玉漏，古代计时之器，这里指计时漏斗里的滴水。迢迢，形容漫长。尽，谓漏水一滴一滴地快滴完了，天快亮了。银潢，即银河。淡淡横，谓天亮前银河西斜了，不再那么光亮了。

④三星：即参星。《诗·唐风·绸缪》："绸缪束薪，三星在天。"毛传："三星，参也。在天，谓始见东方也。"

⑤绣毂（gǔ）雕鞍：指装饰华丽的车马。毂，车轮中央的圆木，周围与车辐的一端相接，中插车轴。泛指车。

⑥鸳甃（zhòu）：用对称的砖垒起的井壁。甃，井壁，井。

⑦参差：高下不齐貌，近似。

【评析】

第一首《南歌子》词写对营妓陶心儿的眷恋之情，末句"天外一钩残月，带三星"，形象上画出的是一个"心"字。《高斋诗话》云："少游在蔡州……又赠陶心儿词曰：天外一钩横月带三星，谓'心'字也。"清徐釚《词苑丛谈》卷三："少游赠歌妓陶心《南歌子》，末句暗藏'心'字。"故文中说"末句盖暗藏'心'字",而苏轼笑曰:"此恐被他姬厮赖耳。"

第二首《水龙吟》词是写营妓娄婉对自己的相思之情。娄婉,字东玉。上阕首句"小楼连苑横空"和下阕首句"玉佩丁东别后"中有小、楼、苑、玉、东等字,包含了营妓的姓名和字,因此文中说暗藏"娄婉东玉"四字。

吴城小龙女词①

鲁直尝登荆州亭,见柱间有题词云:"帘卷曲阑独倚,山展暮云无际。泪眼不曾晴,家在吴头楚尾②。 数点雪花乱委③,扑鹿沙鸥惊起④。诗句欲成时,没入苍烟丛里。"鲁直凄然曰:"似为余发也。"笔势似女子,有"泪眼不曾晴"句,疑为鬼语。是夕梦一女子曰:"我家豫章吴城山,附客舟至此,坠水死,登江亭有感赋此,不意君能识之。"鲁直惊悟曰:"此必吴城小龙女也。"

【注释】

①吴城小龙女:姓名不详。《宋史》中记载,小龙女是民间传说的神魔人物。

②吴头楚尾:宋朝洪刍《耆方乘》:"豫章之地,为吴头楚尾。"豫章,指江西,在吴地的上游,楚地的下游,因此称"吴头楚尾"。

③雪花:浪花。委:坠落。

④扑鹿:象声词,指沙鸥拍翅的声音。

【评析】

这首词作者不可考，宋惠洪《冷斋夜话》和《异闻录》等都说是吴城小龙女之作。《全宋词》收录此词，亦署名"吴城小龙女"。至于为什么将词作者归于神秘的鬼魔，近人薛砺若分析道："大约向来以为系龙女所作者，以词境过于凄冷，殊不类人间语，因有此传说耳。"原题于荆州江亭柱上，故又名《江亭怨》。

词表达的是一个流落异乡的少女感物伤怀的思乡之情。

上阕描写流落异乡的少女思乡远望的情景。"帘卷曲阑独倚，山展暮云无际。泪眼不曾晴，家在吴头楚尾。"一个孤单的少女独自忧伤地倚在栏杆上，遥望着天边暮色下茫茫的群山，泪眼朦胧地向着远在吴头楚尾的家乡的方向。形象与情感、人与物、景与情深然一体。

下阕写少女内心的感情。"数点雪花乱委，扑鹿沙鸥惊起。诗句欲成时，没入苍烟丛里。"雪花比喻浪花，浪花四溅，惊起沙鸥飞翔。面对此景，一种伤感之情涌起，欲说还休，只望着自由翔翔的沙鸥渐渐淹没在茫茫苍烟水草丛中。自由飞翔的沙鸥和拘于此地不能回乡的孤影形成鲜明的对照。

词语句不多，但意旨深远，余味不绝，正如古人云"用意十分，下语三分，可几风骚"（宋魏庆之《词人玉屑》）。

黄庭坚赠陈湘词①

鲁直南迁，过衡阳。曾敩文为守，相留数日。营妓有陈

湘，善歌舞，知学书。曾亦盼之，尝乞小楷于鲁直，为赋
《阮郎归》云②："盈盈娇女似罗敷③，湘江明月珠。起来绾髻
又重梳，弄妆仍学书。　　歌调态，舞工夫，湖南都不如。
他年未厌白髭须，同舟归五湖④。"别时又赠以《蓦山溪》
云⑤："鸳鸯翡翠⑥，小小思珍偶。眉黛敛秋波，尽湖南、山
明水秀。娉娉袅袅，恰近十三余，春未透⑦，花枝瘦。正是
愁时候。　　寻芳载酒，肯落他人后。只恐晚归来，绿成阴、
青梅如豆⑧。心期得处⑨，每自不由人，长亭柳，君知否。千
里犹回首。"到宜州后，又寄前调云："稠花乱蕊，到处撩人
醉。林下有孤芳，不匆匆、成蹊桃李。今年风雨，莫送断肠
红⑩。斜枝倚，风尘里，不带风尘气。　　微嗔又喜，约略知
春味。江上一帆愁，梦犹寻、歌梁舞地⑪。如今对酒，不似
那回时，书漫写，梦来空，只有相思是。"

【注释】

①黄庭坚（1045—1105）：字鲁直，号山谷道人，晚号涪翁，洪州分宁
（今江西修水）人。江西诗派的开山祖师，与杜甫、陈师道和陈与义称为"一
祖三宗"。又与张耒、晁补之、秦观游学于苏轼门下，合称为"苏门四学士"。
书法独树一帜，为"宋四家"之一，与苏轼并称"苏黄"。有《山谷词》。

②《阮郎归》：词牌名，又名《醉桃源》《醉桃园》《碧桃春》。双调，
四十七字，上、下阕各四平韵。

③罗敷：古代美女。汉乐府《陌上桑》："秦氏有好女，自名为罗敷。"

④同舟归五湖：用范蠡功成身退、泛舟五湖事。

⑤《蓦山溪》：词牌名，又名《上阳春》《蓦溪山》。

⑥翡翠：鸟名。汉许慎《说文解字》："翡，赤羽雀也。翠，青羽雀也。"此以鸳鸯、翡翠指代陈湘。

⑦"娉娉袅袅"三句：语出唐杜牧《赠别》："袅袅娉娉十三余，豆蔻梢头二月初。"

⑧"寻芳载酒"四句：唐杜牧《叹花》："自是寻春去校迟，不须惆怅怨芳时。狂风落尽深红色，绿叶成荫子满枝。"此用杜牧诗意。

⑨心期：谓两心相期许。

⑩断肠红：《采兰杂志》："昔有妇人思所欢不见，辄涕泣，恒洒泪于北墙之下。后洒处生草，其花甚媚，色如妇面，其叶正绿反红，秋开，名曰断肠花，又名八月春，即今秋海棠也。"

⑪歌梁：典出《列子·汤问》："昔韩娥东之齐，匮粮，过雍门，鬻歌假食，既去，而余音绕梁枥，三日不绝。"后遂以"歌梁"指歌馆的屋梁。亦借指歌馆。

【评析】

黄庭坚作为江西诗派的开山祖师，北宋著名文学家，与苏轼并称"苏黄"，又是宋代四大书法家之一，却有人说他好色，就是因为这几首赠妓词。

但这只是黄庭坚生活的小插曲，而且也并非尽是信史，要了解黄庭坚的生活和诗词的真实面貌及主体内容，还需了解其更广泛的交游，并更全面地读其作品。

张耒《少年游》①

　　张文潜初为许州幕官，喜营妓刘淑奴，尝为赋《少年游》云："含羞倚笑不成歌，纤手掩香罗。偎花映烛，偷传深意，酒思入横波②。　　看朱成碧心还乱③，脉脉敛双蛾④。相见时稀隔别多，又春尽，奈愁何。"后又赋《秋蕊香》以寄别意云⑤："帘幕疏疏风透，一线香飘金兽⑥。朱阑倚遍黄昏后，廊上月华如昼。　　别离滋味浓如酒，着人瘦。此情不及墙东柳，春色年年依旧。"

【注释】

　　①张耒（1054—1114）：字文潜，号柯山，人称"宛丘先生""张右史"，原籍亳州谯县（今安徽亳州），后迁居楚州（今江苏淮安）。"苏门四学士"之一，诗学白居易、张籍，平易晓畅，不尚雕琢。其词流传很少，风格与柳永、秦观相近。有《柯山集》《张右史文集》《宛丘集》。《少年游》：词牌名，又名《少年游令》《小阑干》《玉腊梅枝》。以晏殊之词为正体，五十字，上阕三平韵，下阕两平韵。苏轼、周邦彦、姜夔三家同为别格，五十一字，上、下阕各两平韵。

　　②横波：荡漾的水波横纹，比喻流动的清莹柔和的眼神。

　　③看朱成碧：将红的看成绿的，形容眼睛发花，视觉模糊。

　　④双蛾：比喻美女的两眉。

　　⑤《秋蕊香》：词牌名。双调，四十八字，仄韵。

⑥金兽：指兽形的香炉。

【评析】

作为"苏门四学士"中离世最晚的一位文学家，在苏轼、苏辙、黄庭坚、晁补之、秦观等相继辞世后，张耒独立于世，以文坛中流砥柱的力量，继续传道授业，光大文风。张耒词风与诗风、文风迥然不同。他早年诗歌音节浏亮，东坡评其"汪洋冲淡，有一唱三叹之音"；晚年繁华落尽，务趋平易。词的风格则是柔婉纤秾。他流传下来的词并不多，只有几首，这里记载的两首词都是写少女的闺情离思。《少年游》刻画一个少女的形象，写其娇羞沉醉、离愁别绪之情态，栩栩如生，可谓"浓得化不开"；《秋蕊香》则纯以白描手法以景写情，毫无香泽绮罗之艳，清新流丽。

陈师道《减兰》①

晁无咎玉山之谪②，道经徐州，陈无己时居里中，往候之。无咎为置酒，出小姬招奴，舞《梁州》。无己赋《减兰》以赠云："娉娉袅袅，芍药梢头红样小。舞袖低垂，心到郎边客已知。　金尊玉酒，劝我花前千万寿。莫莫休休③，白发簪花我自羞。"

【注释】

①陈师道（1053—1102）：字履常，一字无己，号后山居士，彭城（今江

苏徐州）人。陈师道是江西诗派重要作家，"苏门六君子"之一。他一生安贫乐道，闭门苦吟，黄庭坚曾赞云"闭门觅句陈无己"。亦能词，词的风格纤细平和。有《后山先生集》《后山词》。

②晁无咎：即晁补之（1053—1110），字无咎，号归来子，济州巨野（今属山东）人。北宋时期著名文学家，能诗词，善属文，又工书画。为"苏门四学士"之一，与张耒并称"晁张"。有《鸡肋集》《晁氏琴趣外篇》等。玉山：今江西上饶。

③莫莫休休：犹言不要，表示禁止或劝阻。莫莫，犹休休。

【评析】

宋代如《复斋漫录》、吴曾《能改斋漫录》、张邦基《墨庄漫录》等多部笔记载此则轶事，可能就是因为以陈无己这样的向佛之人，一向作庄重语，不似其他词人赠姬之作那样浓丽香艳，而别有一番清艳之致，让人闻而耳新。

秦七声度①

潭守宴客合江亭，张才叔在座②，令群妓悉歌《临江仙》。一妓独唱两句云："微波浑不动，冷浸一天星。"才叔称赏，索其全篇。妓云："妾居近商舟中，值月色清朗，即见邻舟一男子倚樯歌此词，音极凄怨，但苦乏性灵，不能尽记，愿助以同列共往记之。"太守许焉。次夕，乃与同列饮酒而待，至夜阑月静，果闻邻舟有男子三叹而歌是词。有赵琼者，倾听而堕泪曰："此秦七声度也。"赵善讴，秦南迁时闻赵歌而甚赏之。乃遣人问讯，即少游灵舟也。其全篇云："千里潇湘挼蓝浦③，兰桡昔日曾经④。月明风静露华清。微波浑不动，冷浸一天星⑤。　　独倚危阑情悄悄，时闻妃瑟泠泠⑥。仙音含尽古今情。曲终人不见，江上数峰青⑦。"

【注释】

①声度：声调。

②张才叔：即张庭坚，生卒年不详，广安军（今四川广安）人。《宋史》有传。

③挼（ruó）蓝：同"揉蓝"，古代浸揉蓝草取青色汁作染料。这里指湛蓝色。

④兰桡（ráo）：即兰舟，船的美称。桡，桨，借代为船。

⑤冷浸一天星：语本五代欧阳炯《西江月》："月映长江秋水，分明冷浸星河。"

⑥时闻妃瑟泠（líng）泠：《楚辞·远游》："使湘灵鼓瑟兮，令海若舞冯夷。"《后汉书·马融传》注："湘灵，舜妃，溺于湘水，为湘夫人。"妃，指舜的两个妃子娥皇和女英。泠泠：形容声音清脆、悠扬。

⑦曲终人不见，江上数峰青：唐钱起《省试湘灵鼓瑟》有"曲终人不见，江上数峰青"之句。

【评析】

这首词是秦观贬谪郴州途中夜泊湘江时作。

词的上阕写景。开头两句"千里潇湘挼蓝浦，兰桡昔日曾经"，"千里潇湘"，自然让人联想到屈原，兰桡亦是楚辞中的意象，《楚辞·湘君》中云"桂棹兮兰枻"。因此开篇既是写词人的泊舟之处，也是遥想到昔日乘舟行经此地的屈原等迁客骚人。词人贬徙夜泊湘江，屈原放逐行吟江畔。"千里潇湘"连接起了历史和现实，古今迁人、骚客在不同的时间经历着同样的命运和忧苦，词中的情感也就有了深沉的历史厚度。"月明风静露华清。微波浑不动，冷浸一天星"，月光、露华、微波，又皆是清冷之景，呈现出屈原楚辞的凄冷意境与情调。

下阕写情，"独倚危阑情悄悄，时闻妃瑟泠泠"。传说舜南巡不归，舜的两个妃子寻到潇湘一带，泪洒湘竹，投水而死。词人独自靠在高高的桅杆旁，仿佛时常听到湘妃清泠的瑟声。"仙音含尽古今情"，似真似幻的听觉，透露出的是词人寂寞忧伤、凄凉哀怨的感情。"曲终人不见，江上数峰青"，全用唐钱起《省试湘灵鼓瑟》之句，却与全词密合无隙，自然贴切，如己口出。

全词感伤而不羸弱，纯是骚雅之境。歌妓赵琼曾与秦少游有过一段时间的交往，因此一听便知是少游之作，前往询问，果然是载着少游灵柩的船只。扶枢男子夜夜倚樯而歌此词，亦是少游知己！

贺铸《石州引》①

贺方回尝眷一妹，别久，妹寄诗云："独倚危阑泪满襟，小园春色懒追寻。深恩纵似丁香结，难展芭蕉一寸心。"贺遂用其语，赋《石州引》答之云："薄雨初寒，斜照弄晴，春意空阔。长亭柳色才黄，远客一枝先折。烟横水际，映带几点归鸿，东风消尽龙沙雪②。还记出门来，恰而今时节。　　将发。画楼芳酒，红泪清歌，顿成轻别。已是经年，杳杳音尘都绝③。欲知方寸，共有几许清愁，芭蕉不展丁香结。枉望断天涯，两厌厌风月④。"

【注释】

①贺铸（1052—1125）：字方回，出生于卫州（今河南卫辉）。能诗文，尤长于词。著有《东山词》。《石州引》：词牌名，一作《石州慢》，又名《柳色黄》。

②龙沙：沙漠地带的通称。

③音尘：信息。

④厌厌：愁苦的样子。

【评析】

贺铸是宋太祖皇后贺皇后的族孙，所娶妻也是宗室之女。祖籍山阴（今浙江绍兴），是贺知章的后人，因贺知章曾居庆湖（镜湖），贺铸因此自号庆湖遗老。

贺铸诗、词、文各体皆工。词的风格以深密婉丽为主，而又刚柔兼济，变化丰富，因此，张耒盛赞其词云"盛丽如游金、张之堂，而妖冶如揽嫱、施之祛，幽洁如屈、宋，悲壮如苏、李"（《东山词序》）。

　　贺铸词，风格上承温、李等人，婉转多姿，饶有情致。如写爱情失意之作《青玉案》词就是辞美而情深的婉约佳篇："凌波不过横塘路，但目送芳尘去。锦瑟华年谁与度，月桥花院，琐窗朱户，只有春知处。　飞云冉冉蘅皋暮，彩笔新题断肠句。若问闲情都几许？一川烟草，满城风絮，梅子黄时雨。"词的结尾处接连用了三个巧妙的比喻：烟草、风絮、梅雨，脍炙人口，以致有"贺梅子"之称（宋周紫芝《竹坡诗话》）。

　　这首《石州引》还是传统的离别相思主题，但叙事、写景、抒情、议论融为一体，又炼字精工，委婉细腻，韵味深永。

李清照《一翦梅》①

　　赵明诚德甫幼时②，其父挺之将为择妇。偶昼寝，梦诵一书，觉来惟记三句云："言与司合，安上已脱，芝芙草拔。"以告其父，乃为之解曰："汝殆得能词之妇耳，言与司合是词字，安上已脱是女字，芝芙草拔是之夫二字，非谓汝为词女之夫乎。"迨后李格非以女妻之，即易安也。果有文章。结褵未久，赵即负笈远游③，易安殊不忍别，乃觅锦帕书《一剪梅》以赠别云："红藕香残玉簟秋④，轻解罗裳，独上兰舟⑤。云中谁寄锦书来⑥？雁字回时⑦，月满西楼。　花自飘零水自流，一种相思，两处闲愁。此情无计可消除，才下眉头，又上心头。"

【注释】

①李清照（1084—1155）：号易安居士，济南章丘（今属山东）人。与辛弃疾并称"济南二安"。李清照工诗善文，有"千古第一才女"之称，尤其善词，人称"婉约词宗"，为婉约词派代表。李清照出生于书香门第，出嫁后与丈夫赵明诚志同道合，共同致力于金石书画的搜集整理，所以早期生活优游快乐，词风清丽。金兵入主中原，李清照流寓南方，丈夫去世后，境遇孤苦，词风变而多凄苦之音。李清照在词论方面也颇有造诣，她主张词"别是一家"，强调协律，崇尚典雅，反对以作诗文之法作词。能诗，留存不多，部分篇章感时咏史，情辞慷慨，与其词风不同。有《易安集》《漱玉词》。《一翦梅》：词牌名。双调小令，六十字，上、下阕各六句，句句平收，叶韵则有上、下阕各三平韵、四平韵、五平韵、六平韵数种，声情低抑。亦有句句叶韵者。

②赵明诚（1081—1129）：字德甫，密州诸城（今山东诸城）人。宰相赵挺之之子。著名金石学家、文物收藏鉴赏大家及古文字研究家。赵明诚21岁尚在太学读书时，娶一代才女李清照。父亲

赵挺之在去世以后遭到蔡京诬陷，被追夺赠官。赵明诚也受到株连，与李清照屏居青州乡里十三年。宣和年间，赵明诚先后出任莱州、淄州知州。宋高宗建炎元年（1127）起知江宁府。建炎三年（1129）移知湖州，病逝于建康。

③负笈（jí）远游：背着书箱到远处去求学。笈，书箱。

④红藕：红色的荷花。玉簟（diàn）：精美的竹席。

⑤兰舟：木质坚硬而有香味的木兰树，是制作舟船的好材料，古代诗文中常以木兰舟或兰舟作为舟船的美称。一说"兰舟"特指睡眠用的床榻。

⑥锦书：用锦织成的字称锦字，又称"锦书"。《晋书·列女传》："窦滔妻苏氏，始平人也，名蕙，字若兰，善属文。滔，苻坚时为秦州刺史，被徙流沙，苏氏思之，织锦为回文旋图诗以赠滔。宛转循环以读之，词甚凄惋。"后用以指夫妻间表达思念的书信。

⑦雁字：大雁成群在天空飞常常排成"一"字或"人"字，诗文中因以雁字称群飞的大雁。

【评析】

《一剪梅》词诉说的是夫妻离别的相思之情。

词分上、下两阕。上阕起句"红藕香残玉簟秋"，上半句写户外之景，下半句写室内之物，点染清丽的清秋之境，烘托出全篇的情感基调。词评家赞其"吞梅嚼雪、不食人间烟火气象"（清梁绍壬《两般秋雨庵随笔》），"精秀特绝"（晚清陈廷焯《白雨斋词话》）。"轻解罗裳，独上兰舟"，写白天泛舟水上，"独上"二字暗示孤寂的情感。紧接着"云中谁寄锦书来"，则明写思念。原来词人"独上兰舟"，是望云怀思，一腔离愁。"雁字回时"，由遥望云空又引出鸿雁传书的遐想；"月满西楼"，已是夜晚，思妇仍在眺望，可见相思之深。

下阕"花自飘零水自流"一句，既是写景，又是抒情。词人以此景来感慨红颜易老，青春的红颜就像落花流水一样独自凋零流逝，而美好的人生年华不能与丈夫共度，真是深具"无可奈何花落去"（宋晏殊《浣溪沙》）"水流无限似侬愁"（唐刘禹锡《竹枝词》）之恨。因此这一句承上启下，自然过渡到后面的抒情。"一种相思，两处闲愁"，由己及人，情深意笃的夫妻心心相印，虽两地相隔，但相知相思之情是相通的。由自己的相思之苦，而更苦对方相思之苦，因而由"思"转化为难以排遣的"愁"："此情无计可消除，才下眉头，又上心头"。真是"剪不断，理还乱，是离愁，别是一般滋味在心头"（南唐李煜《乌夜啼》）了！

《一剪梅》即景抒情，融情于景，运用比兴、象征等手法，细腻曲致地表现相思之情，情思深永，笔调清新，耐人寻味，实是婉约词当行本色。

李清照《醉花阴》①

李易安以《重阳醉花阴》词寄德甫云："薄雾浓云愁永昼，瑞脑销金兽②。佳节又重阳，宝枕纱厨③，半夜秋初透。　东篱把酒黄昏后，有暗香盈袖。莫道不销魂，帘卷西风，人比黄花瘦。"德甫得词，思欲胜之。废寝食者三日，得词五十阕，杂易安作，以示陆德夫④。陆吟玩良久，曰："只有'莫道不销魂'三句最佳，余不及也。"

【注释】

①《醉花阴》：词牌名，又名《九日》。双调小令，仄韵格，五十二字。上、下阕各五句。

②瑞脑：即龙脑香。

③纱厨：有纱帐的小床。

④陆德夫：生平不详。宋朝时文人，李清照夫妇友人。

【评析】

《醉花阴》是李清照重阳节思念远行的丈夫而作的一首词。

词一开头写永昼无聊之状：屋外，天空为薄雾浓云所笼罩，给人以压抑、沉闷的感觉，白天百无聊赖，感觉时间特别漫长。接下来又写半夜的孤寂寒凉：室内，瑞脑香的烟雾在香炉中缭绕，缓缓地消磨着时光。“每逢佳节倍思亲”，又到重阳佳节，时值清秋，可是丈夫还远在他乡，玉枕孤眠，纱厨独卧，夜晚倍增清冷寂寞。

“东篱把酒黄昏后，有暗香盈袖”，下阕换头承接上阕所写昼夜情状，叙述自己转而把酒赏菊、消愁解闷之举。“有暗香盈袖”一句，将《古诗十九首》“馨香盈怀袖，路远莫致之”和宋代林逋诗“疏影横斜水清浅，暗香浮动月黄昏”诗意融合在一起，一方面以菊花的经霜不凋，暗示自己的高洁，一方面表达对丈夫难寄的相思之意。“莫道不消魂，帘卷西风，人比黄花瘦”，西风吹起了帘栊，凉透了纱厨，人与菊花在瑟瑟秋风中一般憔悴，使人倍感凄寒。

全词以洗练的语言、白描的手法描写出日常生活图景，表达自己内心的深情苦调，格调高洁秀雅。

周邦彦词①

　　周美成精于音律，每制新调，教坊竞相传唱。游汴，尝主李师师家②，为赋《洛阳春》云③："眉共春山争秀④，可怜长皱。莫将清泪湿花枝⑤，恐花也、如人瘦⑥。　　清润玉箫闲久，知音稀有。欲知日日倚阑愁，但问取、亭前柳⑦。"李尝欲委身而未能也。一夕，道君幸师师家⑧，美成仓卒不及避，匿复壁间。道君自携新橙一颗云："江南新进者。"相与谑语。周悉闻之，因成《少年游》云："并刀如水⑨，吴盐胜雪，纤指破新橙。锦幄初温，兽香不断⑩，相对坐调笙。　　低声问，向谁行宿⑪？城上已三更。马滑霜浓，不如休去，直是少人行⑫。"他日师师为道君歌之，询是谁作，以美成对。道君大怒，即令押出国门。越日道君复幸师师家，不遇，坐待初更始归。啼眉泪眼⑬，愁态可掬。道君诘之，答以周邦彦得罪去国，略致杯酒郊饯，不知官家到来。道君问有词否，答云："有《兰陵王》词⑭。"道君云："唱一遍看。"师师乃整袂捧觞而歌云："柳阴直，烟里丝丝弄碧。隋堤上⑮，曾见几番，拂水飘绵送行色⑯。登临望故国，谁识京华倦客⑰？长亭路，年去岁来，应折柔条过千尺⑱。　　闲寻旧踪迹，又酒趁哀弦⑲，灯照离席⑳。梨花榆火催寒食㉑。愁一箭风快㉒，半篙波暖㉓，回首迢递便数驿，望人在天北。　　凄恻，恨堆积，渐别浦萦回㉔，津堠岑寂㉕。斜阳冉冉春无极，念月榭携手㉖，露桥闻笛㉗。沉思前事，似梦里，泪暗滴。"道君大悦，即命召还为大晟乐正㉘。嗟乎，君人者举动若此，宜其相传为李重光后身㉙，似不诬也。

【注释】

①周邦彦（1056—1121）：字美成，号清真居士，钱塘（今浙江杭州）人。周邦彦精通音律，徽宗时为徽猷阁待制，提举大晟府乐正。他是婉约词派的集大成者，曾创作不少新词调，格律谨严，语言精雅，被尊为婉约"正宗"。有《清真居士集》，已佚，今存《片玉集》。

②主：寄住在。李师师：野史、笔记小说中经常出现的北宋名妓，汴京（今河南开封）人。

③《洛阳春》：词牌名，又名《一落索》《玉连环》等。双调，四十六字。另有多种字数不同变格。

④眉共春山争秀：写女子貌美，她的眉比春山还秀美。

⑤莫将清泪湿花枝：唐李商隐《天涯》诗云"莺啼如有泪，为湿最高枝"，唐李贺《金铜仙人辞汉歌》云"忆君清泪如铅水"，这里化用李商隐和李贺诗意。

⑥恐花也、如人瘦：以花比人，写佳人楚楚动人的清瘦之态。宋李清照《醉花阴》中的"帘卷西风，人比黄花瘦"，宋程垓《江城梅花引》中"一夜被花憔悴损，人瘦也，比梅花，瘦几分"，以及宋朱淑真《菩萨蛮》"人怜花似

旧，花比人应瘦"，都从周邦彦这句词中化出。

⑦但：只。柳：与"留"谐音，借亭前柳表达离愁。

⑧道君：即宋徽宗赵佶（1082—1135）。徽宗尊信道教，大建宫观，自称教主道君皇帝。在位二十五年，国亡被俘而死，终年五十四岁。幸：指封建帝王到达某地或宠爱某女子。

⑨并刀：又称"并剪"，并州出产的剪刀。如水：形容剪刀锋利。

⑩兽香：又称"兽烟"，兽形香炉中升起的细烟。

⑪谁行（háng）：谁那里。

⑫直是：就是。

⑬啼眉：即啼眉妆，古代女子的眉毛样式，流行于中晚唐，即把眉描成细而曲折的愁眉。

⑭《兰陵王》：词牌名。一百三十字，分三阕。上阕七仄韵，中阕五仄韵，下阕六仄韵，宜入声韵。

⑮隋堤：汴京附近汴河之堤，隋炀帝时所建，故称。

⑯行色：指行人出发前后的情状。

⑰京华：指京城。

⑱应折柔条过千尺：古人有折柳送别之习。过千尺，言攀折柳条之多，极言离愁之深。

⑲酒趁哀弦：饮酒时奏着离别的乐曲。趁，追随。哀弦，哀怨的乐声。

⑳离席：饯别的宴会。

㉑梨花榆火催寒食：饯别时正值梨花盛开的寒食时节。榆火，唐朝规定，

清明日取榆、柳之火赐给百官，故称"榆火"。催寒食，岁月匆匆，像催迫驱赶一样，很快就到了寒食日。寒食，清明前一天为寒食日。古代风俗，寒食之日禁火。

㉒一箭风快：船驶得像一支箭顺风射出一样飞快。

㉓半篙波暖：指撑船的竹篙一半没入水中，水波已和暖。

㉔别浦：送别的渡口。萦回：水波回旋。

㉕津堠（hòu）：码头上供瞭望歇宿的处所。

㉖月榭：月光下的亭榭。榭，建在高台上的敞屋。

㉗露桥：沾满露水的桥。

㉘大晟（shèng）乐正：大晟乐是北宋崇宁四年（1105）所定"宫廷雅乐"，宋徽宗定名为"大晟乐"。此后专门设立大晟府来掌管雅乐及原属鼓吹署所主管的一部分鼓吹乐。乐正，乐官之长。

㉙李重光：即南唐后主李煜，字重光。

【评析】

在北宋，以苏轼为代表的词人喜欢自由的表达，词创作出现词与音乐分离的趋向。周邦彦是北宋婉约词派集大成者，他精通音律，在词创作中非常重视词与音乐的配合。他的词在炼字、结构等形式方面精雕细琢，做大晟提举时，又审定词调，规范声律，对词的格律化做出了很大贡献。

周邦彦在宋代"以乐府独步，贵人、学士、市侩、伎女皆知其词为可爱"（宋陈郁《藏一话腴》），当时的许多歌女都因为能唱周词而身价倍增。到清代，常州词派仍然奉他为词之"集大成"者，近代的王国维也称他为"词中老杜"。

周邦彦在词创作方面的突出贡献表现在词的音乐性、艺术性追求上，但其词内容、题材并无拓展，仍不出羁旅、恋情、离愁别恨等传统内容。

周邦彦是一个美男子，年轻时个性散逸，生活放浪不检束，《宋史》评其"疏隽少检"，因此有很多关于他与青楼名妓的传说，他与李师师的传奇故事也就是这样产生、流传开来的。

周邦彦《风流子》①

美成宰溧水日，主簿之姬美而慧②，美成每款洽于尊席之间，因成《风流子》云："新绿小池塘③，风帘动，碎影舞斜阳。念金屋去来④，旧时巢燕，土花缭绕⑤，前度莓墙⑥。绣阁凤帏深几许⑦，听得理丝簧⑧。欲说又休，虑乖芳讯⑨，未歌先咽，愁转清商⑩。　暗想新妆了，开朱户，应自待月西厢⑪。最苦梦魂，今宵不到伊行。问甚时，说与佳音密耗⑫，寄将秦镜⑬，偷换韩香⑭。天便教人，霎时厮见何妨。"新绿、待月，皆簿厅亭轩之名。此词虽极情致缠绵，然律以名教，恐亦有伤风雅已。

【注释】

①《风流子》：词牌名，又称为《内家娇》。分为单调、双调两种，这首词

是双调。

②主簿：职官名。主官属下掌管文书的官吏。

③新绿：指开春后新涨的绿水。

④金屋：汉武帝幼时见到表妹阿娇，曾对自己的姑姑说："若得阿娇，当以金屋储之。"后指闺房。

⑤土花：苔藓。

⑥莓墙：长满青苔的墙。

⑦绣阁：绣房。女子的居室装饰华丽如绣，故称"绣房"。凤帏：闺房的帷帐。凤指贤淑的女性。

⑧丝簧：指管弦乐器。

⑨乖：错过。

⑩清商：古代五音之一，曲调哀伤。

⑪应自待月西厢：唐代元稹《会真记》莺莺写给张生的诗云："待月西厢下，迎风户半开。"

⑫密耗：秘密消息。

⑬秦镜：汉代秦嘉的妻子徐淑曾赠秦嘉明镜。

⑭韩香：晋代贾充的女儿贾午喜欢韩寿，把御赐的西域奇香送给韩寿。秦镜、韩香都是指情人的赠品。

【评析】

这是一首写相思之情的词作。

词分上、下两阕，上阕先是写景，细腻地写出幽静之景：刚刚泛着绿意的池塘、微风吹动的帘帐、斜阳下舞动的一地碎影、静静的闺房、青苔及青苔下的屋墙。接下来由景及人：深闺之内的丝簧之声、欲说还休的未明言之情、低声的幽咽、转为忧伤的曲调。一个个镜头层层展开、缓缓推进，人物心情也渐次深入，细致而清晰。

下阕直接抒情：女子的梳妆、开朱户的等待、待而不至的梦魂之思，乃至于寄情于物、不惧人知的冲动意绪，爱情表达大胆奔放。

这首词起而静而伤，转而热烈奔放，可谓陡转急上，动静生姿。

苏小小词①

司马槱才仲在洛下时②，偶昼寝，梦一丽姝搴帷而歌曰③："妾在钱塘江上住。花落花开，不管流年度。燕子衔将春色去，纱窗几阵黄梅雨。"才仲喜其词，因询曲调名，答曰："《黄金缕》也④。"后才仲以东坡荐，得钱塘幕官。秦觏少章时为钱塘尉⑤，才仲为少章道其事。少章即续之云："斜插犀梳云半吐⑥。檀板轻敲⑦，唱彻《黄金缕》。梦断彩云无觅处，夜凉明月生南浦⑧。"越数夕，才仲复梦前姝迎笑曰："夙愿谐矣。"遂与同寝。自是每夕必来，才仲复与僚寀谈之⑨。咸曰："公廨后有苏小墓⑩，得无妖乎？"不逾年，才仲得疾，其所乘画舫常系湖塘。一日，柂工忽见才仲携一丽人登舟，遽前声喏，霍然火起舟尾，霎时灰烬。仓皇走报，到廨而才仲已卒巳。

【注释】

①苏小小：生卒年不详，南朝齐时钱塘名妓。她爱过一个叫阮郁的豪门公子，因为相思而感染了风寒，再加上咳血病，十九岁时便香消玉殒了。杭州西湖现有苏小小墓。

②司马槱（yǒu）：生卒年不详，字才仲，陕州夏县（今属山西）人。司马光从孙。《全宋词》录其词二首。

③搴（qiān）帷：掀起帷幕。

④《黄金缕》：《蝶恋花》调的别名。

⑤秦觏（gòu）：生卒年不详，字少章，高邮（今属江苏）人。秦观弟弟。工诗词，词风与其兄相近。

⑥犀梳：犀牛角制作的梳子。

⑦檀板：古乐器名。用檀木制作的拍板。

⑧南浦：古代行政区划，三国蜀汉建兴八年（230）开始设置。先后设有南浦县、南浦州、南浦郡，治所在今重庆万州。在古代诗歌中，南浦是水边的送别之所，语出战国屈原《九歌·河伯》："与子交手兮东行，送美人兮南浦。"

⑨寮寀（liáo cǎi）：原指官舍，这里指僚属或同僚。

⑩廨（xiè）：古时官吏办公的地方。

【评析】

此则记事与宋何薳（yuǎn）《春渚纪闻》所记基本相同，《春渚纪闻》当是其所本。关于这首《黄金缕》的故事有两种传说。

宋代张耒《柯山集》记："司马槱……制举中第，调关中一幕官。行次里中，一日昼寐，恍惚间见一美妇人，衣裳甚古。入幄中执板歌曰……歌阕而去。槱因续成一曲……后易杭州幕官。或云其官舍下乃苏小墓，而槱竟卒于官。"

《春渚纪闻》云："司马才仲初在洛下，昼寝，梦一美姝牵帷而歌曰：'妾本钱塘江上住。……纱窗几阵黄昏雨。'才仲爱其词，因询曲名，云是《黄金缕》。且曰：'后日相见于钱塘江上。'及才仲以东坡先生荐，应制举中第，遂为钱塘幕官。其廨舍后，唐苏小墓在焉。时秦少章为钱塘尉，为续其词后云：'斜插犀梳云半吐。……夜凉明月生春浦。'不逾年而才仲得疾，所乘画水舆舣泊河塘，柁工遽见才仲携一丽人登舟，即前声嗒，继而火起舟尾。狼忙走报，家已恸哭矣。"

传奇不足为信。这首词分上、下两阕，上阕女子自报家门，自述身世，自诉落寞情怀；下阕写作者眼里女子的美貌、歌唱，及别后自己萦回的梦思。全词感情缠绵悱恻、忧伤凄艳。

毛滂顾曲赠词①

毛泽民颇工乐府，《惜分飞》一阕，为东坡所赏，声采遂著。其顾曲之赠亦多，尝于衢守孙公素席上，侑歌者以七急拍七拜劝酒，为赋《剔银灯》云："帘下风光自足，春到席间屏曲。瑶瓮酥融②，羽觞蚁斗③，花映鄱湖寒绿④。汨罗愁独，又何似、红围翠簇。　　聚散悲欢箭速，不易一杯相属。频别银灯，别听牙板，尚有龙膏堪续⑤。罗熏绣馥，锦瑟畔、低迷醉玉⑥。"又夜集陈兴宗馆中，其爱姬侑觞，为赋《踏莎行》云⑦："天质婵娟，妆光荡漾。御酥做出娇模样。天桃繁杏本妖妍⑧，文鸳彩凤能偎傍⑨。　　艾绿浓香，鹅黄新酿⑩。缘云清切歌声上⑪。夜寒不近绣芙蓉，醉中只觉春相向。"又官妓有名小者乞词，为赋《虞美人》云⑫："柳枝却学腰支袅⑬，好似江东小。春风吹绿上眉峰，秀色欲流不断眼波融。　　檐前月上灯花堕，风递余香过。小欢云散已难收，到处冷烟寒雨为君愁。"又戏赠醉妓，为赋《青玉案》云⑭："玉人为我殷勤醉。向醉里、添姿媚。偏着冠儿钗欲坠。桃花气暖，露浓烟重，不自禁春意。　　绿榆阴下东行水。渐渐近、凄凉地。明月侵床愁不睡。眉儿吃皱，为谁无语，阁住《阳关》泪⑮。"

【注释】

①毛滂（1056或1061—约1124）：字泽民，衢州江山石门（今属浙江）人。毛滂诗词被时人评为"豪放恣肆"，"自成一家"。有《东堂集》，词集为《东堂词》，存词两百余首。顾曲：欣赏音乐、戏曲。典出《三国志·吴志·周瑜传》："瑜少精意于音乐，虽三爵之后，其有阙误，瑜必知之，知之必顾，故

时人谣曰：'曲有误，周郎顾。'"

②瑶瓮：玉瓮。亦用作酒瓮的美称。酥融：润滑柔软。

③羽觞：又称"羽杯""耳杯"，是中国古代的一种盛酒器具。

④酃（líng）湖寒绿：指酃酒（古代名酒）。酃湖，位于湖南衡阳，地处湘江、耒水之间。

⑤龙膏：古代美酒名。

⑥锦瑟：装饰华美的瑟。瑟，拨弦乐器，通常二十五弦。醉玉：形容男子风姿挺秀，酒后醉倒的风采。出自南朝宋刘义庆《世说新语·容止》："嵇康身长七尺八寸，风姿特秀，见者叹曰：'萧萧肃肃，爽朗清举。'或云：'肃肃如松下风，高而徐行。'山公曰：'嵇叔夜之为人也，岩岩若孤松之独立；其醉也，傀俄若玉山之将崩。'"

⑦《踏莎行》：词牌名，又名《柳长春》《喜朝天》等。双调，五十八字，仄韵。

⑧夭桃：出自《诗·周南·桃夭》："桃之夭夭，灼灼其华。"后以"夭桃"称艳丽

的桃花。

　　⑨文鸳：鸳鸯。以其羽毛华美，故称。

　　⑩鹅黄：一种酒名。后泛指酒。

　　⑪清切：形容声音清亮急切。

　　⑫《虞美人》：亦称《玉壶水》《忆柳曲》《虞美人令》《一江春水》。双调，五十六字，上、下阕各四句，各两仄韵、两平韵，平仄换韵，每句不同韵。

　　⑬腰支：同“腰肢”。

　　⑭《青玉案》：词牌名，又名《横塘路》《西湖路》。双调，六十七字，上、下阕各六句，五仄韵。

　　⑮《阳关》：古曲《阳关三叠》的省称。这首乐曲是根据诗人王维的名篇《送元二使安西》谱写而成的，产生于唐代。因为诗中有“渭城”“阳关”等地名，又名《渭城曲》《阳关曲》。亦泛指离别时唱的歌曲。

【评析】

　　毛滂诗词风格豪放恣肆，自成一家。他的词受苏轼、柳永等词人的影响，潇洒明润。爱情主题在他的词作中占五分之一，多是表达对妻子的感情，这在古代文人中可以说是凤毛麟角。他的爱情诗词自然深挚，富有情韵，没有秾艳词语。在宋代词人中，毛滂虽算不上名声赫赫的大家，他的词也没有受到很热烈的追捧和传唱，但其具有超世之韵，词情别树一格，自有其独特的价值和魅力。这里选的赠妓之作并非毛滂酬唱之词的佳作，但也可见出与一般赠妓之词的不同。毛滂的词注重情感的表达，而不是声色欢娱的回味，词调比较清雅。

李之仪赠杨姝词①

　　李端叔谪居当涂，即家焉，自号姑溪居士。山谷守太平州时，偕游石洞，听杨姝弹《履霜操》②，和山谷韵赠之云："相见两无言，愁恨又还千叠。别有恼人深处，在瞢腾双睫③。　　七弦虽妙不须弹，惟愿醉香颊。只恐近来情绪，似风前秋叶。"后又有《清平乐》《浣溪沙》之赠，想此老亦不能忘情于是姬耳。

【注释】

①李之仪（1048—1117）：字端叔，自号姑溪居士、姑溪老农，沧州无棣（今山东庆云）人。北宋词人。北宋中后期"苏门"文人集团的重要成员。著有《姑溪词》《姑溪居士前集》《姑溪题跋》。杨姝：生卒年不详。原为歌妓，后与李之仪相恋，并为其生儿育女。

②《履霜操》：古乐府琴曲名。据《琴操》记载："《履霜操》，尹吉甫之子伯奇所作也。伯奇无罪，为后母所谗而见逐，乃集芰荷以为衣，采楟花以为食。晨朝履霜，自伤见放，于是援琴鼓之而作此操。曲终，投河而死。"

③瞢（méng）腾：模模糊糊，神志不清的样子。

【评析】

　　杨姝是当涂的一位歌妓，色艺双绝，十三岁时琴技就已非常精湛。而且她有情有义，后来成为李之仪忠诚的伴侣，李之仪受到诬害，杨姝为其受鞭楚而不悔。

　　李之仪被贬到当涂时，与黄庭坚同游，听杨姝弹奏《履霜操》，两人都为之感动。黄庭坚写了一首词《好事近·太平州小妓杨姝弹琴送酒》相赠："一弄醒心弦，情在两山斜叠。弹到古人愁处，有真珠承睫。使君来去本无心，休泪界红颊。自恨老来憎酒，负十分金叶。"

　　李之仪也随口吟一首《清平乐·听杨姝琴》："殷勤仙友，劝我千年酒。一曲《履霜》谁与奏？邂逅麻姑妙手。坐来休叹尘劳，相逢难似今朝。不待亲移玉指，自然痒处都消。"一词吟罢，情犹未尽，又和黄庭坚词而写下《好事近》。

　　在李之仪遭贬、丧子丧妻的苦难生活中，才貌俱佳的杨姝以真诚的情感给予了他深切的抚慰和无微不至的照顾。两人心心相印，一起游历名山大川，吟赏烟霞，似一对神仙眷侣。这使比她大三十岁的老诗人、仕途失意客的灰暗人生重放光彩，充满了温馨和诗意。李之仪另一首几乎无人不晓的脍炙人口的词《卜算子》也是为这样一位红颜知己和忠诚伴侣而作："我住长江头，君住长江尾。日日思君不见君，共饮长江水。此水几时休，此恨何时已。只愿君心似我心，定不负相思意。"

蔡伸《采桑子》①

　　友古有侍儿，色艺冠群。孙仲益见之②，题作第一流。友古谢以《采桑子》云："奇花不比寻常艳，独步南州③。往事悠悠，辽鹤重来忆旧游。　　仙翁不改青青眼，一醉迟留。妙墨银钩，题作人间第一流。"

【注释】

①蔡伸（1088—1156）：字伸道，号友古居士，莆田（今属福建）人。宋代词人。《宋史翼》有传。有《友古居士词》。《采桑子》：词牌名，又名《丑奴儿》《罗敷媚》《罗敷艳歌》等。双调，四十四字，上、下阕各四句，三平韵。

②孙仲益：即孙觌（dí，1081—1169），字仲益，号鸿庆居士，常州晋陵（今江苏武进）人。宋代词人。有《鸿庆居士集》《内简尺牍》传世。

③南州：泛指中国南方地区。

【评析】

这首《采桑子》是作者为答谢友人为他的侍儿题词夸作"第一流"而写的，作者自写题注就交待说："孙仲益集于西斋，题侍儿作第一流，因以词谢之。"

这是一首小令，词一开头就称自己的侍儿"奇花不比寻常艳，独步南州"，称之为"奇花""独步"，难怪乎词人和友人都对她如此喜爱！这种毫不谦逊的赞美，也正是对友人的肯定，说明友人题其为"第一流"是非常有眼光的。

相去经年，往事悠悠，一般人或许早已忘却，但此翁还来重寻旧梦，这已是难得了。而相见之后，仍不改青眼——欣赏和喜爱，则更为难得。人至老年，历经沧桑，阅人无数，不再如少时激情飞扬，甚至不再容易动心动情。但此仙翁，不但"一醉迟留"，率性任情，而且还飞龙舞凤，慨然题为"人间第一流"，真是难得此"老夫聊发少年狂"。

从这样一段超乎于常情的交往中，可以见出，词人和友人也都有"人间第一流"的豪爽性情、飞扬神采、洒脱襟怀！

蔡伸《象戏词》

象戏之名虽古，恐未必即今象棋。友古有《临江仙》咏美人象戏者，其为今象棋无疑。词云："帘幕深深清昼永，玉人不耐春闲。镂牙棋子缕金圆。象盘雅戏，相对小窗前。

隔打直行尖曲路①，教人费尽机关。局中胜负定谁偏。饶伊使倖②，毕竟我赢先。"

【注释】

①隔打：指炮吃子法。直行：指车的行走法。尖：指卒斜走一步吃子。曲路：指马的行走法。

②使倖：侥幸。

【评析】

《象戏词》写的是美人玩儿象戏之事，栩栩如生，饶有趣味，还具有文献考证价值。古代的（宋代以前）象戏或许为象棋，但未必是现在的象棋，孙觌赋《临江仙》咏美人象戏、蔡伸赋《象戏词》，写的都是美人象戏的场景。其中"隔打直行尖曲路"的走子法，则无疑与象棋相同。

汪藻《醉落魄》^①

　　汪彦章舟行汴中，见岸傍画舫，有映帘而窥者，仅露其额，戏赋《醉落魄》云："小舟帘隙。佳人半露梅妆额。绿云低映花如刻^②。恰似秋宵，一半银蟾白^③。　　髻儿捎掸香红勒^④。钿蝉隐隐摇金碧^⑤。春山秋水浑无迹。不露墙头，些子真消息^⑥。"

【注释】

①汪藻（1079—1154）：字彦章，号浮溪，又号龙溪，饶州德兴（今属江西）人。宋代文学家。工诗，擅写四六文。《全宋词》录其词四首。有《浮溪集》《浮溪文粹》传世。《醉落魄》：词牌名，又名《一斛珠》《怨春风》《章台月》等。双调，五十七字，仄韵。

②绿云：比喻乌黑浓密的头发。

③银蟾：月亮。古代神话中月宫有一只三条腿的蟾蜍，所以也把月宫叫蟾宫。

④捎：掠拂。掸（duǒ）：下垂。

⑤钿（diàn）蝉：镶嵌金、银、玉、贝等物的蝉形发饰。

⑥些子：亦作"些仔"，一点儿，少许。

【评析】

词人舟行水中，看到岸边画船帘间有一个女子，只看到她的前额，于是填了这首词。上阕写词人从小舟帏帘的隙间，看到佳人额头半露半掩的梅花妆，在绿云般的头发的映衬下，梅花就像雕刻在白玉石上一般，而佳人为绿云般的秀发所半遮的脸就如秋晚的月亮一样洁白。词写佳人前额、额头上的梅花妆、秀发、月亮般洁白的肌肤，烘云托月般将方寸额头描绘成一幅美妙的图景。

下阕镜头缘秀发推移，写秀发上的首饰。最后一句表达未现全貌，不得其真面貌的遗憾。

船行之中，对岸小舟帘幕间隙偶现佳人额头，如浮光掠影，却为敏感而才盛的词人所捕捉，精描细画，细腻有趣。

谢薖赠妓词^①

谢薖幼槃，有《竹友词》。其赠弈妓宋瑶《减兰》云："风篁度曲^②，倦倚银屏初睡足。清簟疏帘，金鸭香消懒去添^③。　纤纤露玉，凤霎纵横飞钿局。频敛双蛾，凝伫无言密意多。"

【注释】

①谢薖（kē，1074—1116）：字幼槃，自号竹友居士，抚州临川（今江西抚州）人。北宋诗人，江西诗派"二十五法嗣"之一，与饶节、汪革、谢逸并称为"江西诗派临川四才子"。淡泊功名，终生未仕，其高节一直为人称许。有《竹友词》存世。

②风篁：风吹竹林。度曲：指作词曲或唱曲。

③金鸭：鸭形香炉，多用以熏香或取暖。

【评析】

谢薖是谢逸的从弟，两兄弟同以吕本中为师，都以诗名重当时，并称"临川二谢"。吕本中作《江西诗社宗派图》，将其兄弟二人并列其中，称谢逸诗似康乐，谢薖诗似玄晖。

谢薖以诗著称，内容主要是隐居生活的宁静恬谧，清新雅洁，法度井然，风格多样。词作留存不多，后人称赞"尤天然工妙"。

这首《减字木兰花》赠棋妓宋瑶。词的上阕写佳人初醒，周围的环境：风吹竹响如自制乐弹曲，清凉的簟席尚余佳人体温，疏朗的帘帷映着佳人的身影，氤氲炉香中，更多一分乍醒的慵懒。室内、室外，佳人、风景、物件，无不幽静、安闲、自在。

下阕写下棋佳人露出纤纤玉手，棋局霎时如风雨冰雹，风云扫荡。佳人也一变柔颜，敛眉蹙额，目不转睛，朱唇紧闭，沉思默想，凝神专注。

词写棋妓之弈，从初醒的惺忪之态到博弈的凝神专注，由静到动；而棋盘上的风雷纵横之势，其扫荡千军的动态又是在皱眉深思的寂静中完成的。词人看似信手写来，但由静到动，由动到静，动静交变互融，场景如现。这亦如博弈高手，文字意脉张弛有节，笔法结构安排有度，江西诗家手段在词作中亦是运用自如。

陈袭善《渔家傲》①

陈袭善游钱塘时，与营妓周子文相善。每挟之遍历湖山。后陈去为河朔掾，一夕宿奉高驿，梦子文搴帷颦蹙，若有欲言者，挽之不可，悲啼而没。久之，得故人书云"子文死矣"。验其日，即宿奉高时也。嗣陈复来杭，游鹫岭，感旧作《渔家傲》云："鹫岭峰前阑独倚，愁眉促损愁肠碎。红粉佳人伤别袂②，情何已？登山临水年年是。　常记同来今独至，孤舟荡漾湖光里。衰草斜阳无限意③，谁与寄？西湖水是相思泪。"

【注释】

①陈袭善：宋朝词人，事迹与生卒年均不详。《渔家傲》：词牌名。双调，六十二字，上、下阕各五仄韵。

②别袂（mèi）：分袂，道别。

③衰草斜阳无限意：化用北宋僧人、词人仲殊《洞仙歌》词句："衰草斜阳，无限行人断肠处。"

【评析】

这首词写死别的哀情深挚动人，词分上、下两阕。上阕直抒胸臆，"阑独倚""愁肠碎""伤别袂""情何已"，孤独哀伤的感情冲决而出。下阕以景结情，以"衰草斜阳"衬托自己无限落寞哀愁的情感，以西湖水比相思泪，照应上阕直接抒发的强烈情感。

赵德麟《清平乐》

刘弇伟明①，丧爱妾，颇深骑省之悼②。赵德麟戏赋《清平乐》云："春风依旧，着意隋堤柳。搓得鹅儿黄欲就③，天气清明明候。　去年紫陌青门④，今朝雨魄云魂⑤。断送一生憔悴，能消几个黄昏。"

【注释】

①刘弇（yǎn，1048—1102）：字伟明，号云龙，安福（今属江西）人。北宋词人。有《云龙先生乐府》。

②骑省之悼：南宋词人史达祖丧偶后，曾作悼亡词《忆瑶姬·骑省之悼也》。

③鹅儿黄：幼鹅毛色黄嫩，故以喻娇嫩淡黄之物色。

④紫陌：旧指京师道路。

⑤雨魄云魂：化用楚襄王梦神女事，此处表示伊人已逝，只能于梦中寻见。

【评析】

赵令畤之词以清丽见长。此处云这首《清平乐》词乃戏赋，并非己情的抒发。词写春景以抒情。上阕以拟人的手法写春风吹拂，堤柳摇动，柳叶初生，景明气清的盎然春意扑面而来。"搓得鹅儿黄欲就"，把柳树的变化写得生动有趣，写景细致精工。下阕今昔对比，头两句，"去年""今朝"相对，物是人非，显出今时的冷落；结尾两句，"一生憔悴""几个黄昏"对比，表达了主人公的相思之苦。宋晏几道《木兰花》有"此时金盏直须深，看尽落花能几醉"句，与此有异曲同工之妙，同是沉痛悲切情感的表达。

上、下两阕写丽景哀情，春景愈明丽，情感愈哀伤。

范仲允妻词①

范仲允为相州录事②，久不归。其妻寄以《伊州令》云③："西风昨夜穿帘幕，闺院添萧索。才是梧桐零落时，又迤逦、秋光过却④。　　人情音信难托，鱼雁成耽阁⑤。教侬独自守空房，泪珠与、灯花共落。"其妻来书，伊字误作尹字，范答词，嘲以"料想伊家不要人"。妻复答以"共伊间别几多时，身边少个人儿睡。"此亦闺秀中之慧而辩者也。

【注释】

①范仲允：宋朝词人，生卒年、事迹均不详。

②录事：旧时官府中管记录、缮写的小吏。

③《伊州令》：唐教坊曲名，一名《伊川令》。双调，五十一字，上、下阕各四句，三仄韵。

④迤逦：亦作"迤里"或"迤逦"，缓行貌。

⑤鱼雁：《乐府诗集·相和歌辞十三·饮马长城窟行之一》："客从远方来，遗我双鲤鱼。呼儿烹鲤鱼，中有尺素书。"《汉书·苏武传》："教使者谓单于，

言天子射上林中，得雁，足有系帛书。"后因以"鱼雁"代称书信。

【评析】

在中国古代大量的爱情作品中，写夫妻相思之情的可谓凤毛麟角，而其中作者为妻子的更是少之又少。究其原因，一方面古代对女子的教育和要求，重妇德而轻才艺，如《红楼梦》中的薛宝钗学博才富，但她认为这些只是一些闲事儿，终不是女儿家正道，这就是"女子无才便是德"的传统观念。在这样一种妇德观念中，女子的感情和才华一样是内敛的、含蓄的、掩盖的。她们嫁为人妇，乃父母之命、媒妁之言，双方本来就非激情的结合，又加上观念的束缚，才学的局限，妻子的感情表达大多就是恪守妇德，勤谨持家。这很难让夫君产生魂牵梦萦的恋情。另一方面，男子专注于仕途经济，家有三妻四妾，外有歌楼笙馆。在男子的感情世界里，妻如辅政之臣，而不是爱情的对象。他们对妻子不大会有专注强烈的爱情，他们的爱情往往别有寄托。因此，古代的爱情作品，特别是宋代的爱情词多是与才貌双绝的歌妓间的酬唱，如《本事词》中所录大部分爱情词就是赠给歌妓之词。

正因为如此，夫妇间互相酬唱的诗词就非常难能可贵。李清照和赵明诚、陆游和唐婉等这样的夫妇，也成为文坛佳话。此则范仲允夫妇的诗词故事也是难得的一例。

《踏青游》词①

政和间，一贵人未达时②，游崔念四之馆③，因其行第，为赋《踏青游》云："识个人人，恰止二年欢会。似赌赛、六只浑四。向巫山，重重去。如鱼得水两情美。同倚画阑十二。倚了又还重倚。　　两日不来，时时在人心里。拟问卜、常占归计。拚三八清斋，愿永同鸳被。到梦里、蓦然被人惊觉，梦也有头无尾。"

【注释】

①《踏青游》：词牌名。双调，八十四字，四仄韵。

②达：显达，指地位高而有名声。

③崔念四：可能是政和间名妓崔念月。

【评析】

在五彩缤纷的词苑中，有一些样式奇巧的杂体词，机智巧妙，别有一番趣味。《踏青游》就是这样一首词。

这首词是为名妓崔念四而作的，词中无一句直接写崔念四，却处处以数字谐音隐言其名：二十，可写成一个字"廿"，又可写作"卄"，读作"念"，二十四即是"念四"。

首句，"二年"便是廿四个月。接下来，"六只浑四"，骰子六只全是四点，四六廿四。"巫山""重重"，巫山十二峰，"重重"，仍暗合廿四。"两情""同倚画阑十二"，还是廿四。"倚了又还重倚"，两个十二还是廿四。"两日不来"，一日十二个时辰，两日仍是廿四。"拚三八清斋"，三月初八，三八廿四。"梦"的繁体字为"夢"，"梦也有头无尾"，去掉下半的尾，剩下的头部还是廿四。

词人借助算数、拆字等手法，处处将念四之名隐含其中，涉笔成趣。明卓
人月编选、徐士俊参评的《古今词统》评之曰："句句是念四，甚黠。"

紫竹词

　　方乔^①，乐至人也，与女郎紫竹相慕。紫竹工词，尝赠
方《生查子》云："晨莺不住啼，故唤愁人起。无力晓妆慵^②，
闲弄荷钱水^③。　　欲呼女伴来，斗草花阴里^④。娇极不成狂，
更向屏山倚。"又约方暂会望云门，候于墙阴，闲步花迳，
鞋底尽湿，而方未至。俄闻人语，怅然而归，寄赠《踏莎
行》云："醉柳迷莺，懒风熨草，约郎暂会闲门道。粉墙阴
下待郎来，藓痕印得鞋痕小。　　花日移阴，帘香失袅，望
郎不到心如捣。避人愁入倚屏山，断魂还向墙阴绕。"后竟
谐伉俪焉。

【注释】

①方乔：生卒年及事迹均不详。

②晓妆：晨起梳妆。

③荷钱：状如铜钱的初生的小荷叶。

④斗草：汉族民间游戏。用草作比赛对象，或对花草名，如用"狗尾草"
对"鸡冠花"；或斗草的品种多寡，多则胜；或以草相勾，捏住相拽，断者为

输，再换一草相斗。

【评析】

《生查子》和《踏莎行》两首词都是写词人对情郎的思念。

《生查子》一开头写"晨莺不住啼，故唤愁人起"，突出表达自己最深切的感受"愁"。"无力晓妆慵，闲弄荷钱水"，慵懒、百无聊赖的动作中透露出闺中女子的寂寞。女为悦己者容，情人不在身边，青春花容无人欣赏，自己也无心打扮梳妆。这种相思之苦古今相同，如《诗·伯兮》亦云："自伯之东，首如飞蓬。岂无膏沐，谁适为容！"

第二首《踏莎行》是写与情郎的约会。"醉柳迷莺，懒风熨草，约郎暂会闲门道"，对爱情的沉醉使她大胆约会，并早早前往赴约。然而对方久久未至，词人"望郎不到心如捣"，感情浓郁。情人的失约，使词人满怀愁苦、忧伤，"避人愁入倚屏山，断魂还向墙阴绕"。整首词感情表达极为大胆热烈。

窃杯女子词

徽庙时①，上元张灯②，许士女纵观，各赐杯酒。一女子窃匿所饮金杯，卫士见之，押至御前。女子口占《鹧鸪天》云："月满蓬壶灿烂灯③，与郎携手至端门④。贪看鹤阵笙箫举，不觉鸳鸯失却群。　天渐晓，感皇恩，传宣赐酒饮杯巡。归家只恐公姑责⑤，窃取金杯作照凭。"道君大悦，遂以金杯赐之，令卫士送归。

【注释】

①徽庙：北宋皇帝赵佶庙号徽宗，宋人因称徽宗为"徽庙"。

②上元：农历正月十五元宵节，又称为"上元节"。

③蓬壶：即蓬莱。古代中国传说中的海中仙山。

④端门：中国古代宫城的正门。

⑤公姑：即公婆。

【评析】

这首《鹧鸪天》词记述了宣和年间，元夕观灯的盛况，也表明了女子窃取金杯的原因。词的上阕写京都的繁华：元宵佳节，灯火辉煌，歌舞欢腾，笙箫并举，令人目不暇接，女子贪看热闹的场面，不觉间和丈夫走散了。下阕写皇恩赐酒，不觉天晓，为怕公婆责怪，窃取酒杯作凭证。

女子口占这首小词，一则反映了当时都市生活的繁华，二则搬出了皇恩作靠山。难怪龙颜大悦，不但赐以金杯，还命卫士送她回家。这则本事既表现了女子的机智和才华，词背后的故事也让人看到误国皇帝的另一面——豁达开朗、与民同乐的真性情。

幼卿词①

宣和间，有题于陕府驿壁云："幼卿少与表兄同砚席②，雅有文字之好。未笄时，兄欲缔姻。父母以兄未禄，难其请，遂适武弁③。兄旋登科，职教洮房④，而良人统兵陕右⑤，相与邂逅于此。兄鞭马，略不相顾，岂前憾未平耶？因作《浪淘沙》以寄意云：'目送楚云空，前事无踪。漫留遗恨锁眉峰。自是荷花开较晚，孤负东风。　客馆笑飘蓬⑥，聚散匆匆。扬鞭那忍骤花骢⑦。望断斜阳人不见，满袖啼红。'"

【注释】

①幼卿：生卒年和姓氏不详。宋徽宗宣和年间在世，宋吴曾《能改斋漫录》卷十六录其词一首。

②同砚席：谓同处学习。砚席，砚台与座席，借指读书写作或执教之处。

③适武弁（biàn）：嫁给一个武官。

④洮房：今甘肃临潭。

⑤良人：古时夫妻互称为良人，后多用于妻子称丈夫。

⑥飘蓬：飘飞的蓬草，比喻漂泊无定。

⑦花骢：骏马。

【评析】

古代女子婚姻不能自主，纵有情投意和之人也难结同心之好。这则本事中的女主人公"少与表兄同砚席，雅有文字之好"，两人青梅竹马，有共同的兴趣和爱好，但因表兄还没有获得功名，父母不同意，并将其嫁给了一个武官。对这样一个曾和表兄一同学习，并因此两情相悦的女人来说，嫁给武夫的婚姻大概不会有多少幸福可言。

以后两人邂逅于其夫的军营中，见表兄怨恨之意未平，更是伤心愁苦。于是，作词及序，题于驿壁之上，只有将满腹心事留于路人评说了。

吴淑姬词①

　　吴淑姬，闺媛中之慧黠者，有词集名《阳春白雪》，其佳处不让易安。《祝英台近》一阕②，尤为当时称赏，云："粉痕销，芳信断③，好梦久无据。病酒无聊，欹枕听春雨。断肠曲曲屏山，温温沉水④，都是旧、看承人处。　　久离阻。应念一点芳心，闲愁都几许。偷照菱花⑤，清瘦自羞觑。可堪梅子酸时，杨花飞絮。乱莺啼、催将春去。"

【注释】

　　①吴淑姬：约1185年前后在世。失其本名，生卒年均不详，湖州人。父为秀才，嫁士人杨子治。家贫，貌美，慧而能诗词。宋代四大才女之一。

　　②《祝英台近》：词牌名，又名《月底修箫谱》。七十七字，上、下阕各八句四仄韵。忌用入声部韵。

　　③芳信：恋人的音信。

　　④沉水：指沉香。

　　⑤菱花：指菱花镜。

【评析】

　　吴淑姬善作词，黄昇说："淑姬，女流中黠慧者，有词五卷，佳处不减李易安。"

　　然而她的身世非常坎坷，第一次婚姻尚未过门夫婿就病亡了。后嫁给一个富家弟子，却被状告奸淫。幸因敏捷的词才为当时湖州太守王十朋所赞赏，释其冤情，解去枷锁。南宋洪迈《夷坚志》、明代王世贞《艳异编》、明代冯梦龙《情史》等书中，对此都有记载。

　　《祝英台近》写暮春时节闺中女子的幽怨之情。

　　上阕"粉痕销，芳信断，好梦久无据"，写情人消息中断，自己好梦无据。有人认为，这是吴淑姬在许婚的丈夫突然病逝后写的一首词。虽然尚未正式婚配，但也毕竟是突如其来的变故，待嫁的喜悦顿时化成无所依据的孤苦。"病酒无聊，欹枕听春雨"，此时的她只能借酒消愁，镇日无心镇日闲，无聊地听春雨寂寞地滴落。"断肠曲曲屏山，温温沉水，都是旧、看承人处"，这山山水水，都曾是她以前遥望之处，而现在已物是人非，无可盼望。词人无着无落、无情无绪的情状，如在目前。

　　下阕"久离阻。应念一点芳心，闲愁都几许"，承接上阕而来。"偷照菱花，清瘦自羞觑"，真是"为伊消得人憔悴"，让人不禁想起李清照词所写的"人比黄花瘦"。"可堪梅子酸时，杨花飞絮。乱莺啼、催将春去"，忽忽已春暮，杨花飞，乱莺啼，一片残春意象。读之，那种幽怨之情令人不禁伤从中来。

飞红词

　　王通判妾名飞红者，貌美而工写染①，有词云："花低莺踏红英乱。春心重、顿成慵懒。杨花梦断楚云平，空惹起，情无限。　　伤心渐觉多萦绊。奈愁绪、寸心难绾。深诚无计寄天涯，几欲问，梁间燕。"

【注释】

①写染：书写（诗词）等。

【评析】

清末题"古吴靓芬女史贾茗辑"的《女聊斋志异》中有这样一篇故事：

王莹卿，字娇娘，宣和时蜀人，其父为通判。中表（表兄）申纯，字厚卿，客居其家。二人互相爱慕，唱和甚多。有一位婢女名字叫飞红，才貌不亚于娇娘，申纯偶尔接近她，就会受到娇娘的责备，二人欲见不得。申纯让人向娇娘父求婚，因为中表之亲，其父不答应，飞红还为娇娘出谋划策。娇娘母亡，王通判纳飞红为妾。通判在外任职，申纯做管家，事事有伦。通判回家后，了解到申纯才干，而且妙年高第，前程未可限量，颇有悔意，遂命飞红传意。眼看着好事将成，又有当地府官之子求亲，不得已而许之。最后申纯和娇娘双双殉情而死，通判深自痛悔，将二人合葬于锦江边。人见鸳鸯飞其上，因名之"鸳鸯墓"。这个故事流传很广。这则本事显然是本于娇娘的故事而成。

美奴词

陆敦礼藻①，有侍儿名美奴者，善缀小词②，出侑尊俎③，项刻成章。《卜算子》云："送我出东门，乍别长安道。两岸垂杨锁暮烟，正是秋光老。　　一曲古《阳关》，莫惜金尊倒。君向潇湘我向秦，鱼雁何时到？"《如梦令》云④："日暮马嘶人去，船逐清波东注。后夜最高楼，还肯思量人否？无绪，无绪，生怕黄昏疏雨。"

【注释】

①陆藻（？—1127）：字敦礼，侯官（今福建福州）人。

②缀：著作，组织文字以成篇章。

③尊俎：常用为宴席的代称。

④《如梦令》：词牌名，又名《忆仙姿》《宴桃源》。三十三字，五仄韵，一叠韵。

【评析】

陆蕴、陆藻兄弟官声好，诗词创作也大名远扬，连侍女都能出口成章。宋胡仔《苕溪渔隐丛话》也曾记载，"陆敦礼藻有侍儿名美奴，善缀词，出侑樽俎，每丐韵于坐客，顷刻成章"。这两首词写离别相思，情景相融，意境清远，颇得作词之法。

郑义娘词

郑义娘者，杨思厚妻也。金人南侵时，撒八太尉攻盱眙，为所掠，不辱而死。魂常出游。后思厚奉使燕山^①，访其瘗处^②，得与相见。并留《好事近》云^③："往事与谁论，无语暗弹清血。何处最堪肠断，是黄昏时节。　倚楼凝望又徘徊，谁解此情切。何计得同归雁，趁江南春色。"

【注释】

①奉使：奉命出使。燕山：这里指金国的京城燕京（即中都，今北京）。

②瘗（yì）：掩埋，埋葬。

③《好事近》：词牌名，又名《钓船笛》。双调，四十五字，上、下阕各两仄韵，以入声韵为宜。两结句皆上一、下四句法。

【评析】

明代冯梦龙的《喻世明言》中有"杨思温燕山逢故人"一篇，以靖康之难为背景，讲述了杨思温与郑义娘的离合故事。

靖康之难，金人南下，杨思温与郑义娘雇船，将去淮楚一带避乱。路至盱眙，不幸箭穿篙手，刀中梢公，杨思温被虏，而郑义娘不从撒八太尉的逼迫，自刎而死。太尉夫人崔氏感于郑义娘的节气，将其火化，收其骨灰于匣内。夫人死后，随葬其侧。后来人鬼相遇，杨思温感其为自己守节而亡，发下毒誓终生不娶，但没过几年违背誓言，另娶新欢，最后葬身波涛之中。

这首《好事近》就是郑义娘题于太尉夫人宅内墙上之词。

蒋兴祖女词①

靖康之乱②，阳武令蒋兴祖死之。其女被掳，至雄州，题词壁间云："朝云横度，辘辘车声如水去。白草黄沙，月照孤村三两家。　　飞鸿过也，百结愁肠无昼夜。渐近燕山，回首乡关归路难。"

【注释】

①蒋兴祖（1085—1126）：宜兴（今属江苏）人，能诗词。以荫补饶州（今江西鄱阳）司录，防盗有功，迁阳武县（今河南原阳）知县，主持兴修水利，甚得百姓爱戴。据《宋史·忠义传》载，钦宗靖康年间，金兵南侵，阳武县城被围时，蒋兴祖坚持抗战，至死不屈，极为忠烈。诏赠朝散大夫。他的妻、子均死于此。其女被金兵掳去，押往金人京师。

②靖康之乱：因发生于北宋钦宗靖康年间而得名。靖康二年（1127）四月金军攻破北宋京都东京（今河南开封），除了烧杀抢掠之外，更俘虏了宋徽宗、宋钦宗父子，以及大量赵氏皇族、后宫妃嫔与贵卿、朝臣等共三千余人北上金国。靖康之乱导致北宋的灭亡，是中国历史上具有重要影响的一次大事件。

【评析】

靖康之乱中，阳武县令的女儿被金人掳去。这首词就是这位女子描述其经历，抒发国破家亡巨痛的作品。

词分上、下两阕，上阕写作者被押北行途中的情景。写作手法上以写景为主，借景抒情。"朝云横度，辘辘车声如水去"，囚车辘辘前行的声音像流水，不停地向前走去。作者离故乡越来越远，父母惨死，自己也如流水一样再也无法返回故乡，回到家园。"白草黄沙，月照孤村三两家"，金兵烧杀掳掠后，满地白草黄沙，偶见零落的孤村，也仅剩三两户人家，衬托出国破家亡、自己被掳离乡的孤苦悲凉。

　　下阕写继续北行、渐近北地燕山的情景，以抒情为主，直抒胸臆。"飞鸿过也，百结愁肠无昼夜"，看到南飞的大雁，想到自己再无法回到故乡、见到爹娘的惨痛经历，百端愁苦昼夜不息，直接抒发自己椎心泣血的哀痛。"渐近燕山，回首乡关归路难"，越行越远，已近燕山，乡关归路更其渺茫难期。

　　这是一首小词，却深刻传达出身历国破家亡的被虏女子内心的深哀巨痛，真是"国家不幸诗家幸，赋到沧桑句便工"！

琴操改词①

　　琴操者，钱塘营妓也，慧而知书。尝侍宴湖上，郡倅有误歌少游《山抹微云》词②，作"画角声断斜阳"者。琴操云："'谯门'非'斜阳'也。"倅戏谓曰："汝能改作阳韵否？"琴操略不思索，即歌曰："山抹微云，天粘衰草，画角声断斜阳。暂停征辔③，聊共引离觞④。多少蓬莱旧事⑤，空回首、烟霭茫茫。孤村里，寒鸦万点，流水绕红墙。　　魂伤。当此际，轻分罗带，暗解香囊。漫赢得青楼⑥，薄倖名狂⑦。此去何时见也？襟袖上、空有余香。伤心处，高城望断，灯火已昏黄。"东坡闻而赏之，操后竟削发为尼云。

【注释】

①琴操（1073—1098）：姓蔡，名云英，艺名琴操，原籍华亭（今上海）。原系官宦大家闺秀，从小得到良好的教育，琴棋书画、歌舞诗词都有一定的造诣。十三岁那年家遭藉没而为钱塘歌妓。十六岁那年因改了秦观《满庭芳》词而红极一时。后受到大诗人苏东坡的赏识，据闻后因与苏对答后，遁入空门。

②《山抹微云》：即《满庭芳》（山抹微云），是秦观最杰出的词作之一。

③征辔：远行之马的缰绳，亦指远行的马。

④引：举。

⑤蓬莱旧事：男女爱情的往事。

⑥漫：徒然。

⑦薄倖：薄情。

【评析】

秦观《满庭芳》："山抹微云，天连衰草，画角声断谯门。暂停征棹，聊共引离尊。多少蓬莱旧事，空回首、烟霭纷纷。斜阳外，寒鸦万点，流水绕孤村。　消魂。当此际，香囊暗解，罗带轻分。谩赢得青楼，薄幸名存。此去何时见也？襟袖上、空惹啼痕。伤情处，高城望断，灯火已黄昏。"

秦观词用的是平水韵的十三元韵，琴操改为七阳韵。难得的是，这样一首杰出的词，整个韵脚改变后，音韵的流畅、韵味的深长和词境的迷茫都丝毫未减，可见琴操的才情！

陈凤仪词①

　　成都守蒋龙图内召②，郡饯，时乐籍陈凤仪侍宴③，辄歌自制《洛阳春》以侑觞云："蜀江春色浓如雾。拥双旌归去。海棠也似别君难，一点点，啼红雨。　　此去马蹄何处？向沙堤新路。琼林赐宴赏花时④，还忆着，西楼否？"蒋大赞赏，仍厚赐焉。

【注释】

①陈凤仪：生卒年均不详，北宋成都乐妓。《全宋词》存其词一首。

②内召：被皇帝召见。

③乐籍：乐户的名籍。亦指乐户或官妓。

④琼林赐宴：琼林宴是为殿试后新科进士举行的宴会。始于宋代。宋太祖规定，

在殿试后由皇帝宣布登科进士的名次，并赐宴庆贺。赐宴都是在著名的琼林苑举行。

【评析】

这是一首送别词，上阕写送别时的情景。词一开头就用蜀江的春色烘托离别的哀伤之情。接下来，不言自己不愿离别，而说"海棠也似别君难"；不言自己哭泣，而说"一点点，啼红雨"，绵绵的情意表达得含蓄委婉。

下阕是殷勤关切和叮咛。问离人的归处，想对方他日得皇帝赏赐美酒名花的大好前途中，是否还记得今日楼头的相聚，即"苟富贵，毋相忘"——毋相忘一段深情的期许。结尾以问作结，深情厚谊，期盼担心，含意不尽。

尹温仪词①

成都官妓尹温仪，本良家子，失身乐籍。尝于郭帅席上献《玉楼春》云："浣花溪上风光主，宴席桃源开幕府②。商岩本是作霖人③，也使闲花沾雨露。　　父兄世业传儒素④，何事失身非类侣？若蒙化笔一吹嘘⑤，免使飘零飞绣户。"郭即判与落籍。

【注释】

①尹温仪：生平事迹不详，宋朝成都官妓。

②桃源："桃花源"的省称，出自晋陶渊明《桃花源记》。这里代指郭帅的

幕府。幕府：旧时军队主将的府署设在帐幕内，因称将帅办公的地方为幕府。

③商岩：傅说初版筑（筑土墙）于傅岩之野，后被商王武丁举以为相（见《书·说命上》）。后以"商岩"比喻在野贤士。作霖：降甘霖或下雨。

④儒素：儒术，儒学。

⑤化笔：妙笔，造化之笔。吹嘘：比喻奖掖或称颂赞扬。

【评析】

一说尹温仪是在官员面前脱口而出一首《西江月》，因其文才敏捷，得脱乐籍，《西江月》词如下："韩愈文章盖世，谢安情性风流。良辰美景在西楼，敢劝一卮芳酒。　记得南宫高第，弟兄争占鳌头。金炉玉殿瑞烟浮，高占甲科第九。"

对这首《西江月》词的作者存在着争议，宋朝吴曾《能改斋漫录·苏琼善词》云："韩愈文章盖世，谢安情性风流。"一般的词话、笔记也都将《西江月》词归于苏琼名下。《玉楼春》与《西江月》相比更见才学，更有品格和骨气。《玉楼春》一词不夸富贵，不着烟花柳巷气，只是款款诉说自己的身世和心曲；《西江月》则谈富贵、言风流，总有一种伧俗之气，读者细细品味，不难感受其高下。

聂胜琼词①

长安妓聂胜琼，善词翰②，后归李之问③。有《忆别·鹧鸪天》云："玉惨花愁出凤城④，莲花楼下柳青青。尊前一唱

《阳关曲》，别个人人第五程⑤。　　寻好梦，梦难成。有谁知我此时情？枕前泪共阶前雨，隔个窗儿滴到明。"盖寄外作也。

【注释】

①聂胜琼：生卒年不详，北宋长安名妓。《全宋词》存其词一首，即《鹧鸪天》。

②词翰：诗文，辞章。

③李之问：生卒年与事迹均不详。

④玉惨花愁：形容女子忧愁的样子。凤城：古长安别称，即现在的陕西西安。

⑤第五程：送了又送，极言路程之远。

【评析】

明代梅鼎祚辑《青泥莲花记》载："李之问仪曹解长安幕，诣京师改秩。都下聂胜琼，名倡也，质性慧黠，公见而喜之。李将行，胜琼送别，饯饮于莲花楼，唱一词，末句曰：'无计留春住，奈何无计随君去。'李复留经月，为细君督归甚切，遂饮别。不旬日，聂作一词以寄李云云，盖寓调《鹧鸪天》也。之问在中路得之，藏于箧间，抵家为其妻所得。因问之，具以实告。妻喜其语句清健，遂出妆奁资夫取归。琼至，即弃冠帔，损其妆饰，委曲以事主母，终身和悦，无少间焉。"《词林纪事》亦载此故事。

这首词仍然是离愁别恨的传统主题。词的上、下两阕虚实结合，现实与想象相融合。

　　词的上阕是实写，写现实的离别场景，"玉惨花愁出凤城"，用"玉"与"花"的"惨"与"愁"，比喻自己的花容月貌为愁惨所笼罩，这是她不忍与情人分别的真挚情感的流露。唐王维的《阳关曲》云："渭城朝雨浥轻尘，客舍青青柳色新。劝君更尽一杯酒，西出阳关无故人。"接下来的"莲花楼下柳青青""尊前一唱《阳关曲》"两句正是巧妙地融合了王维《阳关曲》的诗意和别情，将眼前的青青柳色与令人忧伤的离别之曲联接在一起，表达离别的哀愁。"别个人人第五程"，极言路程之遥远。

　　下阕是虚写，想象别后的思念之情。别后人遥，只能希冀在梦里相见，但是"寻好梦，梦难成"。"有谁知我此时情"，一腔愁绪无人堪说。"枕前泪共阶前雨，隔个窗儿滴到明"，只有独自忍受雨夜的孤独与相思之苦。"枕前泪"与"阶前雨"，窗内、窗外，自然与人，主观感情和客观环境融为一体。

　　古代文人常以雨声写内心的寂寞和哀愁，如唐温庭筠《更漏子》："梧桐树，三更雨，不道离情正苦。一叶叶，一声声，空阶滴到明。"宋万俟咏的《长相思》也写道："一声声，一更更。窗外芭蕉窗里灯，此时无限情。梦难成，恨难平。不道愁人不喜听，空阶滴到明。"滴答不断的雨声如连绵的泪水，令人触而兴感，与诗人湿润的内心情感相交会，物我相融为一。

　　李之问的妻子读到这首词，亦为之动容，"喜其语句清健"，竟"出妆奁资夫取归"，也是一个心如霁月的奇女子。

惠洪词①

僧觉范尝赋《西江月》赠女道士云："十指嫩抽新笋，纤纤玉染红柔。人前欲展强娇羞，微露云衣霓袖。　最好洞天春晓，《黄庭》卷罢清幽②。凡心无计奈闲愁，试捻梨花频嗅。"此僧亦大通脱矣③。

【注释】

①惠洪（1070—1128）：俗姓喻，字觉范，自号寂音尊者，筠州新昌（今江西宜丰）人。北宋诗僧。工诗能文，时作绮语，有"浪子和尚"之称。与苏轼、黄庭坚等为方外交。著有《石门文字禅》《冷斋夜话》《天厨禁脔》。后人辑其词为《石门长短句》。

②《黄庭》：即《黄庭经》，又名《老子黄庭经》。道教养生修仙专著。

③通脱：亦作"通侻"，通达脱俗，不拘小节。

【评析】

惠洪少时曾经做县里的小吏，黄庭坚喜欢他的聪慧，教他读书，后成为一代名诗僧。他一生放浪不羁，遭遇坎坷，但处之泰然。他精通佛学，是第一个系统提出"文字禅"的僧人。惠洪长于诗文，主张自然的文采，"文章五色体自然，秋水精神出眉目"（《鲁直弟稚川作屋峰顶名云巢》）。惠洪的奇特之处还在于他身为和尚，却时作"绮美不忘情之语"，近人陈衍曾惊叹其"异在为僧而常作艳体诗"。如其《上元宿百丈》有"十分春瘦缘何事，一掬归心未到家"句，人称"浪子和尚"。在这则本事之末，叶申芗评曰："此僧亦大通脱矣。"良为知言。

曾教其读书的长辈黄庭坚更为其知己，他的《赠惠洪》诗写道："吾年六十子方半，槁项顶螺忘岁年。韵胜不减秦少觏，气爽绝类徐师川。不肯低头拾卿相，又能落笔生云烟。脱却衲衫着蓑笠，来佐涪翁刺钓船。"

仲殊词

僧仲殊一日造郡庭，方接坐间，有妇人投牒①，露立雨中，郡守命殊咏之。殊即口占《踏莎行》云②："浓润侵衣，暗香飘砌，雨中花色添憔悴。楷杷树下立多时，不言不语厌厌地。　眉上新愁，手中文字，因何不倩鳞鸿寄③。想伊只诉薄情人，官中谁管闲公事。"殊后自缢于枇杷树下，咸以为口孽之报云④。

【注释】

①投牒：呈递诉状。

②口占：即兴作诗词，不打草稿，随口吟诵出。

③倩：请，央求。鳞鸿：同"鱼雁"，书信或信使。这里指信使。

④口孽：同"口业"。佛教用语，指恶业的一种（恶业还包括身业、意业）。口业包括妄语、绮语、两舌、恶口。

【评析】

仲殊亦是一位奇特的僧人。他能文善诗，才思敏捷，词风奇丽清婉。虽是僧人，诗词却没有一首言及佛理，宋范成大《吴郡志》称"其长短句间有奇作，非世俗诗僧比也"。《踏莎行》就是这样一首不着僧语，但见凡情的词。

《踏莎行》写一位露立雨中的女子，"浓润侵衣，暗香飘砌，雨中花色添憔悴"，这既是写景，又暗写人，透着一股"艳"香。"楷杷树下立多时，不言不语厌厌地。　眉上新愁，手中文字，因何不倩鳞鸿寄"，细细打量，那静立的姿态、不展的愁眉，又或隐或显透出一种伤感与落寞。"想伊只诉薄情人，官中谁管闲公事"，最后点明其愁怨，是因为那薄情人。

仲殊不同于一般恪守清规戒律的僧人，他是个细腻敏感的诗僧，善于写世俗生活，也写"艳"词，但艳而不媒。更准确地说，仲殊是一个情僧，不论写自然山水、古今兴叹，还是闺阁闲愁，往往蕴含着挥之不去的感伤之情。细味其词，披入其诗心，我们或可感受到时时牵动、乃至最终夺去他生命的那一丝忧郁。

卷下　南宋辽金元

左誉词①

　　左誉与言策名后②，佐幕钱塘。杭籍名姝张芸者，其女名秾，色艺妙天下。左甚眷之，为赋《眼儿媚》云③："楼上黄昏杏花寒，斜月小阑干。一双燕子，两行征雁，画角声残④。　绮窗人在东风里，洒泪对春闲⑤。也应似旧，盈盈秋水，淡淡春山。"又："一段离愁堪画处，横风斜雨泡衰柳⑥。"及"帷云剪水、滴粉搓酥"诸篇⑦，皆为秾作也。后秾归张俊⑧，易姓为章，疏封大国矣⑨。绍兴中⑩，左因觅官行都⑪，暇日，独游西湖两山间。忽逢车舆甚盛，中有丽人，搴帷顾左而颦曰："如今试把菱花照，犹恐相逢是梦中。"左凝睇之⑫，乃秾也。左恍然若失，即拂衣东返，一意空门。《花庵》以此词为阮阅休作者⑬，误矣。

【注释】

　　①左誉：生卒年不详，字与言，天台（今浙江台州）人。宋代词人。词调高韵胜，下笔有神，名重一时，与柳永齐名。其孙左文本编纂其词，名为《筠

溪长短句》，今不传。

②策名：谓科试及第。

③《眼儿媚》：词牌名，又名《秋波媚》。双调，四十八字，上阕三平韵，下阕两平韵。

④画角：古代乐器名。常用作军号。用竹木或牛角做成，上面刻有花纹。

⑤春闲：春天的闲情。这里是指对出行远方的亲人的怀念。

⑥一段离愁堪画处，横风斜雨浥（yì）衰柳：失调名。浥，湿润。

⑦帷云剪水、滴粉搓酥：失调名。滴粉搓酥，形容女子浓艳的装饰。

⑧张俊（1086—1154）：字伯英，凤翔府成纪（今甘肃天水）人。南宋将领。曾积极抗金，为南宋四大抗金将领之一。后转主和，成为谋杀岳飞的帮凶之一。官至枢密使、武功大夫。晚年封清河郡王，死后追封循王。

⑨疏封：分封。帝王把土地或爵位分赐给臣子。

⑩绍兴：宋高宗赵构年号（1131—1162）。

⑪行都：在首都之外另设的一个都城，以备必要时政府暂驻。这里指南宋行都临安（今浙江杭州）。

⑫睇（dì）：斜着眼看。

⑬《花庵》：即南宋黄昇编《花庵词选》。成书于南宋淳祐己酉年（1249），是一部网罗宏富且编排有序的词选，它全面展示了从唐到宋直至此书编定之时文人词发展的几百年历程。阮阅休：即阮阅，生卒年不详，字阅休。有《诗话总龟》行于世。

【评析】

这首《眼儿媚》词，一般认为是阮阅作。南宋胡仔《苕溪渔隐丛话·前集》录此词，说阮阅"尝为钱唐幕官，眷一营伎，罢官去，后作此词寄之"。

词分上、下两阕。上阕主要是写景，景中含情。"楼上黄昏杏花寒，斜月小阑干"，首句以一幅形象鲜明的早春图：黄昏、杏花寒、斜月、小阑干这样的景物描写，暗写了人物活动的时间、节令、环境等。不仅如此，这样的景物更是人物心境的写照，意境的烘托，它为人物勾出了一个特定的背景：春寒料峭，斜月黄昏，孤楼独立，一片幽冷寂寞。"一双燕子，两行征雁，画角声残"，用双飞的燕子和双行的大雁反衬出独上高楼人的寂寞和孤独，而声声画角的余音更扰乱寂寞人的心扉。上阕写景，然而景中有人，景中含情。

下阕写登楼所思，由写景转向抒情。"绮窗人在东风里，洒泪对春闲"，轩窗、梳妆是怀人词经常出现的场景，离人的心中，常常是物依旧，人空瘦。词人悬想，佳人住处依然是那么优美宁静，但佳人独对温煦东风、美好春光，往日笑脸却化作无语清泪。"盈盈秋水，淡淡春山"，这盈盈粉泪让词人心痛，料想她的眼睛依旧如秋水般清莹，眉毛依旧如春山般秀美。对对方形象、动作、神态的怀想，体现出词人度越空间的无限柔情和怀思。

洪迈词①

洪迈景卢，绍兴间在临安试词科②。出闱后③，同试数人，共过抱剑街孙氏小楼。时月色如昼，相与临阑凭几，赏玩清

辉④。忽双烛结花，灿如联珠。孙姬慧黠，启坐中曰："今夕桂
魄耀彩⑤，烛花呈祥，诸君较艺阑省⑥，高掇不疑⑦。请各赋一
词，以为他日佳话。"何自明首赋《浣溪沙》云⑧："草草杯盘
访玉人，灯花呈喜坐添春，邀郎觅句要清新。　　黛浅波娇
情脉脉，云轻柳弱意真真，从今风月属闲人。"传观叹赏，
皆窃讶其末句有失意语。景卢继赋《临江仙》云："绮席留
欢欢正洽，高楼佳气重重。钗头小篆烛花红。直须将喜事，
来报主人公。　　桂月十分光正满，广寒宫殿匆匆。姮娥相
对曲阑东。云梯知不远，平步蹑春风。"孙姬满捧巨觥，贺
景卢曰："学士必高捷，此瑞为君设也。"已而洪果赐第，余
皆报罢。

【注释】

①洪迈（1123—1202）：字景卢，号容斋，又号野处，鄱阳（今属江西）
人。南宋官员、文学家。洪迈学识渊博，著书极多，存世有文集《野处类稿》、
志怪笔记小说《夷坚志》《容斋随笔》，编纂《万首唐人绝句》等。

②词科：科举名目之一，主要选拔学问渊博、文辞清丽、能草拟朝廷日常
文稿的人才。宋代词科是宏词科、词学兼茂科、博学宏词科的通称，清代则专
指博学鸿词科。

③出闱：旧时指科举考试结束后考生离开试院。

④清辉：清光，多指日月的光辉。有时专指皎洁的月光。

⑤桂魄：古代对月的别称，因为传说月中有桂树。魄，月轮无光之处。

⑥阆省：常写作"兰省"，也就是兰台，指秘书省。兰台最早为战国时楚国的台名，其上建有宫殿。唐高宗龙朔年间，秘书省改称兰台。

⑦高搅：科考高中。

⑧何自明：即何作善，生卒年不详，字自明。宋朝文人。曾任右宣教郎知江宁县，其他事迹不详。

【评析】

宋洪迈《夷坚志》中记录此事，可见是实有其事，而非传奇。

两首词格调不同，何自明赋《浣溪沙》词末写"黛浅波娇情脉脉，云轻柳弱意真真，从今风月属闲人"，留连于女子的浅黛娇波中，甘做风月闲人，气弱神靡。景卢《临江仙》全词洋溢着热闹的欢洽喜气，末句"云梯知不远，平步蹑春风"，更是情调高昂，意气风发。两人科第的结果也果然如词所谶，一落第，一高中，这其实也不是什么神秘的事儿，两个举子的信心、志气不同，结果自然会不一样。

辛弃疾赠钱钱词①

辛稼轩有侍姬曰钱钱，甚宠之。晚有柳枝之放，口占《临江仙》赠之云："一自酒情诗兴懒，舞裙歌扇阑珊。好天凉夜月团栾。杜陵真好事②，留得一钱看③。　　岁晚人欺程不识④，怎教阿堵留连⑤。杨花榆荚雪漫天⑥。从今花影下，只见绿苔圆。"

【注释】

①辛弃疾（1140—1207）：字幼安，号稼轩，历城（今山东济南历城）人。南宋著名爱国词人、豪放派词人，人称"词中之龙"，与苏轼合称"苏辛"，与李清照并称"济南二安"。有词集《稼轩长短句》。

②杜陵：在今陕西西安东南，为西汉宣帝刘询的陵墓，位于渭水南岸。

③一钱：西汉时，武安侯田蚡娶燕王女为夫人，举办婚宴时，魏其侯窦婴与好友灌夫前去祝贺，由于窦婴与田蚡有怨隙，在酒席上遭到冷落，灌夫为其抱不平，骂正与田蚡密切交谈的程不识一钱不值。

④程不识：生卒年不详。汉武帝大将，人称"不败将军"，与李广并称名将。因为程不识军队纪律严格，李广善待士卒、且军队纪律松散，士兵都喜欢跟随李广，不愿跟随程不识。

⑤阿堵：南朝宋刘义庆《世说新语·规箴》篇记载，六朝王夷甫为人清高，从不说"钱"字。妻子想试试他，把铜钱串起来绕床一周摆放。王夷甫醒来，无法下床，便大声呼叫婢女："快拿开阿堵物！""阿堵物"从此成了对钱带轻蔑意的别称。

⑥榆荚：也叫榆钱儿，因为它酷似古代串起来的麻钱儿，故名榆钱儿。

【评析】

辛弃疾是南宋著名爱国词人，他一生力主抗金，曾著《美芹十论》《九议》等，上陈战守之策。他还在北方组织义军，亲自指挥过战斗，取得过英勇辉煌的战绩。南投后，因主和派反对抗战，辛弃疾被弹劾落职，前后闲居江西上饶、铅山一带二十多年。

辛弃疾在词史上和苏轼同为豪放词派的代表，他的一个重大贡献，就是极大地扩展了词的内容和题材。他现存的六百多首词中，强烈的爱国主义思想和战斗精神是主调和基本内容。他写政治，也写哲理，有爱国热情，也有朋友之情、恋人之情、民俗风情，还写田园风光、日常生活、读书感受，等等，题材范围比苏词还要广泛得多。随着题材内容的变化，辛弃疾词的艺术风格也呈现出多样化，以豪放为主，又不乏细腻柔媚之处。在手法上以文入词和善于化用前人典故的特点非常突出。

这首《临江仙》虽是赠侍姬的小词，也体现出辛词的豪放气度，表现出洒落的胸怀，文气行于词中。另外，词中还密集用典，如杜陵"留得一钱看"的诗句，程不识遭讥骂、王夷甫清高呼钱为"阿堵物"等。

辛弃疾《祝英台近》

吕婆者，吕正己之室①。正己尝为京漕，有女事稼轩，以微事触其怒，因遣去。辛后悔而念之，为赋《祝英台近》云："宝钗分②，桃叶渡③。烟柳暗南浦。怕上层楼，十日九风雨。断肠点点飞红，都无人管，更谁劝、流莺声住。　　鬓边觑，试把花卜归期④，才簪又重数。罗帐灯昏，哽咽梦中语。是他春带愁来，春归何处？却不解、带将愁去⑤。"

【注释】

①吕正己：生卒年、事迹均不详。

②宝钗分：古代男女分别，有分钗赠别的习俗，即夫妇离别之意。

③桃叶渡：在南京秦淮河与青溪合流之处，晋王献之送别爱妾桃叶之处。

④把花卜归期：用花瓣的数目，占卜丈夫归来的日期。

⑤"是他春带愁来"三句：是思妇梦中语。宋赵彦端《鹊桥仙》（来时夹道）："春愁元自逐春来，却不肯、随春归去。"

【评析】

这是一首写深闺女子离别相思的词，但如果联系辛弃疾一生遭际和思想来看，又很可能寄托了深挚的政治情感。

上阕写别后的凄苦。"宝钗分，桃叶渡。烟柳暗南浦"，在烟雾迷蒙的渡口，杨柳岸边，一对情人分钗赠别。三句词一开篇就点明离别的时间、节气和地点，又连用三个有关送别的典故，描绘出缠绵忧伤的离别场景，表达离别的悲苦怅惘心境。"怕上层楼，十日九风雨"，情人分手后，不敢登楼眺望，离情是如此深重，更何况十天有九天都是风雨晦暝的天气呢。这种风雨晦暝的天气，更加深了阴冷凄苦的心境。"断肠点点飞红，都无人管，更谁劝、流莺声住"，残红飘飞，流莺声啼，一点点、一声声，不断地牵动心中的忧愁和伤痛！上阕层层深入地抒发别后的伤怨。

下阕写对离人归来的殷切期盼。"鬓边觑，试把花卜归期，才簪又重数"，一个"觑"字，细腻地传达出闺中女子对自己青春容颜和流光易逝的担忧。她一瓣一瓣数着花瓣计算归期，数过了，刚戴到头上，又拔下来从头再数。这种单调的反复重复的动作，表现出闺中少妇急切盼归和无聊难捱的心情。"罗帐灯昏，哽咽梦中语。是他春带愁来，春归何处？却不解、带将愁去"，就是在睡梦中还在哽咽着呓语，埋怨春天把忧愁带来，怎么离去的时候就不知道把忧愁也带走呢？其相思之情是多么强烈！

这首词写的是暮春时节，一个深闺女子的相思之情。执着的情感表达得细腻曲折、生动传神，在辛词中别具一格。明末清初沈谦《填词杂说》评价道："稼轩词以激扬奋厉为工；至'宝钗分，桃叶渡'一曲，昵狎温柔，魂消意尽，词人伎俩，真不可测。"也有人认为词中别有寄托，寄寓着祖国长期分裂、词人不能北回的痛苦。清代黄蓼园《蓼园词选》云："此必有所托，而借闺怨以抒其志乎！"

古代文人常以香草美人抒发自己的政治情感，辛弃疾身处金人入侵、南北长期分离的时代，强烈的爱国感情又是他一生词作的主旋律，因此，通过儿女之情寄托家国之愁也是很自然的。

辛弃疾《减兰》

稼轩过长沙道中，见壁上有妇人题字，若有恨者，因用其语成《减兰》云："盈盈泪眼，往日青楼天样远①。秋月春花，输与寻常姊妹家②。　　水村山驿，日暮行云无气力③。锦字偷裁，立尽西风雁不来。"

【注释】
①往日青楼天样远：谓昔日美好生活不再。
②秋月春花，输与寻常姊妹家：年老色衰，难与他人比美。
③水村山驿，日暮行云无气力：身如日暮行云，飘泊无力。

【评析】
这是辛弃疾过长沙道中，见壁上一女子题词，根据词中的感情进行揣摩，从而描绘出题词人情态的一首词。凭空设想也能写得栩栩如生、情思幽婉，可见豪放词人亦不乏婉约情致。清代贺裳《皱水轩词筌》评价这首词道："'锦字偷裁，立尽西风雁不来'，风致何妍媚也。乃出自稼轩之手，文人固不可测。"

刘过《唐多令》①

刘过改之客武昌日，尝与柳阜之、刘去非、石民瞻、周嘉仲、陈孟参、孟容弟兄同集安远楼②，即南楼也③。席间有侑觞黄姬乞词于改之，为赋《唐多令》云："芦叶满汀洲④，寒沙带浅流。二十年重过南楼⑤。柳下系船犹未隐，能几日、又中秋。　　黄鹤断矶头⑥，故人今在否？旧江山都是新愁。欲买桂花同载酒，终不似、少年游。"今此调又名南楼令者，以此也。

【注释】

①刘过（1154—1206）：字改之，号龙洲道人，吉州太和（今江西泰和）人，长于庐陵（今江西吉安）。南宋文学家，有《龙洲集》《龙洲词》。《唐多令》：词牌名，也写作《糖多令》，又名《南楼令》《箜篌曲》等。双调，六十字，上、下阕各四平韵，亦有上阕第三句加一衬字者。

②柳阜之、刘去非、周嘉仲、陈孟参、孟容：生卒年、事迹均不详。石民瞻：号汾亭，江苏人。好书画，曾为官九江等地。

③南楼：楼名。在武昌。

④汀洲：水中小洲。

⑤二十年重过南楼：南楼初建时期，刘过曾漫游武昌，过了一段"黄鹤楼前识楚卿，彩云重叠拥娉婷"（《浣溪沙》）的豪纵生活。

⑥黄鹤断矶：武昌西有黄鹤矶。断矶，形容矶头荒凉。

【评析】

刘过与陈亮、岳珂等爱国志士相友善，以词闻名，词为陆游、辛弃疾所欣赏。

刘过备受陆、辛等欣赏的一个重要原因，是他的词多抒发抗金抱负。刘过词的风格与辛弃疾相近，和刘克庄、刘辰翁被称为"辛派三刘"。

刘过的爱国词慷慨激昂、气势豪壮、风格豪放，也偶有粗率之处。也有俊逸纤秀之作，如这首《唐多令》，因此，清代刘熙载称其"狂逸之中，自饶俊致，虽沉着不及稼轩（辛弃疾），足以自成一家"（《艺概》卷四）。

刘过《贺新郎》

改之求牒四明日①，遇乐籍旧识者，为赋《贺新郎》云："老去相如倦②。向文君、说似而今，怎生消遣？衣袂京尘曾染处，空有香红尚软。料彼此、魂销肠断。一枕新凉眠客舍，听梧桐疏雨秋风战。灯晕冷，记重见。　　楼低不放珠帘卷③。晚妆残、翠蛾狼藉，泪痕流脸。人道愁多须殢酒，无奈愁深酒浅。但托意、焦琴纨扇④。莫鼓琵琶江上曲，怕荻花枫叶俱凄怨。云万叠，寸心远。"此词天下歌之，江西人有以为邓南秀作者⑤，非也。改之尝有帖自辩之。

【注释】

①牒：指牒试，宋朝一种科举制度，源自于"别头试"，是由转运司主持的专为知州、通判等地方官亲属、门客等特殊群体组织的科举选拔考试。四明：今浙江宁波。

②相如：即司马相如，汉代赋家。

③不放：不让。

④焦琴：即焦尾琴。《后汉书·蔡邕传》记载："吴人有烧桐以爨者。邕闻火烈之声，知其为良木，因请而裁为琴，果有美音，其尾犹焦。"纨扇：又称"团扇""宫扇""罗扇"。西汉成帝妃嫔班婕妤被谗，受到成帝冷落，她写了一首《团扇歌》："新制齐纨素，皎洁如霜雪。裁为合欢扇，团团似明月。出入君怀袖，动摇微风发。常恐秋节至，凉飙夺炎热。弃捐箧笥中，恩情中道绝。"借咏团扇表达受君王冷落的忧惧。

⑤邓南秀：生卒年不详，宋代诗人。

【评析】

元和十年（815），白居易因上表主张严缉刺杀宰相武元衡的凶手，以"擅越职分"之罪贬为江州司马。第二年秋天，白居易在浔阳江头送别客人，遇到一位年轻时红极一时，年纪大了嫁给一个商人，常常独守空船的歌女，惺惺相惜，写了著名的《琵琶行》，自叹身世。

刘过的《贺新郎》与白居易的《琵琶行》一样，也是由于有"同是天涯沦落人"的同情共鸣而作。此则本事中，作者说"改之尝有帖自辩之"。南宋张世南《游宦纪闻》就明确记载："尝于友人张正子处，见改之亲笔词一卷，云：'壬子秋，予求牒四明，尝赋《贺新郎》与一老娼。至今天下与禁中皆歌之。江西人来，以为邓南秀词，非也。'"

宋光宗绍熙三年（1192）秋，刘过去四明参加牒试，遭黜落。失意中遇到了这位"乐籍旧识者"，同病相怜的感怀使他创作了这首《贺新郎》。

上阕劈头一句"老去相如倦"，继之以"向文君、说似而今，怎生消遣？"直写文君始与相如私奔，终而爱弛的悲凉。"说似而今"，诉说而今相似的境遇。虽古今异势情事非一，但"同是天涯沦落人"，两种人生一种悲意。"衣袂京尘曾染处，空有香红尚软"，由今及昔，回想昔日红颜时京中的热闹繁华。句中连用了三个虚字"曾""空""尚"，突出往日热闹繁华的空有和虚幻。"料彼此、魂销肠断"，如此欢乐的场景，当是彼此情深，难舍难分，却是"一枕新凉眠客舍，听梧桐疏雨秋风战"，繁华和寂寞，热闹和凄冷，形成强烈的对比反差。"灯晕冷，记重见"，在昏暗幽冷的灯光下，回忆初次相见的美好。

一个是年老色衰，一个是有才难遇，失意人对失意人，惺惺惜惺惺。

下阕过片四句紧承上阕"重见"，陡转写此时情景："楼低不放珠帘卷。晚妆残、翠蛾狼藉，泪痕流脸。"低矮的阁楼，常垂的珠帘，一种凄怆、幽闭的环境；残落狼藉的晚妆，流了满脸的泪痕，昔日娇艳欲滴的美貌如今是如此不堪入目。"人道愁多须殢酒，无奈愁深酒浅"，人说愁多可以喝酒消解，可是愁太深重，酒力太浅，真是"载不动，许多愁"。"但托意、焦琴纨扇"，"焦琴"，即焦尾琴。"纨扇"，讲的是班婕妤的故事，指恩爱像纨扇一样秋风一起就被弃置一边。"莫鼓琵琶江上曲，怕荻花枫叶俱凄怨"，这两句用唐白居易《琵琶行》之典。谪宦九江的白居易偶听沦为商妇的长安故倡的琵琶声，引发他同是天涯沦落人的共鸣。刘过此时的处境与之相似，用此典也表达他同样的悲鸣。"云万叠，寸心远"，以重重叠叠的云山，比方寸之心曲曲折折的忧郁。

这首词借"乐籍旧识者"的飘零身世，写自己的贫士失志之悲，情调哀怨，用笔曲折。

谢希孟小词①

　　谢希孟，陆象山之高弟也②。少豪俊，好狎游，与妓陆氏密，象山每责之，希孟但敬谢而已。一日，复为妓造鸳鸯楼，象山又以为言。希孟谢云："非但建楼，且为作记。"象山喜其文，不觉曰："楼记云何？"希孟即占起句云："自抗、逊、机、云以后③，天地英灵之气，不钟于男子，而钟于妇人。"象山默然，知其侮也。越数时，希孟在妓所，恍有所悟，忽起归兴，不告而行。妓追送之江浒④，悲恋不已。希孟毅然自若，取其领巾，题一小词与之云："双桨浪花平，夹岸青山锁。汝自归家我自归，说着如何过。　　我断不思量，你莫思量我。将你从前与我心，付与他人可。"

【注释】

①谢希孟（1156—？）：又名直，字古民，号晦斋。南宋理学家。

②陆象山（1139—1193）：即陆九渊，字子静，号象山，人称"存斋先生"，抚州金溪（今属江西）人。南宋著名理学家，"心学"的开山之祖。高弟：门弟子中才学优良者。

③抗：即陆抗（226—274），字幼节，吴郡吴县（今江苏苏州）人。三国时期吴国名将，陆逊次子。逊：即陆逊（183—245），本名陆议，字伯言。三国时期著名军事家、政治家，历任吴国大都督、上大将军、丞相。机：即陆机

（261—303），字士衡。西晋文学家，陆逊之孙、陆抗第四子，与其弟陆云合称
"二陆"，又与顾荣、陆云并称"洛阳三俊"。云：即陆云（262—303），字士
龙。西晋文学家，陆抗第五子。曾任清河内史，故世称"陆清河"。

④江浒：江边。

【评析】

谢希孟为人豪俊，二十四岁时文名已大为昭显，人称"逸气如太阿之出
匣"。他胸怀大志，立志效法周公、孔子，曾说："行事不法，周公无志也；立
言不法，孔子无学也。"

但他登上仕途时，韩侂胄独揽大权，排斥打击异己，并将"程朱理学"斥
为伪学，朝政一片黑暗。谢希孟是理学家陆象山的弟子，在这种政治环境中，
自然是举步维艰。他极其厌烦这种尔虞我诈的官场争斗，效法周公、孔子的豪
情壮志也转而为沉湎于秦楼楚馆的放逸。

这则本事即谢希孟放浪行迹的写照。他为妓造楼，老师责其狎妓之甚，他
不但不改，反更以文相谑。谢希孟顺手拈出老师陆象山的四位才华富赡的先祖
和老先生开了一个玩笑，陆老先生知其侮，只得一笑了之。

谢希孟的词大多已佚，《全宋词》就收录了他的这一首赠妓小词。

陆游《钗头凤》①

陆放翁娶唐氏闳之女，于其母夫人为姑侄，伉俪甚笃，
而弗获于姑。既出②，而未忍绝，为置别馆，时往焉。其姑

知而掩之③，虽先时挈去，然终不相安。自是恩谊遂绝。唐后改适宗子士程④，尝以春日出游，与陆相遇于禹迹寺南之沈园。唐语赵为致酒肴焉。陆怅然，感赋《钗头凤》云："红酥手，黄縢酒⑤，满城春色宫墙柳⑥。东风恶⑦，欢情薄。一怀愁绪，几年离索⑧。错、错、错。　　春如旧，人空瘦，泪痕红浥鲛绡透⑨。桃花落，闲池阁。山盟虽在，锦书难托。莫、莫、莫⑩。"唐亦善词翰，见而和之云："世情薄，人情恶，雨送黄昏花易落。晓风干，泪痕残。欲笺心事⑪，独语斜阑⑫。难、难、难。　　人成各，今非昨，病魂常似秋千索⑬。角声寒，夜阑珊⑭。怕人寻问，咽泪装欢。瞒、瞒、瞒。"唐寻亦以恨卒。

【注释】

①陆游（1125—1210）：字务观，号放翁，越州山阴（今浙江绍兴）人。南宋著名爱国诗人。其著作甚丰，主要有《剑南诗稿》《渭南文集》《南唐书》等存世。

②出：出妻，休弃妻子。

③掩：乘人不备而袭击或捉拿。

④改适：改嫁。适，嫁。宗子：皇族子弟。

⑤黄縢（téng）酒：美酒。宋代官酒以黄纸为封，故以黄封代指美酒。

⑥宫墙：绍兴的某一段围墙，南宋以绍兴为陪都，故有宫墙之说。

⑦东风：喻指陆游的母亲。

⑧离索：离群索居的简括。

⑨浥（yì）：湿润。鲛绡（jiāo xiāo）：神话传说鲛人所织的绡，极薄，后用以泛指薄纱。这里指手帕。绡，生丝，生丝织物。

⑩莫：相当于今"罢了"意。

⑪笺：写出。

⑫斜阑：指栏杆。

⑬病魂常似秋千索：描写精神恍惚，似飘荡不定的秋千索。

⑭阑珊：衰残，将尽。

【评析】

陆游有着比较全面的文学才华，诗词文兼善。他是一个多产的诗人，自言"六十年间万首诗"，又是一个长寿的诗人，高寿八十五岁。

他的前妻唐婉是陆游舅舅的女儿，两人感情非常好，可是结婚第二年，唐婉就被陆游的母亲强行逐出家门，后陆游被迫休掉唐婉。

分别十年后的一个春日，两人又在绍兴城外的沈氏园中意外重逢，这时陆游早已另娶，唐婉也嫁给了皇室血统的赵士程。唐婉夫妇派人送来一些酒菜后离去，陆游就在园子的壁上题下了这首哀怨的《钗头凤》。一年后，唐婉重游此园，看到了这首词，不禁悲从中来，又和了一首《钗头凤》，回家不久就抑郁而终了。

陆游对唐婉一直念念不忘，就在他去世前一年，他还又来到沈园，写下了《春游》一诗悼念唐婉："沈家园里花如锦，半是当年识放翁。也信美人终作土，不堪幽梦太匆匆。"

陆游妾词

放翁尝于驿舍见题壁云："玉阶蟋蟀闹清夜①，金井梧桐辞故枝②。一枕凄凉眠不得，呼灯起作感秋诗。"询之，则驿卒女也，遂纳为妾。方余半载，夫人不容，乃遣之。妾又赋《生查子》云："只知眉上愁，不识愁来路。窗外有芭蕉，阵阵黄昏雨。　　晓起理残妆，整顿教愁去。不合画春山，依旧留愁住。"

【注释】

①玉阶：玉石砌成的台阶，亦为台阶的美称。

②金井：井栏有雕饰的华美之井。原指宫廷园林中的井。

【评析】

宋代陈世崇《随隐漫录》载："陆放翁宿驿中，见题壁云：'玉阶蟋蟀闹清夜，金井梧桐辞故枝。一枕凄凉眠不得，挑灯起作感秋诗。'放翁询之，驿卒女也，遂纳为妾。方半载余，夫人逐之，妾赋《卜算子》云：'只知眉上愁……'"这一记载有多少可信度，难以判断。但"玉阶蟋蟀"之诗，是陆游《感秋》诗的后半首，收录在《剑南诗稿》卷八中。《卜算子》这个词牌也不正确，应该是《生查子》（《阳春白雪》），这则本事中写的词牌就是《生查子》。

词的上阕一开头就写愁："只知眉上愁，不识愁来路"，只知道愁眉紧蹙，但不知道愁从何来，为什么发愁。家常语一样平易的语言，说出主人公心中欲说还休的愁滋味。紧接着"窗外有芭蕉，阵阵黄昏雨"，写芭蕉，写黄昏雨。我国古典诗词中经常出现芭蕉雨的意象，如唐代杜牧《八六子》"听夜雨冷滴芭蕉"，五代后蜀顾夐《杨柳枝》"正忆玉郎游荡去，无寻处。更闻帘外雨潇潇，滴芭蕉"等，以芭蕉雨来渲染愁情。"阵阵黄昏雨"，点明时间是在黄昏，写黄昏时节主人公的愁苦形象。

下阕写次日清晨的情景。"晓起理残妆，整顿教愁去"，清早起来，整理一下凌乱的残妆，是希望在新的一天里能振作起精神，拂去愁绪。"不合画春山，依旧留愁住"，但一画眉的时候，愁又上眉头。春山，春天之山，其色黛青，所以古人以春山指代眉。"不合"两句，又呼应了开头的"眉上愁"句。

小词突出写"愁"，全词四见"愁"字，或直言，或以景色映衬，移步换景，也始终不离开愁。先是"眉上愁"，继之"整顿教愁去"，结以"依旧留愁住"，愁情之深之长，难以排遣。

陆游《玉蝴蝶》①

放翁在王忠州席上，赋《玉蝴蝶》云："倦客平生行处，坠鞭京洛②，解佩潇湘③。此夕何年，初赋宋玉高唐。绣帘开、香尘乍起，莲步稳、银烛分行。暗端相④。燕羞莺妒，蝶绕蜂忙。　难忘。芳尊频劝⑤，峭寒新退，玉漏犹长。几许幽情，只愁歌罢月侵廊。欲归时，司空笑问，微近处、丞相嗔狂。断人肠。假饶相送⑥，上马何妨。"其描写处，曲尽情态，令人诵之如见其声容焉。

【注释】

①《玉蝴蝶》：词牌名。有小令及长调两体。长调又称《玉蝴蝶慢》，双调，九十九字，平韵。亦有九十八字体。

②坠鞭：辞去武职。

③解佩：脱去朝服辞官。佩是古代文官朝服上的饰物。

④端相：端详，细看。

⑤芳尊：亦作"芳樽"或"芳罇"，精致的酒器，亦借指美酒。

⑥假饶：如果，假如。

【评析】

《玉蝴蝶》是陆游即席而作之词。

"倦客平生行处，坠鞭京洛，解佩潇湘"，起句叙述自己"平生行处"，简洁而又饱含沧桑之感。"倦客"的自称，道尽对政治风浪的厌烦。"坠鞭京洛"，陆游中年入蜀，曾有一段"铁马秋风大散关"的军旅生活，但不久即调离，一腔收复之志不得展。"解佩潇湘"，词人晚年退居山阴，徜徉山水之间，消磨书生意气。

接下来是写宴席间的情景。"此夕何年，初赋宋玉高唐"，一句"此夕何年"，表达出词人的恍如隔世之感：从疆场驰骋、宦程劳顿，陡入温柔之乡，真是如梦似幻。"绣帘开、香尘乍起，莲步稳、银烛分行"，描述歌女佐酒的情形，细腻轻柔。"暗端相。燕羞莺妒，蝶绕蜂忙"，歌女的美丽，狎客的围绕，一段旖旎风光。

下阕写宴罢的情景。"难忘。芳尊频劝，峭寒新退，玉漏犹长"，佳人芳醪，酒酣耳热，欢娱嫌时短，时至深夜，犹说玉漏还长，时间尚早，不愿离宴。"几许幽情，只愁歌罢月侵廊"，流连于宴席间的浓情蜜意，歌酒热闹，怕曲终人散独有冷月映照回廊的冷清。"欲归时，司空笑问，微近处、丞相嗔狂"，想回去，司空取笑太没趣；稍近狎，丞相又故作矜持地嗔人轻狂，左右遭席间僚友的取笑。"断人肠。假饶相送，上马何妨"，结尾一扫离别的缠绵，洒落通脱放狂。

陆游在蜀之际，曾被讥"不拘礼法""燕饮颓放"，为回应"颓放""狂放"的攻击之词，陆游干脆自号"放翁"。

此词亦可见其"不拘礼法""颓放""狂放"之面貌。

陆游《风入松》①

放翁在蜀日，尝有所盼，每寄之吟咏。有云："碧玉当年未破瓜②，学成歌舞入侯家。"又云："箧有吴笺三百个③，拟将细字写春愁。"又云："裘马清狂锦水滨④，最繁华地作闲人。"及"悠然自适君知否，身与浮名孰重轻。"迨归里后，复以诗意赋《风入松》云："十年裘马锦江滨，酒隐红尘。黄金选胜莺花海⑤，倚疏狂、驱使青春。弄笛鱼龙尽出，题诗风月俱新。　　自怜华发满纱巾，犹是官身。凤楼曾记当时语⑥，问浮名、何似身亲。欲写吴笺寄与，者回真个闲人。"亦可谓善言情矣。

【注释】

①《风入松》：词牌名。双调，七十四或七十六字，上、下阕各六句四平韵。

②碧玉：晋代汝南王司马义亮的妾，中国古代著名美女，成语"小家碧玉"就是指她。破瓜：指女子十六岁的时候。瓜字分开为"八八"两字，古代文人拆"瓜"字为二八以纪年。

③吴笺：吴地所产笺纸。借指书信。

④裘马清狂：指生活富裕，放逸不羁。

⑤选胜：寻游名胜之地。

⑥凤楼：指女性的居处。

【评析】

近代学者俞陛云评价陆游的词："多放笔为直干"（《唐五代两宋词选释》），但陆游的词又不似辛弃疾和陈亮那种豪放，而是体现着一种放逸潇洒的姿态。

且看这首《风入松》。

词的上阕是回忆。"十年裘马锦江滨，酒隐红尘"，杜甫《壮游》诗中回忆壮游的生活："放荡齐赵间，裘马颇清狂。"陆游在此化用杜诗词、意，回忆自己当年锦江边燕饮狂放、自由潇洒的日月。人道是"大隐隐于市"，词人则

"酒隐红尘",更体现出他的放任纵逸。"黄金选胜莺花海",词人不惜重金,游历于名山胜川,沉醉于莺歌花海中,亦如李白"五花马,千金裘,呼儿将出换美酒"(《将进酒》)的干云豪气。"倚疏狂、驱使青春",倚仗着年少的疏狂,肆意挥洒着自己的青春。词人年少时的疏狂不羁之性如在目前。"弄笛鱼龙尽出,题诗风月俱新",感觉自己一吹笛子,江底的鱼龙都跳出来倾听,一提笔写诗,连风月都焕然一新。更进一步写少年意气和疏狂。

下阕回到现实。"自怜华发满纱巾,犹是官身",回到现实,已然满头白发,自己却还深陷官场,不得自由。往日的青春、疏狂、自由和浪漫与今日的年老、拘束、不自由,甚至郁闷形成强烈的对比。"凤楼曾记当年语,问浮名、何似身亲",还记得当年在凤楼上说的那些话,问虚妄的浮名,哪能比得上身心的自在?"欲写吴笺寄与,者回真个闲人",多想写信告诉老朋友,自己这回可真的成了个闲人了!

这则本事将此词的创作归于对一位歌女的长情,当本于宋代周密《齐东野语》的记载。周密在记事后还曾感慨地说:"前辈风流雅韵,犹可想见也。"

这首词的胜处在于,即便是烟花柳巷男女之情的主题,也是率真潇洒,是词人放逸之性、天真之情的自由挥洒,无艳气、俗气,无小儿女狭仄之态,自然自在,洒脱不拘。

赵彦端赠妓词①

赵彦端德庄,有《介庵词》,为宗室之秀。其"波底夕阳红湿"句②，甚为阜陵所赏③。居京口时，见其风轩月馆，名妓艳姬，倍于他所，人皆以群仙目之。因选其胜者十人，各赋《鹧鸪天》赠之。萧秀云："有女青春正及笄。蕊宫仙子下瑶池。箫吹弄玉登楼月④，弦拨昭君未嫁时⑤。　云体态，柳腰肢。绮罗活计强偎随。天教谪入群花苑，占得东风第一枝。"萧莹云："花动仪容玉润颜。温柔袅娜趁幽闲。盈盈醉眼横秋水，淡淡蛾眉抹远山。　膏雨霁⑥，晓风寒。一枝红杏拆朱阑。天台回失刘郎路，因忆前缘到世间。"欧懿云："月晃金波云满梳。素娥何事下天衢⑦。翩翩舞袖穿花蝶，宛转歌喉贯索珠。　帘翡翠，枕珊瑚。锦衾冰簟水纹铺。春光九十羊城景，百紫千红总不如。"桑雅云："云暗青丝玉莹冠。笑生百媚入眉端。春深芍药和烟折，秋晓芙蓉破露看。　星眼俊，月眉弯。舞狂花影上阑干。醉来直驾仙鸾去，不到银河到广寒。"刘雅云："醉拈花枝舞翠翘。十分春色赋妖娆。千金笑里争檀板，一搦纤围间舞腰⑧。　行也媚，坐也娇。乍离银阙下青霄⑨。檀郎若问芳笄纪⑩，二月和风弄柳条。"欧倩云："梅粉新妆间玉容。寿阳人在水晶宫。浴残雨洗梨花白，舞转风摇菡萏红。　云枕席，月帘栊，金炉香喷凤帏中。凡材纵有凌云格⑪，肯学文君一旦踪。"文秀云："绰约娇波二八春。几时飘谪下红尘。桃源寂寂啼春鸟，蓬岛沉沉锁暮云。　丹脸嫩，黛眉新。肯将朱粉污天真。杨妃不似才卿貌，也得君王宠爱勤。"王婉云："未有年光好破瓜。绿珠娇小翠鬟丫⑫。清肌莹骨能香玉，艳质英姿解语花。　钗插凤，鬓堆鸦⑬。舞腰春柳受风斜。有时马上人争看，挈破红窗新绛纱⑭。"杨兰云："两两青螺绾额旁。采云齐会下巫阳⑮。俱飞峡蝶元相逐，并蒂芙蓉本自双。　翻彩袖，舞《霓裳》。点风飞絮姿轻狂。花神只恐留难住，早晚承恩入未央⑯。"吴玉云："拂拂深帷起暗尘。清歌缓响自回春。月和灯市云间堕，人对梅花雪后新。　仙掌露，舞衣云。酒慵微觉翠鬟倾。洞房不厌阳台雨，乞与游人弄晚晴。"其总咏云："一簇神仙会见奇。漫夸苏小与西施⑰。怜轻镂月为歌扇，喜薄裁云作舞衣⑱。　牙板脆，玉音齐。落霞天外雁行低。看看各得风流侣，回首乘鸾旧路归。"按蔡友古有《题北里选胜图鹧鸪天》，所谓居首者，题曰《东风第一枝》，盖即指此欤。

【注释】

①赵彦端（1121—1175）：字德庄，号介庵。南宋官员、词人。词以婉约纤秾胜，有《介庵词》《介庵集》。

②波底夕阳红湿：赵彦端《西湖谒金门词》中词句。

③阜陵：宋孝宗赵眘（shèn）的陵墓永阜陵的省称。这里代指宋孝宗。

④弄玉：又称秦娥、秦女、秦王女，相传为春秋时秦穆公的女儿。嫁善吹

箫的萧史，每天向萧史学箫作凤鸣，秦穆公建凤台让他们居住。后夫妻乘凤飞
天仙去。

　　⑤昭君：即王昭君，生卒年不详，名嫱，字昭君。汉元帝时远嫁匈奴单
于，维护了汉匈关系长达半个世纪之久的稳定。

　　⑥膏雨：滋润作物的甘雨、时雨。霁：雨雪停止，天放晴。

　　⑦素娥：嫦娥的别称。天衢：天空。

　　⑧搦（nuò）：握，拿着。

　　⑨银阙：道家认为天上有白玉京，为仙人或天帝所居之处。青霄：青天。

⑩檀郎：西晋文学家潘安是中国历史上著名的美男子，他小名为檀奴，所以旧时人称美男子为"檀郎"。后用檀郎代指女子的夫君或情郎。

⑪格：表现出来的品质。

⑫绿珠（？—300）：西晋时期权贵石崇的宠妾。翠鬟：原指妇女环形的发式。代指美女。丫：像树枝的分叉。

⑬堆鸦：形容女子发黑而美，像乌鸦堆积在一起一样。

⑭擘（bāi）：同"掰"，用手把东西分开或折断。

⑮巫阳：巫山的南面，指巫山。

⑯承恩：蒙受恩泽。未央：西汉皇宫名。这里代指皇宫。

⑰西施：姓施，名夷光，春秋时期越国人。

⑱怜轻镂月为歌扇，喜薄裁云作舞衣：化用唐李义府《堂堂词》："镂月成歌扇，裁云作舞衣。"镂月，雕刻月亮。裁云，裁剪云彩。两者皆比喻手艺极精巧。

【评析】

赵彦端是宗室弟子，他聪敏特秀，擅长填词，是宗室中的佼佼者。据清沈雄《古今词话》记载，他曾经写过一首《西湖谒金门》词吟咏西湖美景，其中有"波底夕阳红湿"句，宋孝宗读了以后，非常赞赏，高兴地说："我家里人也会作此！"

赵彦端有《介庵词》传世，清代纪晓岚在《四库全书总目提要》中评价《介庵词》说："多婉约纤秾，不愧作者。"

宋代豪贵府第多蓄养家妓歌姬，每逢饮酒宴乐之时，便让家姬歌舞助兴，座间主客相互唱和。

　　赵彦端居住在京口时，建造了一座风轩月馆，汇集了当地最著名的歌姬，日日佳人围绕，笙歌曼舞，大家都称他为神仙中人。这则本事记赵彦端为十位歌姬各赋《鹧鸪天》一首以赠的事。然兴犹未尽，又写了一首作为总结。

　　赵彦端的朋友蔡友古在《题北里选胜图鹧鸪天》中说，赵彦端写的第一首词叫《东风第一枝》，叶氏认为这个词牌名可能就来源于此。

　　但据清舒梦兰《白香词谱》记载，《东风第一枝》这个词牌名的本意是指梅花。唐德宗《中和节》诗云："东风变梅柳，万汇生春光。"宋人朱熹《清江道中见梅》诗亦有句："今日清江路，寒梅第一枝。"又《次刘彦集木犀韵三首》之一："众芳摇落九球期，横出天香第一枝。"元朝张雨《送郭似山回张公洞》诗："韩湘自倩奴星去，袖得瑶台第一枝。"东风，即春风；第一枝，指梅花。春风吹起，梅花首先枝头开放，故曰东风第一枝。由此推断，这一词牌的最初之作当是咏梅。

阮阅赠妓词

　　龙舒阮阅闳休，建炎中知袁州，致仕后即居宜春焉。赠其官妓赵佛奴《洞仙歌》云："赵家姊妹，合在昭阳殿①。因甚人间有飞燕。见伊底尽道②，独步江南。便江北、也是几曾惯见。　　惜伊情性好，不解嗔人，长带桃花笑时脸。向尊前酒畔，见了须归。似恁地、能得几回细看③。待不眨眼儿觑着伊，将眨眼工夫，剩看几遍。"

【注释】

①昭阳殿：古代宫殿建筑名。汉成帝宠妃赵合德曾居住此殿。

②底：即"的"，宋时方言。

③似恁地：犹"似这般"。恁地，如此，这样。

【评析】

阮阅著作丰富，擅长绝句，时有"阮绝句"之称。他的诗词感情坦率直露，语言甚至俚俗泼辣，富有浓郁的生活气息，堪称元曲的先声。

这首《洞仙歌》上阕起首三句"赵家姊妹，合在昭阳殿。因甚人间有飞燕"，奇怪赵氏姊妹飞燕、合德，应该住在后妃的宫殿里，怎么会在民间。赵飞燕、赵合德姊妹，善歌舞，是汉成帝之妃，颇得帝王宠爱。赵家姊妹姓赵，赵佛奴也姓赵，赵家姊妹善歌舞，赵佛奴亦善歌舞。此处以姓氏之同巧妙作比，赞美赵佛奴的美貌和歌舞。又把昭阳殿和人间作对比，说以赵佛奴的才貌，当为深宫隆宠的后妃，现在竟然流落风尘，实在是太委屈了！"见伊底尽道，独步江南。便江北、也是几曾惯见"，继续以江南江北对举，大江南北都绝少见到这样才艺双绝的佳人。

下阕"惜伊情性好，不解嗔人，长带桃花笑时脸"，赵佛奴不仅才艺无双，而且性情也特别好。她从来不懂得嗔怨人，脸上总是带着桃花般灿烂温暖的微笑。三句词，寥寥几笔，便把人物的形象栩栩如生地描绘出来。"向尊前酒畔，见了须归"，酒席筵前相见，可惜暂逢即别，"似恁地、能得几回细看"，还能有多少机会这样细细打量她呢。可是赵佛奴长得实在太美太招人喜欢了，以致词人顾不上饮酒，只是不眨眼地看她："待不眨眼儿觑着伊，将眨眼工夫，剩看几遍。"眯着眼睛看，是为了能把眨眼的工夫都省下来，多看几眼这位美女，反衬出赵佛奴的美艳迷人。

这首词写赵佛奴的美貌，与汉乐府《陌上桑》非常相似，词中通过多角度、多侧面地烘托、渲染，表现赵佛奴的美丽可爱。在感情表达上朴素直接，富有浓郁的生活气息。

陆淞《瑞鹤仙》^①

南渡后，南班宗子有居会稽者^②，其园亭甲于浙东，坐客皆一时之秀，陆子逸与焉。宗子侍姬名盼盼者，色艺殊绝，陆尝顾之^③。一日宴客，盼盼偶未在捧觞之列。陆询之，以昼眠答，旋亦呼至。枕痕在颊，媚态愈增。陆为赋《瑞鹤仙》云："脸霞红印枕^④。睡觉时^⑤，冠儿还是不整。屏间麝煤冷^⑥。但眉峰压翠^⑦，泪珠弹粉。堂深昼永燕交飞^⑧，风帘藻井^⑨。恨无人、说与相思，近日带围宽尽^⑩。　　重省。残灯朱幌^⑪，淡月纱窗，那时风景。阳台路回^⑫。云雨梦、便无准^⑬。待归时，先指花梢教看，却把心期细问^⑭。问等闲、过了青春，怎生意稳^⑮。"此词一时传唱，后盼盼竟归陆氏云。子逸名淞，曾刺辰州^⑯，放翁之弟也^⑰。

【注释】

①陆淞：生卒年不详，约宋高宗绍兴中前后在世。字子逸，号云溪，山阴（今浙江绍兴）人。陆游长兄。《瑞鹤仙》：词牌名。始于周邦彦。宋王明清《玉照新志二》说，其父王铚云："美成以待制提举南京鸿庆宫，自杭徙居睦州（今浙江桐芦），梦中作长短句《瑞鹤仙》一阕。"

②南班：即南班官。最早是宋仁宗于南郊大祀时，赐皇族子弟的官爵，为无职事、无定员的虚衔。

③顾：眷念，顾及。

④脸霞：面上的红润光泽。

⑤觉：醒来。

⑥麝煤：制墨的原料，后又以为墨的别称。在这里指屏上之画。

⑦压翠：指双眉紧皱，如同挤压在一起的青翠远山。

⑧昼永：白日漫长。交飞：交翅并飞。

⑨藻井：常见于古代汉族宫殿、坛庙建筑中的室内顶棚的独特装饰部分。一般做成向上隆起的井状，有方形、多边形或圆形凹面，周围饰以各种花藻井纹、雕刻和彩绘。

⑩带围宽尽：指形体日渐消瘦。

⑪朱幌：床上的红色帷幔。

⑫阳台：隐指男女欢会之地。用宋玉《高唐赋》中楚襄王梦会神女故事。

⑬云雨梦：本指神女与楚王欢会之梦，引指男女欢会。

⑭心期：心愿，心意。

⑮意稳：心安。

⑯辰州：古地名。今湖南怀化沅陵。

⑰弟：应为兄。

【评析】

这是一首闺怨词，是陆淞仅存的两首词作当中的一首。

词的上阕写佳人睡起后的情态："脸霞红印枕。睡觉来，冠儿还是不整。"白居易《长恨歌》中有"云鬓半偏新睡觉，花冠不整下堂来"之句，这两句显然脱胎于此，写佳人的娇弱妩媚。"屏间麝煤冷。但眉峰压翠，泪珠弹粉"，抬头看到屏风上情郎画的水墨画，墨迹已冷，佳人翠眉紧蹙，泪珠弹落了脸上的脂粉。三句描写佳人触物伤怀的场景。接下来写其怅恨之情："堂深昼永燕交飞，风帘藻井。恨无人、说与相思，近日带围宽尽。"堂"深"，写空间上的感觉，厅堂幽深寂静，屋子和内心一样空空荡荡；昼"永"，写时间上的感触，独处日长难挨。望着燕子成双成对，在帘下、水井旁穿梭嬉戏，怨恼自己却独自一人，纵有万般相思，说与何人。只是日渐消瘦，衣带宽松到了极点。

下阕回忆往事，构想重逢情景。"重省。残灯朱幌，淡月纱窗，那时风景"，女主人公回忆往日欢乐相聚的情景，红色的帷帐内灯烛幽暗，淡淡的月光照在薄薄的纱窗上，正是良宵美景。"阳台路回。云雨梦、便无准"，阳台、云雨化用"巫山云雨"的典故。主人公从往日的回忆回到现实，如今与情郎相隔万里，只能盼望在梦中相见，但梦又没个定准。这三句由回忆到现实，又从现实到梦想，表达了深切的相思和期盼。"待归时，先指花梢教看，却把心期细问。问等闲、过了青春，怎生意稳。"等他回来，一定要先指着枝头的花让他看看，花易凋零时易去，让他明白青春虚度的遗憾，然后再细细地问问他的心思。还要问他，怎么能心安理得地白白浪费我的青春时光。

这首词展现思妇曲折细腻的情怀，文辞优美，意度温婉，生动感人。清代贺裳在《皱水轩词筌》中评价此词："'待归时'下，迷离婉妮，几在秦、周之上。"清代卓人月《古今词统》亦云："委宛深厚，不忍随口念过。汉、魏遗意。"

张元幹小词①

张元幹仲宗，善词翰。以《送胡邦衡》《赠李伯纪》两词除名②。其刚风劲节，人所共仰。然小词每寄闲情，如为杨聪父侍儿切鲙赋《春光好》云③："花恨雨，柳嫌风。客愁浓。坐久霜刀飞碎雪④，一尊同。　劳烦玉指春葱。未放箸，金盘已空。更与个中寻尺素⑤，两情通。"为张子安舞姬制《彩鸾归》云⑥："珠履争围⑦。小立春风趁拍低⑧。态闲不管乐催伊。整朱衣。　粉融香润随人劝，玉困花娇越样宜⑨。凤城灯夜旧家时⑩。数他谁⑪。"

【注释】

①张元幹（1091—约1161）：字仲宗，号芦川居士、真隐山人，芦川永福（今福建永泰）人。与张孝祥一起号称南宋初期"词坛双璧"。

②胡邦衡（1102—1180）：即胡铨，字邦衡，号澹庵，吉州庐陵芗城（今

江西吉安）人。南宋政治家、文学家，爱国名臣，庐陵"五忠一节"之一。李伯纪（1083—1140）：即李纲，字伯纪，号梁溪先生，常州无锡（今属江苏）人。北宋末、南宋初抗金名臣，民族英雄。除名：除去名籍，取消原有身份。

③杨聪父：生卒年、事迹均不详。

④霜刀：雪亮锋利的刀。

⑤尺素：原指小幅的绢帛。因为古人多用以写信或文章，所以成为书信的代称。

⑥张子安：生卒年、事迹均不详。《彩鸾归》：词牌名。双调，四十五字，上阕四句四平韵，下阕四句三平韵。

⑦珠履：珠饰之履。

⑧小立：暂时立住。趁拍：合着节拍。

⑨越样：出格，出众。

⑩凤城：长安城的别称。这里是对京都的美称。

⑪他谁：何人，谁。

【评析】

张元幹是北宋末、南宋初承前启后的一位重要词人，能诗善文，尤其长于填词，《贺新郎》二首是他的代表作。张元幹词的内容十分丰富，有写景之作，有抒发友情之作，有抗金壮志之作，等等。

《四库全书总目》评价说："其词慷慨悲凉，数百年后，尚想其抑塞磊落之气。"他继承了苏轼以来的豪放派词风，同时又为词注入了新的时代内容——将词与南宋抗金的壮志豪情结合起来，从而极大地开拓了词境，使词产生了一种新的生命力。张元幹词的题材和风格，开启了后来辛弃疾词派的创作道路，对南宋词产生了重要的影响。

姜夔《暗香》《疏影》①

范石湖归老日②，姜尧章尝于雪中过访，款留经月。时值湖墅梅花盛开，石湖授简索词，且征新声。尧章为特制二曲以呈，盖自度腔也。范赏玩不已，命家妓工歌者习之，音节谐婉，命之曰《暗香》《疏影》。其《暗香》云："旧时月色，算几番、照我梅边吹笛？唤起玉人，不管清寒与攀摘。何逊而今渐老③，都忘却、春风词笔。但怪得、竹外疏枝④，香冷入瑶席⑤。　江国，正寂寂。叹寄与路遥⑥，夜雪初积。翠尊易竭⑦，红萼无言耿相忆⑧。长记曾携手处，千树压、西湖寒碧⑨。又片片吹尽也，几时见得？"其《疏影》云："苔枝缀玉⑩，有小小翠禽，枝上同宿⑪。客里相逢⑫，篱角黄昏，无言自倚修竹。昭君不惯胡沙远，但暗忆、江南江北。想佩环、月夜归来，化作此花幽独⑬。　犹记深宫旧事，那人正睡里，飞近蛾绿⑭。莫似春风，不管盈盈⑮，早与安排金屋⑯。还教一片随波去，又却怨、玉龙哀曲⑰。等恁时、重觅幽香，已入小窗横幅⑱。"范之家妓善歌者，以小红为最，姜颇顾之。姜告归，范即以小红赠之。归舟夜过垂虹^⑲，适复大雪，姜令小红唱新词，自抠笛以和之^⑳。乃赋诗云："自喜新词韵最娇，小红低唱我吹箫。曲终过尽松陵路^㉑，回首烟波十四桥。"

【注释】

①姜夔（1154—1221）：字尧章，号白石道人，饶州鄱阳（今属江西）人。南宋文学家、音乐家。有宋以来继苏轼之后又一难得的艺术全才，对诗词、散文、书法、音乐，无不精善。其词题材广泛，素以空灵含蓄著称，是与辛弃疾并峙的南宋词坛领袖，在文学史上有杰出的地位。有《白石道人诗集》《白石

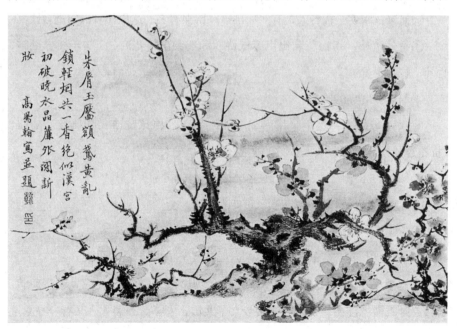

道人歌曲》《续书谱》《绛帖平》等著作遗世。《暗香》《疏影》：《暗香》与《疏影》调，都是姜夔创作以咏梅花的，是取宋代诗人林逋的《山园小梅》"疏影横斜水清浅，暗香浮动近黄昏"两句的首二字作为调名。以后张炎用此二调咏荷花、荷叶，改名《红情》《绿意》。

②范石湖：即范成大（1126—1193），字至能，一字幼元，早年自号此山居士，晚号石湖居士，平江府吴县（今江苏苏州）人。南宋官员、诗人。素有文名，尤工于诗，诗风自成一家，诗题材广泛，以反映农村社会生活内容的作品成就最高。与杨万里、陆游、尤袤合称南宋"中兴四大诗人"。著有《石湖集》《揽辔录》《吴船录》《吴郡志》《桂海虞衡志》等。

③何逊：南朝梁代诗人，有《咏早梅》诗很有名。这里作者以何逊自比。

④竹外疏枝：指梅花。化用苏轼诗《和秦太虚梅花》："江头千树春欲暗，竹外一枝斜更好。"

⑤瑶席：宴席的美称。

⑥叹寄与路遥：这里暗用南朝宋陆凯寄范晔梅花及诗句的典故。陆诗："折花逢驿使，寄与陇头人。"这里指寄给远方友人。

⑦翠尊：亦作"翠樽"。用绿玉装饰的酒杯。

⑧红萼：红梅。耿相忆：耿耿不能忘怀。

⑨千树压、西湖寒碧：指宋时杭州西湖孤山有千树梅花林。

⑩苔枝：长有苔藓的梅枝。缀玉：梅花像美玉一般缀满枝头。

⑪有小小翠禽，枝上同宿：用罗浮之梦典故。旧题柳宗元《龙城录》载，隋代赵师雄游罗浮山，夜梦与一素妆女子共饭，女子芳香袭人。又有一绿衣童

子，笑歌欢舞。赵醒来，发现自己躺在一株大梅树下，树上有翠鸟欢鸣，见"月落参横，但惆怅而已"。翠禽，翠鸟。

⑫客里：离乡在外期间。江夔是江西人，当时住苏州，所以说客里。

⑬"昭君不惯胡沙远"四句：借用杜甫《咏怀古迹五首》其三："一去紫台连朔漠，独留青冢向黄昏。画图省识春风面，环佩空归月夜魂。千载琵琶作胡语，分明怨恨曲中论。"和王建《塞上咏梅》诗："天山路边一株梅，年年花发黄云下。昭君已没汉使回，前后征人谁系马？"

⑭"犹记深宫旧事"三句：用寿阳公主事。《太平御览》引《杂五行书》云："宋武帝女寿阳公主，人日卧于含章殿檐下，梅花落公主额上，成五出花，拂之不去。皇后留之，看得几时，经三日，洗之乃落。宫女奇其异，竞效之，今'梅花妆'是也。"

⑮盈盈：仪态美好的样子。这里借指梅花。

⑯安排金屋：《汉武故事》载，汉武帝刘彻幼时曾对姑母说："若得阿娇作妇，当作金屋贮之。"

⑰玉龙：即玉笛。哀曲：指笛曲《梅花落》。此曲是古代流行的乐曲，听了使人悲伤。

⑱小窗横幅：唐崔橹《梅花诗》："初开已入雕梁画，未落先愁玉笛吹。"宋陈与义《水墨梅》诗："睛窗画出横斜枝，绝胜前村夜雪时。"此翻用其意。

⑲垂虹：吴江县一座著名的桥。

⑳抴（yè）：古同"曳"，手执之状。

㉑松陵：吴江县的别称。

【评析】

姜夔诗、词、文、音乐、书法俱佳，一生未仕，靠卖字和朋友接济为生。其作品以空灵含蓄著称，是南宋江湖派清空骚雅词风的创立者。

《暗香》《疏影》是姜夔词的代表作，这两首词即景言情，通过对梅花的吟咏寄寓自己身世飘零和今昔盛衰的感慨，构思绵密、回环曲折，又丽而清雅、意境清幽，音节谐婉流畅，深受人们的喜爱。

古代咏梅的诗词非常多，但以林逋诗和姜夔词为最胜。张炎在《词源》中说："诗之赋梅，唯和靖一联而已，世非无诗，无能与之齐驱耳。词之赋梅，唯姜白石《暗香》《疏影》二曲，前无古人，后无来者，自立新意，真为绝唱。"

姜夔后来所赋"自喜新词韵最娇，小红低唱我吹箫。曲终过尽松陵路，回首烟波十四桥"，自评《暗香》《疏影》为"韵最娇"的"新词"，可见词人也将这两首词视为自己的得意之作。

这两首词虽同是咏物言志，但略有区别，《暗香》多写身世之感，《疏影》则寄兴亡之悲。循其音声和词境，进入他笛管梅花的清幽世界，仿佛感受到词人一丝绵绵的忧郁和清灵的陶醉，其文字和音声丝丝入扣，拨动着读者的心弦，引发着人的共鸣，这就是姜夔诗词独特的魅力之所在。

姜夔平韵《满江红》①

尧章尝言，《满江红》旧词咸用仄韵，多不协律，当易用平韵方协。适因泛巢湖，苦风，默祝云："若得一席风，当制平韵《满江红》为神姥寿②。"祷讫，风与帆俱驶，顷刻而济。词亦成云："仙姥来时，正一望、千顷翠澜。旌旗与乱云俱下，依约前山。命驾群龙金作轭③，相从诸娣玉为冠④。向夜深、风定悄无人，闻佩环。　神奇处，君试看。奠淮右，阻江南。遣六丁雷电⑤，别守东关。应笑英雄无好手，一篙春水走曹瞒⑥。又争知，人在小红楼，帘影间⑦。"

【注释】

①《满江红》：词牌名，又名《上江虹》《念良游》《伤春曲》。以柳永"暮雨初收"词为正格。九十三字，上阕四仄韵，下阕五仄韵，一般例用入声韵。神情激越，宜抒豪壮情感和恢张襟抱。亦可酌增衬字。姜夔改作平韵。

②神姥：指焦姥。传说古代巢湖发生过一次特大洪灾，最早感知和发现灾情的焦姥母女不是自己迅疾逃生，而是分头奔跑，呼喊邻里，通知乡亲，结果是大家都及时避难了，而她们母女却沉沦于波涛。为推崇这母女俩善良博爱的胸怀，弘扬她们舍己救人的精神，朝廷特赠焦姥"圣妃"名号，又封"显灵圣姥"尊号。

③轭（è）：驾车时套在牲口上的曲木。

④娣（dì）：古代姐姐对妹妹的称呼。

⑤六丁雷电：六丁神和六甲神合称为六丁六甲，道经中说他们最初是真武大帝的部将，丁甲之名来源于天干地支，丁神六位：丁卯、丁巳、丁未、丁

酉、丁亥、丁丑；甲神六位为：甲子、甲戌、甲申、甲午、甲辰、甲寅。丁神
六位支为阴，盖为女神，甲神六位支为阳，盖为男神。据说六丁六甲为天帝役
使，能行风雷，制鬼神。

⑥曹瞒：即曹操（155—220），字孟德，小字阿瞒，沛国谯（今安徽亳州）
人。东汉末年政治家、军事家、文学家，三国曹魏政权的缔造者。

⑦人在小红楼，帘影间：指居住于"小红楼、帘影间"的仙姥。

【评析】

姜夔是妙解音律的音乐家，因此，他填词既能依旧调，又能变旧调为新
声，还能自创新曲。《满江红》这个词牌，以前都是用仄韵，多以柳永的词调
为准，但不太协律，所以姜夔就将仄韵改为平韵，以求音律谐畅，这首词就是
一首变仄韵为平韵的变调词。

《满江红》原来的仄韵词多押入声字，声情多激越豪壮。姜夔用平韵，声
情也随之变得从容和缓。

因为《满江红》是一首塑造巢湖仙姥形象的咏仙词，而非寻常咏物抒情的
小词，因此词的风格与姜夔一贯的委婉清丽之风也不同。全词写景写人，恢宏
豪放、神奇瑰丽，独具一格。

刘克庄赠舞妓词①

刘潜夫在扬州陈师文参议家②，见其舞姬妙绝，为赋
《清平乐》云："宫腰束素③，只恨能轻举。好筑避风台护取④，

莫遣惊鸿飞去⑤。　　一团香玉温柔，笑颦俱有风流⑥。贪与萧郎眉语⑦，不知舞错《伊州》⑧。"

【注释】

①刘克庄（1187—1269）：初名灼，字潜夫，号后村居士，莆田（今属福建）人。宋末文坛领袖。工诗，为江湖派重要作家。词学辛弃疾，多豪放之作，词笔豪荡奔放，慷慨激越，散文化、议论化倾向也较突出。有《后村先生大全集》。词集名《后村长短句》，或称《后村别调》。

②陈师文：生卒年、事迹均不详。参议：幕官。

③宫腰束素：形容女子纤细的腰。宫腰，泛指女子的细腰。束素，洁白的轻丝。

④避风台：相传汉赵飞燕身轻不胜风能作掌上舞，汉成帝为其筑七宝避风台以护之。

⑤惊鸿：受惊的鸿雁，比喻舞姬舞姿轻疾。

⑥笑颦俱有风流：形容歌女无论是笑是愁均妩媚可爱。

⑦萧郎：泛指女子所喜爱的人。这里指作者。眉语：即眉目传情。

⑧《伊州》：曲调名。商调大曲。

【评析】

刘克庄词以豪放风格为主调，但也有婉约之作。这首《清平乐》就是婉约之风的作品。

这首《清平乐》词描写一个以歌舞佐酒的家姬。上阕开头描写舞姬"宫腰

束素，只恨能轻举”，宋玉《登徒子好色赋》中描写东邻绝色女子是“腰如束素”，这里用此典以一束素绢比舞姬纤细的腰肢，写出其绝妙的美丽和风韵。接下来，“好筑避风台护取”用的是赵飞燕的典故，据说赵飞燕身体非常轻盈，汉成帝恐其飘飏，为其建造七宝台以避风；“惊鸿飞去”又化用曹植《洛神赋》中写洛神“翩若惊鸿，婉若游龙”的句子。三句中三个典故，简直是将自古以来绝世佳人的风流神韵集于其一身了。

下阕“一团香玉温柔，笑颦俱有风流”，从形态描写自然过渡到神态风韵的烘托。“贪与萧郎眉语，不知舞错《伊州》。”舞姬与座间情人眉目传情，神魂迷离，以致舞错了《伊州》曲，情感缠绵绮靡。

刘克庄多慷慨激昂之词，像这样剪红刻翠、轻艳绮丽之辞偶一为之，也体现出词人情感的多样性和艺术风格的多样性。

蒋捷赋雪香词①

蒋捷胜欲尝买一妾，名之曰雪香，为赋《瑞鹤仙》云：“素肌原是雪。向雪里、带香更添奇绝。梅花太孤洁。问梨花何似？风标难说②。长洲漾楫③。料鸳边、娇容乍折。对珠笼、自剪凉衣，爱把淡罗轻叠。　清彻。螺心翠靥④，龙吻琼涎⑤，总成虚设。微微醉缬⑥。窗灯晕，弄明灭。算银台高处，芳菲仙佩，步遍纤云万叶。觉来时、人在红幮⑦，半廊界月。”

【注释】

①蒋捷（约1245—1305后）：字胜欲，号竹山，阳羡（今江苏宜兴）人。宋末元初词人。长于词，与周密、王沂孙、张炎并称"宋末四大家"。其词多抒发故国之思，以造语奇巧之作，在宋季词坛上独标一格。有《竹山词》存世。

②风标：风度，品格。文中形容优美的姿容神态。

③长洲：古苑名。故址在今苏州西南、太湖北。春秋时为吴王阖闾游猎处。

④翠靥（yè）：古代贵族妇女贴在两额旁的面饰。用绿色"花子"粘在眉心，或制成小圆形贴在嘴边酒窝地方。

⑤龙吻：又称"鸱吻"，是古代汉族宫殿建筑屋顶所用装饰物。

⑥醉缬（xié）：一种彩色缯帛的名称。

⑦帱（chóu）：单层的帐子。

【评析】

蒋捷是宋末重要词人，他的词被当作填词的法度和标准。蒋捷在宋亡后隐居不仕，其凛然气节为时人所敬重，人称"竹山先生"。他的词多表现丧失山河之恸、怀念故国之思，风格悲凉萧疏。清代刘熙载在《艺概》中评价说："蒋竹山词未极流动自然，然洗练缜密，语多创获。其志视梅溪（史达祖）较贞，视梦窗（吴文英）较清。刘文房（刘长卿）为五言长城，竹山其亦长短句之长城欤！"他的《一剪梅·舟过吴江》中有"流光容易把人抛，红了樱桃，绿了芭蕉"之句，因此人称"樱桃进士"。

《瑞鹤仙》一词作者自题"友人买妾名雪香",是为友人妾而作。词一开始就紧扣"雪香"二字,"素肌原是雪。向雪里、带香更添奇绝",从色、香之奇绝入手写人,别开生面。继之又绘其韵:"梅花太孤洁。问梨花何似?风标难说。"以梅花和梨花比拟,状其难绘之风韵。接下来写其装束打扮:"对珠笼、自剪凉衣,爱把淡罗轻叠""螺心翠靥";步履:"芳菲仙佩,步遍纤云万叶"。于举止动静间绘其清丽之姿。全词塑造了一个清而不孤、丽而不艳的佳人形象。

李南金《贺新郎》①

李南金自号"三溪冰雪翁"。有良家女流落可叹者,李为感赋《贺新郎》云:"流落今如许。我亦三生杜牧②,为秋娘著句③。先自多愁多感慨,更值江南春暮。君看取、落花飞絮。也有吹来穿绣户,有因风、飘坠随尘土。人世事,总无据。 佳人命薄君休诉。若说与、英雄心事,一生更苦。且尽尊前今日意,休记绿窗眉妩④。但春到儿家庭户。幽恨一帘烟月晓,恐明朝、燕亦无寻处。浑欲倩,莺留住。"悲凉感叹,想南金亦自写其流落之意欤。

【注释】

①李南金:生卒年不详,字晋卿,乐平(今属江西)人。南宋词人。

②三生杜牧：比喻出入歌舞繁华之地的风流才士。唐朝诗人杜牧去官后，郁郁不得志，落拓扬州，好作青楼之游，以风流名。有《遣怀》云："十年一觉扬州梦，赢得青楼薄倖名。"后言风情者，多以"三生杜牧"比况。

③秋娘：指唐代叛将李锜之妾杜秋。李锜叛变被斩后入宫，受宪宗宠幸。到穆宗时年纪已老，放回故乡。杜牧写了《杜秋娘诗》，记述她的身世遭遇。后"秋娘"泛指聪明有才华的美女。

④绿窗：指贫女的居室。与红楼相对，红楼为富家女子居室。眉妩：同"眉怃"，谓眉样妩媚可爱。

【评析】

这首《贺新郎》词开始就说："流落今如许。我亦三生杜牧，为秋娘著句。先自多愁多感慨，更值江南春暮。"以杜牧自比。"君看取、落花飞絮。也有吹来穿绣户，有因风、飘坠随尘土。人世事，总无据。"说佳人的流落，也是说自己的飘零。接下来"佳人命薄君休诉。若说与、英雄心事，一生更苦"，则直接与这一女子诉说自己的苦心事啦。

《贺新郎》一词因流落女子有感而赋，确实如此处所评："悲凉感叹，想南金亦自写其流落之意。"

戴复古妻词①

戴石屏未遇时②，薄游江西③，有富家翁怜其才，以女妻之。居数时，石屏忽欲作归计，其妻诘之，告以己娶故。妻白之父，其父大怒，妻宛转解释，终遣戴归，悉以奁具赠行④。仍饯以词云："惜多才，怜薄命，无计可留汝。揉碎花笺，忍写断肠句。道旁杨柳依依，千丝万缕。抵不住、一分愁绪。 如何诉。便教缘断今生，此身已轻许。捉月盟言⑤，不是梦中语。后回君若重来，不相忘处，把杯酒，浇奴坟土。"戴去后，其妻即赴水死。谚云"痴心女子负心汉"，如石屏者，非真负心欤。

【注释】

①戴复古（1167—约1248）：字式之，常居南塘石屏山，故自号石屏、石屏樵隐，天台黄岩（今浙江台州）人。南宋文学家，江湖派诗人代表之一。曾从陆游学诗，作品受晚唐诗风影响，兼具江西诗派风格。诗词集有《石屏诗集》《石屏词》传世。

②未遇：指未得到赏识和重用，未发迹。

③薄游：轻装简游，漫游，随意游览。

④奁具：嫁妆。

⑤捉月：传说唐李白酒醉泛舟当涂采石，俯捉江中月影而溺死。

【评析】

戴复古的这段感情经历最初见于元代陶宗仪《南村辍耕录》的记载："戴石屏先生复古未遇时，流寓江右武宁，有富翁爱其才，以女妻之。居二三年，忽欲作归计，妻问其故，告以曾娶。妻白之父，父怒，妻宛曲解释。尽以奁具赠夫，仍饯以词云……夫既别，遂赴水死。可谓贤烈也矣！"他的妻子作此诀别之词，在戴复古走后，投水而死。十年以后，戴复古又来到亡妻坟前，写了《木兰花慢》一词表达他的怀念与歉疚："莺啼啼不尽，任燕语、语难通。这一点闲愁，十年不断，恼乱春风。重来故人不见，但依然、杨柳小楼东。记得同题粉壁，而今壁破无踪。　兰皋新涨绿溶溶。流恨落花红。念着破春衫，当时送别，灯下裁缝。相思谩然自苦，算云烟、过眼总成空。落日楚天无际，凭栏目送飞鸿。"

吴文英题女髑髅词①

有画半面女髑髅者，梦窗戏题小词云："钗燕拢云睡起时②，隔墙折得杏花枝。青春半面妆如画，细雨三更花又飞。　轻爱别，旧相知。断肠青冢几斜晖③。乱红一任风吹起④，结习空时不点衣⑤。"

【注释】

①吴文英（约1200—1260）：字君特，号梦窗，晚年又号觉翁，四明（今浙江宁波）人。南宋词人。有《梦窗词集》存世。其词作数量丰沃，风格雅致，多酬答、伤时与忆悼之作，号"词中李商隐"。髑髅（dú lóu）：死人的头骨。

②钗燕：钗上之燕状镶饰物。传说佩之吉祥。

③青冢：坟墓。

④乱红：原指飘零的花瓣，此处借指旧日相知的亡灵。

⑤结习：指积久难除之习惯。

【评析】

吴文英是南宋重要词作家，清人周济在《宋四家词选》中，将吴文英与辛弃疾、周邦彦、王沂孙并列为两宋词坛四大家。吴文英的词有许多是抒发"绵绵长恨"的恋情词，其中著名的长篇《莺啼序》（残寒正欺病酒）广为传诵。恋情词以外，还有哀时伤世的作品，但与陆游、辛弃疾等人的爱国诗词相比，吴文英的词比较苍白、消极。

在艺术方面，吴文英上承周邦彦，重视格律和声情，讲究修辞，善于用典。他的词作现实与想象相杂糅，打破传统的层次结构方式，具有很强的跳跃性。张炎在《词源》中评价"梦窗词如七宝楼台，炫人眼目，碎拆下来，不成片段"；沈义父在《乐府指迷》中曾将吴文英词法概括为四点：一是协律；二是求雅；三是琢字炼文，含蓄不露；四是力求柔婉，反对狂放。吴文英词虽然有雕琢太过、词意晦涩等缺点，但他以独特的艺术创新为南宋婉约词的发展做出了贡献。

这首词从内容上看，有怀人之意。词人以奇妙的想象把半面女髑髅想象成一个多情的美丽女子。

上阕："钗燕拢云睡起时，隔墙折得杏花枝。青春半面妆如画，细雨三更花又飞。"这一形象是一个青春活泼的女子的形象：睡起梳妆打扮，隔墙折取杏花枝，青春的面庞半掩。同时又是一个女鬼形象：由"半面女髑髅"幻化想象而成；在三更细雨中，轻松自如地"隔墙折得杏花枝"，如花一样倏忽飘飞去。

　　下阕过片"轻爱别，旧相知"，兴起词人对自己已故旧相知的怀念。"断肠青冢几斜晖"，点明"青冢"，触景生情，对旧相知的离逝充满悲痛和思念。"乱红一任风吹起，结习空时不点衣。""乱红"，以落花比喻逝去的女子。"结习"，佛教术语，生生世世累积的习气，指人执着不离的种种烦恼。佛经记载，天女散花，落在诸菩萨身上，不粘着，自然滑落。落在一个弟子身上，却粘在了衣服上。天女问其中的缘故，舍利弗回答说：结习未尽，花着身耳；结习尽者，花不着也。此处是说逝去的人不着痕迹，无有牵挂，衬托出生人的悲伤和思念。

　　这首词以一个"半面女髑髅"画勾起对已逝旧相知的怀念，抒发对往昔情事的感伤。虚实结合，兴起无端，亦真亦幻。

吴文英《倦寻芳》①

　　孙花翁在吴门②，遇旧欢老妓，邀梦窗为赋《倦寻芳》云："坠瓶恨井，尘镜迷楼③，空闲孤燕。寄别崔徽④，清瘦画图春面。不约舟移杨柳系，有缘人映桃花见。叙分携⑤，悔香瘢漫蒸，绿鬟轻剪。　　听细语、琵琶幽怨。客鬓苍华⑥，衫袖湿遍。渐老芙蓉，犹自带霜重看。一缕情深朱户掩，两痕愁起青山远。被西风，又惊吹、梦魂分散。"

【注释】

①《倦寻芳》：词牌名。双调，分九十八、九十七字两体。上阕十句四仄韵；下阕九十八字格十一句五仄韵，九十七字格十句四仄韵。

②孙花翁：即孙惟信（1179—1243），字季蕃，号花翁，开封（今属河南）人。因爱好种花而自称"花翁"。善于雅谈，尤工长短句。著有《花翁词》，已佚。

③迷楼：故址在扬州，这里借代扬州，指花翁与老妓（李怜）分离之处。

④崔徽：唐歌妓名。据唐元稹《崔徽歌序》记载：崔徽曾与裴敬中相爱，既别，托画家写其肖像寄敬中曰："崔徽一旦不及画中人，且为郎死。"后抱恨而卒。后多以指美丽多情或善画的少女。

⑤分携：离别。

⑥苍华：原为发神名，常用来形容头发灰白。

【评析】

原词有作者自题"林钟羽花翁遇旧欢吴门老妓李怜，邀分韵同赋此词"。

上阕"坠瓶恨井，尘镜迷楼，空闲孤燕"，一开头就写两人的离愁别恨，是全词的总纲。离别，彼此就好像掉到井中的水瓶、封埋在尘中的铜镜、无处可寄的孤燕一样。"寄别崔徽，清瘦画图春面"，用唐代歌妓崔徽的典故表达以画中影聊慰相思之意。"不约舟移杨柳系，有缘人映桃花见"，两人行舟不期而遇地停泊在同一片杨柳间，有缘人邂逅于开满了桃花的岸边。"叙分携、悔香瘢漫爇，绿鬟轻剪"，两人叙说着离别后种种情事。"香瘢"，僧尼受戒时头顶上香炙的瘢痕。头上烧了戒瘢，头发也已剃掉，李怜别后已出了家。一个

"悔"字说明李怜没想到还能再见花翁，出家独守清寂，现在不期而遇，后悔当时出家之举。

下阕"听细语、琵琶幽怨"，李怜虽然已身入空门，但今日重逢，旧情难忘，为花翁重操一曲，低诉着心中的幽怨。"客鬓苍华，衫袖湿遍"，花翁两鬓已苍白，此时聆听着琵琶声，也像江州司马白居易那样青衫湿遍。"渐老芙蓉，犹自带霜重看"，李怜虽然已是渐老芙蓉，花翁仍然一遍遍细细打量。"一缕情深朱户掩，两痕愁起青山远"，"朱户"，指朱唇。"两痕""青山远"，指双眉。李怜虽然青春已过，容颜已非昔比，但在花翁眼中仍然是美丽可怜惜，唇间眉上满是情意。"被西风，又惊吹、梦魂分散"，西风起，两人短暂的重逢，就像一场梦一样被惊醒，无情地吹散，两人也要各自远行，再次离别。

词写重逢后两人的容貌、神态、动作、情感，细腻传神，深挚感人。

吴文英《高山流水》①

丁宥基仲之侧室②，解吟咏，善丝桐③。梦窗为制《高山流水》赠之云："素弦一一起秋风。写柔情、都在春葱④。徽外断肠声⑤，霜霄暗落惊鸿。低鬟处、剪绿裁红。仙郎伴，新制还赓旧曲⑥，映月帘栊。似名花并蒂，日日醉春浓。 吴中。空传有西子，应不解、换羽移宫⑦。兰蕙满襟怀，唾碧总喷花茸⑧。后堂深、想费春工。客愁重，时听蕉寒雨碎，泪湿琼钟⑨。恁风流也称，金屋贮娇慵。"

【注释】

①《高山流水》：词牌名。吴文英自度曲，双调，一百一十字，上阕十句六平韵，下阕十一句六平韵。

②丁宥：生卒年不详，字基仲，号宏庵，钱塘（今浙江杭州）人。《全宋词》录其词一首。事迹见《绝妙好词笺》卷五。

③丝桐：指琴。古人削桐为琴，练丝为弦，故称。

④春葱：春天的嫩葱。比喻女子嫩白的手指。

⑤徽：琴徽，系弦之绳。亦指七弦琴面十三指示音节之标识。

⑥赓：连续，继续。

⑦换羽移宫：乐曲换调。亦作"移宫换羽"或"移商换羽"。宫、商、羽均为古代乐曲五音中的音调名。后也比喻事情内容的变更。

⑧花茸：花穗。

⑨琼钟：酒盅。

【评析】

《高山流水》是吴文英的自度曲，这首词是赠丁基仲妾之作。丁妾善琴，因此吴文英以《高山流水》为调名。

词上阕写他们夫妻和鸣，如并蒂花一样的深厚情意。"素弦一一起秋风。写柔情、都在春葱"，写丁妾纤纤细指拨动琴弦，曲调表达着似水的柔情。"徽外断肠声，霜霄暗落惊鸿"，丁妾弹奏的曲调哀怨凄清，使闻者断肠，就像秋霜的中夜，惊起了孤独的大雁。"低鬟处、翠绿裁红"，丁妾俯首蹙眉，与红绿相间的衣裙相互映衬，无限娇美。"仙郎伴，新制还赓旧曲，映月帘栊"，仙郎相伴，新制曲调，新曲是对旧曲的赓续，这时，明月映照在帘桄上。"似名花并蒂，日日醉春浓"，两人也像并蒂名花一样，相伴相偎，情深意浓，像春酒一样，令人陶醉。

下阕对照丁基仲夫妇，感自己的孤苦。"吴中。空传有西子，应不解、换羽移宫"，是说吴中的西施空有盛名，她不解音律，不能以声传情。用西施反衬丁姜的善解音律。"兰蕙满襟怀，唾碧总喷花茸。后堂深、想费春工"，丁姜兰心蕙质，娇嗔时的语言也如唾玉喷花。基仲金屋藏娇，纳于深堂，一定是费了不少心思的。"唾碧"一句，化用李煜《一斛珠》词"烂嚼红茸，笑向檀郎唾"句意。"客愁重、时听蕉寒雨碎，泪湿琼钟"，这三句转而述自身。"客"，指词人自己。自己孤身一人客居在外，时时听着单调的雨打芭蕉之声，泪珠儿禁不住落在玉杯之中。词人的孤单寂寞与基仲夫妇的欢谐形成鲜明的对比。"恁风流也称，金屋贮娇慵"，自己也称得上是个风流才子，什么时候也能这样金屋藏娇，表达自己对丁基仲夫妇的羡慕。

这首词紧扣词题，强调丁基仲侧室"解吟咏，善丝桐"的才能，以多种人事设喻、对比，正说、侧说、反说，对二人琴瑟相和的夫妇之谐极尽赞美。

史达祖《汉宫春》①

乐籍有星娘者，厌风尘，去从黄冠服。其旧欢尚眷而弗忘，乞史梅溪赋《汉宫春》寄之云："花隔东垣。咏燕台秀句②，结带谋欢。匆匆旧盟有限，飞梦重关。南塘夜月，照湘琴、别鹤孤鸾③。天便遣，清愁易长，春衣常怎香寒。　　唐昌故宫何许，顿剪霞裁雾，摆落尘缘。一声《步虚》婉娩④，云驻天坛⑤。凄凉故里，想香车、不到人间⑥。羞再见，东阳带眼⑦，教人依旧思凡。"

【注释】

①史达祖（1163—约1220）：字邦卿，号梅溪，汴（今河南开封）人。南宋中后期著名词人。史达祖的词以咏物为长，其中不乏身世之感。一些词中充满了沉痛的家国之感。有《梅溪词》传世。《汉宫春》：词牌名，又名《汉宫春慢》。九十六字，上、下阕各四平韵。

②燕台：指幕府。秀句：优美的文句。

③别鹤孤鸾：亦作"别鹤离鸾"。离别的鹤，孤单的鸾。比喻离散的夫妻。语出晋陶潜《拟古》之五："知我故来意，取琴为我弹。上弦惊别鹤，下弦操孤鸾。"

④《步虚》：指《步虚词》。乐府杂曲歌名。《乐府诗集·杂曲歌辞十八·步虚词》郭茂倩题解引唐吴兢《乐府解题》："《步虚词》，道家曲也。备言众仙缥缈轻举之美。"婉娩：柔美，美好。

⑤天坛：王屋山的绝顶，相传为黄帝礼天处。

⑥香车：指神仙乘的车。

⑦东阳：西汉开国功臣东阳侯张相如。

【评析】

史达祖是南宋词坛重要的词人，其成就堪与周（邦彦）、姜（夔）比肩。

南宋黄昇《花庵词选》引姜夔序称其词"奇秀清逸，有李长吉（李贺）之韵"。南宋填词名家张镃在《梅溪词序》中评价说："辞情俱到。织绡泉底，去尘眼中。妥帖轻圆，特其余事，至于夺苕艳于春景，起悲音于商素，有瑰奇警迈清新闲婉之长，而无诡荡污淫之失。端可以分镳清真（周邦彦）、平睨方回（贺铸）。而纷纷三变（柳永）行辈，几不足比数。"

史达祖以咏物词见长，宋代咏物词成就最高者就是姜夔和史达祖。史达祖善于用"拟人格"，把人的感情注入所咏之物，又善于用工笔写金碧山水，具有独到的特色和风格。

这首词作者自题"友人与星娘雅有旧分，别去则黄冠矣，托予寄情"，是代人之作。

赵长卿《水龙吟》①

仙源尝于江楼宴席，见歌姬名盼盼者，弹琵琶，舞《梁州》，赠以《水龙吟》云："酒潮匀颊双眸溜②。美映远山横秀。风流俊雅，娇痴体态，眼前稀有。莲步弯弯，移归拍里，凌波难偶。对仙源醉眼，玉纤笼巧，新声拨、鱼纹皱。　我自多情多病，对人前、只推伤酒。瞒他不得，诗情懒倦，沈腰消瘦。多谢东君，殷勤知我，曲翻红袖。拚来朝又是，扶头不起，江楼知否。"

【注释】

①赵长卿：生卒年不详，号仙源居士。宋代词人。词风婉约，远师南唐，近承晏、欧，模仿张先、柳永，颇得其精髓，能在艳冶中复具清幽之致，为柳派一大作家。著有词集《惜香乐府》。

②酒潮：饮酒后脸上泛起的红晕。

【评析】

唐圭璋在《两宋词人时代先后考》中把赵长卿排在北宋末期的词人中，有学者又进行了具体的考证，认为赵长卿的生活年代大约在北宋末南宋初，周邦彦、李清照同期稍后，辛弃疾之前。清代纪昀主编的《四库提要》记载："长卿恬于仕进，觞咏自娱，随意成吟，多得淡远萧疏之致。"

原词有作者题注："江楼席上，歌姬盼盼翠鬟侑樽，酒行弹琵琶曲，舞《梁州》，醉语赠之。"

词的上阕描写歌姬的外貌和神态："酒潮匀颊双眸溜。美映远山横秀"，写歌女泛着酒潮的红红的脸颊和灵动的双眸、美丽的双眉；"风流俊雅，娇痴体态，眼前稀有"，描绘其神态韵味之独特；"莲步弯弯，移归拍里，凌波难偶"，写其舞姿之轻盈曼妙；"对仙源醉眼，玉纤笼巧，新声拨，鱼纹皱"，是写词人陶醉于其优美的歌舞之中，笑皱了眼角。

下阕过片承上启下，"我自多情多病，对人前、只推伤酒"，词人以不胜酒力相推托，但"瞒他不得，诗情懒倦，沈腰消瘦"。这位歌女不但能歌善舞，而且善解人意，为词人更舞一曲："多谢东君，殷勤知我，曲翻红袖。"词人酒不醉人人自醉，两人自为知音，无言相和，"拚来朝又是，扶头不起，江楼知否"，拚却一醉，一杯一杯复一杯，直到第二天早上，仍然宿酒未醒。

词写歌姬盼盼，不仅写其貌美、艺绝，而且更进一步写她的善解人意，在不动声色的歌舞和饮酒中写出两人的会心和默契，委婉含蓄。

吴文英赋舞女词

临安京市有舞女，梦窗为赋《玉楼春》云："茸茸狸帽遮梅额①。金蝉罗剪胡衫窄。乘肩争看小腰身②，倦态强随闲鼓笛。　　闲称家在城东陌。欲买千金应不惜。归来困顿殢春眠，犹梦婆娑斜趁拍。"

【注释】

①梅额：指梅花妆装点的额头。

②乘肩：负在肩上，立在肩上。

【评析】

这首词写京城少年舞女的生活。

南宋周密的《武林旧事》记载："都城自旧岁冬孟驾回，则已有乘肩小女，鼓吹舞绾者数十队，以供贵邸豪家幕次之玩。而天街茶肆，渐已罗列灯毯等求售，谓之灯市。自此以后，每夕皆然。三桥等处，客邸最盛，舞者往来最多。每夕楼灯初上，则箫鼓已纷然自献于下。酒边一笑，所费殊不多，往往至四鼓乃还。"这些少女舞队，每逢佳节，便箫鼓齐鸣，当街演出。

词的上阕写舞女列队过街的情形。"茸茸狸帽遮梅额。金蝉罗剪胡衫窄"，她们头戴的茸茸狸皮细毛的帽子，遮住了额角的梅花妆。薄如蝉翼的金色罗衫，窄小合身。这是写她们出场的装束。"乘肩争看小腰身，倦态强随闲鼓笛"，接下来写这些少女骑在大人肩上，腰肢纤细，满街人争着看，而她们由于疲劳勉强地和着鼓笛的节拍。这是写舞女的装束打扮。

下阕从侧面着笔："闲称家在城东陌。欲买千金应不惜"，观众争相问询舞女们家住何方，回答说家住在城东的街巷里，料想他们千金相买也毫不吝惜的。可见她们身段和技艺的美妙。"归来困顿殢春眠，犹梦婆娑斜趁拍"，词人归来困倦春眠，梦中还看到她们应和着节拍婆娑起舞。

吴文英这首《玉楼春》很少正面写少女的舞蹈，只有"倦态强随闲鼓笛"一句。下阕从观众的反应，烘托她们舞技的精妙，结句又从自己的梦境进一步进行烘托，给人以余音绕梁、三日不绝、回味无穷的想象。吴文英善于写梦，善于用虚幻之境来衬托现实。清代刘熙载在《艺概》中曾说："衬托不是闲言语，乃相形相勘紧要之文，非帮助题旨，即反对题旨，所谓客笔主意也。"吴文英正是善用衬托之笔来达到"客笔主意"的效果。

杨妹子题马远画①

杨妹子者，宋宁宗杨后之妹也②。其书酷仿宁宗笔法，凡御府收藏诸名家画幅③，多令题咏。有见其题马远《松院鸣琴》小轴云："闲中一弄七弦琴④。此曲少知音。多因淡然无味，不比郑声淫⑤。　　松院静，竹楼深。夜沉沉。清风拂枕，明月当轩，谁会幽心。"其词亦娟秀可喜也。

【注释】

①杨妹子：亦称杨娃，宋代女书法家、文学家。清代姜绍《韵石斋笔谈》评其书法"波撇秀颖，妍媚之态，映带潇湘"。存诗六首，词一首。诗风清丽飘逸。马远（约1140—约1225）：字遥父，号钦山，原籍河中（今山西永济），侨寓钱塘（今浙江杭州）。南宋画家。擅画山水、人物、花鸟，与李唐、刘松年、夏圭并称"南宋四家"。存世作品有《踏歌图》《水图》《梅石溪凫图》等。

②宋宁宗：宋朝的第十三位皇帝赵扩（1168—1224）。

③御府：皇室的称谓。

④七弦琴：古琴的一种。有七根弦。

⑤郑声：本指春秋时郑国的音乐，后多指俗乐。

【评析】

《诉衷情》（题马远画松院鸣琴图）作者不确定，有说是杨妹子作，有题无名氏，有题张抡，未知孰是。

杨妹子，明清学者认为是宋宁宗杨皇后之妹，现代学者提出，杨妹子即杨皇后。母亲是宫廷乐师。杨妹子从小随母亲在宫中长大，能诗词，善书画，精于鉴赏，清代张宗橚《词林纪事》即记《诉衷情·题马远画松院鸣琴图》为杨妹子所作。

马远是宫廷画家，"南宋四家"之一。宋高宗赵构"仿宣和政事，置御前画院"，李唐、刘松年、马远、夏圭是画院最著名的四位画家。马远创水墨苍劲一派，工山水，所绘多残山剩水，史称"马一角"。

这首词扣紧"松院鸣琴"的特殊环境，将画中弹琴形象写得有声有韵，突出其淡雅高洁的情调，也表现出词人松月般的清高雅洁之质。

吕渭老赠李莲词①

吕渭老圣求，有《卜算子》词赠歌者李莲云："渡口看潮生，水满蒹葭浦②。长记扁舟载月明，深入芙蕖去③。　　荷盖覆平池，忘了归来路。谁记南楼百尺高，不见如莲步。"

【注释】

①吕渭老：一作吕滨老，生卒年不详，字圣求，嘉兴（今属浙江）人。有

诗名，亦善作词，今存《圣求词》。

②蒹葭（jiān jiā）浦：指长满了芦苇的水边陆地。蒹，没有长穗的芦苇。葭，初生的芦苇。浦，水边，河岸。

③芙蕖：亦作"芙渠"，古代对莲花的别称。

【评析】

吕渭老在宣和末即有诗名，早期多抒写个人情趣，风格婉约。南渡后以写忧国词出名，词风豪放悲壮。吕渭老创作了不少长调词，对词由小令向长调的发展做出了贡献。

这首《卜算子》紧扣歌者李莲的"莲"字而写。"渡口看潮生，水满蒹葭浦"，词一开头写渡口遥望的场景，是一幅寂寥的秋景图。"长记扁舟载月明，深入芙蕖去"，一叶扁舟在清风明月之夜，划向芙蕖深处。词由眼前的寂寥秋景引起对夏日胜景的回忆，引出荷叶莲花的幽静安宁之景。"荷盖覆平池，忘了归来路"，写莲叶之盛和人之陶醉。"谁记南楼百尺高，不见如莲步"，而今独立百尺高楼，不见伊人如莲一样亭亭玉立、动有轻香的凌波微步。

小词纯以形象出，幽婉清丽。

吴潜《贺新郎》①

徐清叟未遇时②，尝赠建州官妓唐玉诗云："上国新行巧样花③，一枝柳插鬓边斜。娇羞未肯从郎意，爱把芳容故故遮。"吴履斋见之，亦为赋《贺新郎》云："可意人如玉。小帘栊、轻匀淡抹，道家装束。长恨春归无寻处，全在波明黛绿。看冶叶倡条浑俗④。比似江梅清有韵，更临风、对月斜依竹。看不足，咏不足。　　曲屏半掩春山簇。正轻寒、夜深花睡，半欹残烛。缥缈九霞光梦里，香在衣裳剩馥⑤。又只恐铜壶声促。试问送人归去后，对一奁、花影垂金粟⑥。肠易断，恨难续。"

【注释】

①吴潜（1195—1262）：字毅夫，号履斋，宣州宁国（今属安徽）人。南宋词人。词风近于辛弃疾，格调沉郁，多抒发济时忧国的抱负与报国无门的悲愤。著有《履斋遗集》，词集有《履斋诗余》。

②徐清叟：生卒年不详，字直翁，号德壹，建宁浦城（今属福建）人。

③上国：国都以西的地区。

④倡：通'娼'。原形容杨柳的枝叶婀娜多姿，后比喻任人玩赏攀折的花草枝叶，借指妓女。

⑤剩馥：余香，遗泽。

⑥金粟：首饰名。

【评析】

吴潜，宋理宗朝曾为宰相，爱国词人，其词多抒发报国之志、忧国之情，其悲愤沉郁之风与辛弃疾相近。

《贺新郎》一词，看似和徐清叟，描写官妓唐玉之着装、清韵、愁情，但词题为"寓言"，可见别有寄托。结合吴潜的身世和抱负，当是寄托了词人自己高洁的志向和报国无门的苦闷。

潘牥赠妓词①

延平乐籍中，有能墨竹草书者，潘牥庭坚尝眷之，为赋长短句。其末段云："玉带悬鱼②，黄金铸印，侯封万户。待从头，缴纳君王，觅取爱卿归去。"其为之心醉可知矣。潘后复过延津，再访之，其人已为豪者挈去久矣，遂复有题壁之作云："生怕倚阑干，阁下溪声阁外山。空有旧时山共水，依然，暮雨朝云去不还③。　应是蹑飞鸾④，月下时时认佩环。月又渐低霜又落，更阑⑤，折得梅花独自看。"庭坚，三山人也。

【注释】

①潘牥（fāng，1204—1246）：字庭坚，号紫岩，福州富沙（今属福建）人。有《紫岩集》，已佚。赵万里《校辑宋金元人词》辑有《紫岩词》一卷。存词五首。

②悬鱼：戴鱼符或鱼袋。

③暮雨朝云：同"朝云暮雨"，指男女间的情爱与欢会。战国楚宋玉《高唐赋》："昔者先王尝游高唐，怠而昼寝，梦见一妇人，曰：'妾，巫山之女也，

为高唐之客。闻君游高唐，愿荐枕席。'王因幸之。去而辞曰：'妾在巫山之阳，高丘之阻，旦为朝云，暮为行雨，朝朝暮暮，阳台之下。'"

④蹑：追踪，跟随。

⑤更阑：更深夜残。

【评析】

此词有题注云："题南剑州妓馆。"是潘牥重临旧地，感怀之作。

上阕一开篇就说"生怕倚阑干"，突兀而起，让人印象深刻，而又不禁疑惑：这是为什么呢？接下来说"阁下溪声阁外山"，是怕听楼阁下的溪水声，怕看楼阁外的青山。溪水青山何惧之有？词人一开始以极其浓烈的情感发端，这种突兀而来的倒插笔法，一下子就打动了人心。"空有旧时山共水，依然，暮雨朝云去不还。"如此惊怕听闻，原来是旧时曾与伊人朝暮共赏，而佳人不再，暮雨朝云的柔情已成追忆，往日时光一去不复返，令人不堪再见如此风光！

下阕"应是蹑飞鸾，月下时时认佩环"，词人想象伊人一定是驾着鸾鸟飞升入天，化为仙女了，她会常常在月下反复看环佩，思念自己。而词人也久久在月下徘徊，冀望着听到叮咚的环佩声响，再次相逢。但"月又渐低霜又落，更阑"，夜深月落，终不见伊人踪影，往事终去，期待落空。"折得梅花独自看"，曾与一起欣赏的梅花也只能"独自看"了。梅花象征着高洁的品格，也象征着两人的共同品节。

这首小词幽约婉转，有尺幅千里之妙。最后以"折得梅花独自看"的形象作结，言尽意未尽，情韵深致。

张淑芳词

张淑芳，西湖樵家女也。理宗选宫嫔时，以色美，为贾似道所匿①，宠之专房。时有讥之者云："山上楼台湖上船，平章醉后懒朝天②。羽书莫报襄樊急③，新得蛾眉正妙年。"与太学生《百字令》所云"新塘杨柳"者④，皆指此也。淑芳亦知贾必败，预营别业于五云山下。贾南迁日，削发为尼，人罕知者。张善小词，其《更漏子》云⑤："墨痕香，灯下泪。点点愁人幽思。桐叶落，蓼花残。雁声天外寒。　　五云岭，九溪坞。每到秋来更苦。风浙浙，水淙淙。不教蓬迳通。"《浣溪沙》云："散步山前春草香。朱阑绿水绕吟廊。花飞惊坠绣衣裳。　　或定或摇江上柳，为鸾为凤月中篁。为谁掩抑锁云窗。"今五云山下九溪坞，尼庵尚存。

【注释】

①贾似道（1213—1275）：字师宪，号悦生、秋壑，宋理宗时权臣。

②平章：古代官名。南宋时成为权臣的代称。

③羽书：即羽檄，古代插有鸟羽的紧急军事文书。

④太学生：这里指南宋德祐时太学生褚生。《百字令》：词牌名，又名《念奴娇》《醉江月》《大江东去》。双调，一百字，上、下阕各四仄韵，一韵到底。

⑤《更漏子》：词牌名，又名《付金钗》《独倚楼》《翻翠袖》《无漏子》。

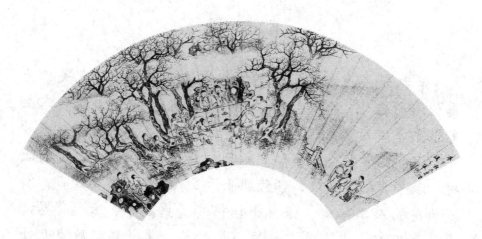

因唐温庭筠词中多咏更漏而得名。双调，四十六字，上阕两仄韵、两平韵，下阕三仄韵、两平韵。

【评析】

张淑芳今存词三首，都收录在清代沈雄《古今词话》中。

张淑芳虽然未得入宫为妃，但因为色美为贾似道匿而专宠，也过着荣华富贵，"三千宠爱集一身"的养尊处优的生活。但难能可贵的是，她不仅有绝代之色，更有超乎常人的理性和才智。她常怀忧戚之情，早早预见贾氏的败落，于是营别业、筑尼庵，预为自己谋划安排后路。贾似道败，被贬谪流放，途中被杀。张淑芳未随其行，悄悄削发为尼，得以保全了性命。以后的日子里，能安心过清净的出家生活，由奢入俭，却从容不迫，淡然自守。

一位普通的"樵家女"而能具此慧敏之资，也是一位难得的奇女子。

朱秋娘《菩萨蛮》

朱希真小名秋娘，适徐必用，工词翰，欲继美易安。徐久客未归，朱赋《菩萨蛮》云："湿云不度溪桥冷，嫩寒初透东风景[①]。桥下水声长，一枝和雪香。　人怜花似旧，花比人应瘦。莫凭小阑干，夜深花正寒。"此词命意孤高，世有以六一《上元》词称为秋娘作者[②]，误矣。

【注释】

①嫩寒：轻寒。

②六一：指六一居士欧阳修。

【评析】

朱希真到底是谁，历史上并无定论。有人说是朱淑真，有人说是朱敦儒（朱敦儒字希真），也有人说朱希真是字秋娘的一位女词人。

这是一首咏梅之作。

上阕，"湿云不度溪桥冷"，开篇第一句就描绘了一位独立在溪桥上，仰视天空不动的乌云，感觉着桥上寒气的人物形象。湿云、不度、溪桥、冷，一片孤寂、清冷的气氛，为梅花的出场营造了一个特定的环境。"嫩寒初透东风景"，在这阴冷凝滞的空气中，一阵轻寒透露出东风的气息。"桥下水声长，一枝和雪香。"桥下绵延不断的水声，和着雪一样的月光，送来一片幽香。上阕写梅花，不着"梅"字，却生动地展现了其凌寒傲骨的逸韵，和清莹香洁的幽姿特性。宋人沈义父《乐府指迷》云："咏物词最忌说出题字。"此篇正得其妙。

梅树而且跟词作的抒情主人于下阕独自倚栏干也暗相扣合而发人深思。

下阕，"人怜花似旧，花比人应瘦"，由梅花转到词人，写词人对花的怜惜，也透露着其顾影自怜的哀愁。李清照的"帘卷西风，人比黄花瘦"是词中名句，这里"花比人应瘦"更渗透着词人对花的情愫。结句"莫凭小阑干"，与开头独立溪水桥冷的形象遥相呼应，"夜深花正寒"更是"人怜花似旧"的注脚。

词人爱梅、咏梅，全词中笼罩着一种"冷"清、"冷"寂，然而这种冷清、冷寂的外境中，又是一颗多情的、热情的心。词中人、花相交融，情思悠深，含蕴不尽，词风清新婉丽。

孙氏平韵《忆秦娥》①

太学生郑文，秀州人。其妻孙氏，善词章，寄郑平韵《忆秦娥》云："花深深。一钩罗袜行花阴②。行花阴。闲将柳带③，试结同心。　日边消息空沉沉。画眉楼上愁登临。愁登临。海棠开后，望到如今。"郑每为人诵之，一时歌楼妓馆，咸传唱焉。

【注释】

①《忆秦娥》：词牌名，又名《秦楼月》《碧云深》《双荷叶》等。双调，

共四十六字，有仄韵、平韵两体。

②一钩罗袜：指小巧的双足。

③柳带：相传唐时洛中名妓柳枝娘曾折柳结带赠李商隐以索诗。见《词林海错》卷二引《花寮集》。后以"柳带"比喻情人所赠之物。

【评析】

相传郑文妻孙氏善词，她非常崇拜欧阳修，平时写词也总是模仿欧阳修的风格，所以有人称她为"欧阳女"。

《忆秦娥》一词写词人等待丈夫归来的情景，表达其对丈夫的深切思念和期盼。

词的上阕以女主人公的动作表现对丈夫的思念。开头"花深深"三字，写出一片百花盛开的景象。紧接着，"一钩罗袜行花阴"，写自己独行于花阴下。花前月下，正是你情我爱，恋人夫妻共度的大好时光，可眼前却是"良辰美景虚设"，自己独自对花，惆怅之情溢于言表。"闲将柳带，试结同心"，女主人公闲来无事，百无聊赖，看到长长的柳条，情不自禁地折下几枝，编成一个同心结，表现出女主人公对丈夫的深切思念和永结同心的殷切希望。

下阕直抒胸臆，表达她对丈夫痛苦的等待和热切的召唤。"日边消息空沉沉"，"日边"，指皇帝所在的地方，郑文就读于都城的太学。这句是说自己苦苦等待，但总是落空，丈夫那边毫无音信。"画眉楼上愁登临"，因为怕失望，所以愁登临。柳永《八声甘州》（对潇潇暮雨洒江天）中有句云："想佳人，妆楼颙望，误几回、天际识归舟"，情同此心。"愁登临。海棠开后，望到如今"，虽然愁登临，但仍然按捺不住心头的思念和渴望，日日登楼眺望。从海棠开放的仲春时节一直望到浓浓花阴的盛夏。

词人抒写对丈夫的思念和盼望,大胆直率,呼唤丈夫的声音热烈执着。

刘彤词

江宁章文虎①,其妻刘氏,名彤,文美其字也。工诗词。尝有词寄文虎云:"千里长安名利客,轻离轻散寻常。难禁三月好风光。满阶芳草绿,一片杏花香。　记得年时临上马②,看人泪眼汪汪。如今不忍更思量。恨无千日酒,空断九回肠。"

【注释】

①章文虎:生卒年、事迹均不详。

②年时:当年,往年时节。

【评析】

这首词写思妇对游子的思念。"千里长安名利客,轻离轻散寻常",词的开头就是对游子的怨尤,游子为名利而远离妻子,将离别看作是平常事,哪顾得上在家的妻子万千相思?"难禁三月好风光。满阶芳草绿,一片杏花香",又到三月春光,阶前花芳草绿,一片杏花芬芳的香气。色香馥郁,粉绿交映,令人情难自禁地要与良人共享如此美好的春光。

然而,良人远离,"记得年时临上马,看人泪眼汪汪",回想昔时游子远行，两人难舍难分，眼泪汪汪，当时情景还历历分明，如在目前。"如今不忍更思量"，回忆当年分离之苦倍增今日离愁，但又是"不思量，自难忘"，故结句道："恨无千日酒，空断九回肠。"想以酒浇愁，然而又恨无酒可解得此深愁。只能空悲叹，白了少年头，白白辜负大好青春。

　　这首词叙说自己的思念和哀怨，有时直陈，有时委曲婉转，有时低诉，有时诘责，或为写景，或为抒情，将九曲回肠表达得曲曲折折，淋漓尽致。

严蕊小词①

　　天台营妓严蕊，字幼芳，色艺冠时，琴弈书画，靡不精妙。间作小词，亦复新颖可喜。唐与正守台日②，尝于酒边令赋红白桃花，蕊即口占《如梦令》云："道是梨花不是。道是杏花不是。白白与红红，别是东风情味。曾记，曾记，人在武陵微醉。"唐大赏之，赐以双缣③。又七夕郡斋开宴，座客谢元卿④，豪士也。夙慕其名，令蕊赋"七夕词"，以己之姓为韵。酒方行，蕊即成《鹊桥仙》云⑤："碧梧初坠，桂香才吐，池上水花微谢。穿针人在合欢楼⑥，正月露、玉盘高泻。　　蛛忙鹊懒，耕慵织倦，空做古今佳话。人间刚道隔年期，笑天上、方才隔夜。"因歌以侑觞，元卿为之心醉，留其家半载方去。后朱晦庵以仓使行部至台⑦，因陈同甫之谮⑧，欲摭唐之短⑨，遂指其与蕊有滥。系狱月余，蕊虽备箠楚之苦⑩，终无一语及唐，然犹不免受杖。乃移籍绍兴，且复就越置狱，重鞫之⑪，久而不得其情。令狱吏以好言诱之曰："汝何不早承，亦不过杖罪。况前已经断，且不重科，何为枉受此苦耶。"蕊泣谢曰："身虽贱妓，纵与太守有滥，亦知罪不至死。然是非真伪，岂可妄言，以重污士大夫，虽死不可诬也。"其辞既坚，复痛杖之，仍系乐籍焉。蕊两月之间，一再受杖，委顿几死。然其声价愈腾，至达宸听。晦翁亦因是而改除。邱商卿代为仓使⑫，偶因贺朔之际⑬，怜其憔悴，令作词自陈。蕊略不构思，口占《卜算子》云："不是爱风尘，似被前缘误。花落花开自有时，总赖东君主⑭。　去也终须去，住也如何住。但得山花插满头，莫问奴归处。"邱大喜，即日判与从良。继而近属宗子纳为小星以终身云⑮。呜呼，此亦妓中之侠者也。

【注释】

①严蕊：生卒年不详，姓周，字幼芳。南宋女词人。自小习乐礼诗书，后沦为台州营妓，改艺名为严蕊。善操琴、弈棋、歌舞、丝竹、书画，学识通晓古今，诗词语意清新。后脱籍。代表作有《如梦令》《鹊桥仙》《卜算子》。

②唐与正：即唐仲友（1136—1188），字与正，又称说斋先生，金华（今属浙江）人。著有《六经解》《帝王经世图谱》《说斋文集》等。

③缣（jiān）：双丝的细绢。古人多用作赏赠酬谢之物。

④谢元卿：生卒年、事迹均不详。

⑤《鹊桥仙》：词牌名，又名《鹊桥仙令》《金风玉露相逢曲》《广寒秋》等。双调，五十六字，上、下阕各两仄韵。

⑥穿针：古代的一种风俗，农历七月七日夜妇女穿七孔针向织女星乞求智巧。

⑦朱晦庵：即朱熹（1130—1200），字元晦，又字仲晦，号晦庵，谥文。祖籍江南东路徽州府婺源县（今属江西），出生于南剑州尤溪（今属福建）。宋朝著名的思想家、教育家、诗人，闽学派的代表人物，理学集大成者。世尊称为朱子。

⑧陈同甫：即陈亮（1143—1194），字同甫，原名汝能，后改名陈亮，婺州永康（今属浙江）人。南宋思想家，著有《龙川文集》《龙川词》。谮（zèn）：说别人的坏话，诬陷。

⑨摭（zhí）：挑剔，指摘。

⑩箠（chuí）楚：亦作"捶楚"。一种用木杖鞭打的古代刑罚。

⑪鞫（jū）：审问犯人。

⑫邱商卿：生卒年、事迹均不详。

⑬贺朔：唐宋以元日、五月朔日、冬至行大朝会之礼，以元日、五月朔日之朝会称贺朔。

⑭东君：司春之神，借指主管妓女的地方官吏。

⑮小星：即众多无名的星，用作妾的代称。

【评析】

严蕊虽隶妓籍，但宁死不屈，绝不污士大夫名节而苟求自保，可谓身处风尘而品高志洁。

　　台州知府唐与正曾经在宴会上令严蕊赋红白桃花，严蕊当即口占一首《如梦令》。"道是梨花不是。道是杏花不是。白白与红红，别是东风情味。"这几句紧扣"红白桃花"之题，与梨花之白、杏花之红作类比，绘红白桃花之状，并以"别是东风情味"一句揭其独标之情韵。"曾记，曾记，人在武陵微醉。"武陵，陶渊明《桃花源记》中的桃花源世界，这一结句明写桃花，但又有暗示品自高洁的意味。又有一次宴间，凤慕其名的豪士谢元卿令严蕊以己姓为韵赋"七夕词"，酒方行，严蕊即成《鹊桥仙》。严蕊才思之敏捷、品格之高洁，由此可见一斑。

　　《卜算子》词是严蕊受酷刑后，邱商卿怜悯她，令其自陈而作。

　　"不是爱风尘，似被前缘误"，上阕开门见山，表明自己对今生沦落风尘命运的不解、迷茫、无奈和忍受。"花落花开自有时，总赖东君主"，借花开花落的不由自主，比喻自己沦为歌妓，俯仰随人这种命运的不能自主。

　　"去也终须去，住也如何住。"下阕这两句承上启下，承接上面"花落花开自有时，总赖东君主"命运不能自主之意；又启下句"但得山花插满头，莫问奴归处"，写自己去留不由自主，莫知去处。去，是指脱离营妓之籍；住，是指仍留乐籍。

　　这首词向主管自己命运的刑狱官陈词，以花为喻表明自己的处境、品节、情思和希冀，委婉含蓄，不卑不亢。

蜀妓词

　　蜀妓类能文，盖薛涛遗风也①。陆放翁返自蜀，其客挟一妓偕行，归而置之别馆，率数日一往。偶以病久疏，妓颇疑之。客作词自解，妓即韵答之云："设盟说誓，说情说意，动便春愁满纸。多应念得脱空经②，是那个先生教底？　　不茶不饭，不言不语，一味供他憔悴。相思已自不曾闲，又那得工夫咒你。"又传一蜀妓，席上作送行词云："欲寄意、浑无所有。折尽市桥官柳③。看君着上征衫④，又相将、放船楚江口。　　后会不知何日，又是男儿、休要镇长相守⑤。苟富贵、毋相忘。若相忘、有如此酒。"此乃妓自度曲，今即名《市桥柳》云⑥。

【注释】

①薛涛（约768—832）：字洪度，长安（今陕西西安）人。唐代女诗人。与刘采春、鱼玄机、李冶并称唐朝四大女诗人；与卓文君、花蕊夫人、黄娥并称蜀中四大才女。流传至今诗作有九十余首。

②脱空：落空，弄虚作假。

③官柳：原意是官府种植的柳树，这里指大道或河堤两旁的柳树。

④征衫：旅人之衣，出门穿的衣服。

⑤镇长：经常，常。

⑥《市桥柳》：词牌名。双调，五十六字，上、下阕各四句，三仄韵。

【评析】

故事载于宋代周密的《齐东野语》。

蜀中自古多才女，这里录的两首由蜀妓所作的词也各具特色。

第一首词的作者是陆游从蜀地回来时门客带回的一位歌妓，安置在外居住。一次门客因患病暂时离开，蜀妓起了疑心，门客作词解释。蜀妓虽然疑团解开，但犹有怨尤，因此和了这首词。

"设盟说誓，说情说意，动便春愁满纸。"上阕开头三句连用四个"说"字，再加上"动便"二字，形象地描述了门客急切解释、诅咒发誓的情景。"多应念得脱空经"，宋代吕本中《东莱紫微师友杂记》云："刘器之（安世）尝论至诚之道，凡事据实而言，才涉诈伪，后来忘了前话，便是脱空。"在这里用"脱空"这样的俗语，讽刺门客山盟海誓的虚言。后面一句"是那个先生教底"，风趣地佯嗔门客的"脱空经"。

"不茶不饭，不言不语，一味供他憔悴。"下阕开头四个"不"字，不茶、不饭、不言、不语，一切生之乐趣全无；"一味"，只有一样，就是"憔悴"损。李清照《声声慢》中有"满地黄花堆积，憔悴损，如今有谁堪摘"句，柳永《蝶恋花》中有"衣带渐宽终不悔，为伊消得人憔悴"之句，都是以憔悴之容表达深深的相思之苦。"相思已自不曾闲，又那得功夫咒你。""不曾闲"与"一味"相呼应，表达她相思之深之长，无暇怨尤。

小词感情强烈，表达直率，语言通俗活泼，富有生活气息。

《市桥柳》是另一位蜀妓在送别情人的宴会上所作。

上阕以白描的手法写离别的情景。"欲寄意、浑无所有",词人满腹心事,难以用言语表达。"折尽市桥官柳",折柳的动作传达出其难舍难分的留恋之情。"折尽"之语,极言其情。"看君着上征衫,又相将、放船楚江口",看着情人穿上远行的衣裳,就要乘舟远离自己了。

下阕对情人的赠言直抒胸臆。"后会不知何日,又是男儿,休要镇长相守",别离时节,想的是后会无期,一则男儿行取功名无期,一则这样一种风尘间的关系无定。但情势如此,无法挽留,词人也只能强作鼓励语。"休"字,有的版本作"须"字,如万树《词律》是"须"。"须要长相守",与前面"是男儿"和后面的"苟富贵"都意不连贯。"苟富贵,毋相忘",词人一字不改的用了陈涉之语,妥帖自然,如己口出。"若相忘,有如此酒。"指酒为誓,朴实率真。

这首词的表达符合女主人公的身份,自然坦率,情真意切,毫不造作,读来别有一种不同于一般文人词的痛快淋漓的滋味。

赵才卿《燕归梁》①

赵才卿者,成都乐籍也,性慧黠,能小词。帅府开宴,饯都钤②,席间帅令作词,才卿立进《燕归梁》云:"细柳营中有亚夫③,华宴簇名姝。雅歌长许佐投壶④,无一日、不欢娱。　汉王拓境思名将,捧飞诏⑤,欲登途。从前密约尽成虚,空赢得、泪如珠。"帅大喜,尽以席上饮器赐之。

【注释】

①《燕归梁》：词牌名。双调，五十一字，上阕四句四平韵；下阕五句三平韵。

②都钤（qián）：即都钤辖。宋代武官名。兵马钤辖，以朝官及诸司使以上充任，官高资深的称都钤辖。

③细柳营：亦省作"细柳"。西汉名将周亚夫屯军的营地，在今陕西咸阳西南。汉文帝时，周亚夫为将军，屯军细柳。帝自劳军，至细柳营，因无军令而不得入。于是使使者持节诏将军，亚夫传令开壁门。既入，帝按辔徐行。至营，亚夫以军礼见，成礼而去。帝曰："此真将军矣！曩者霸上、棘门军，若儿戏耳！"（见《史记·绛侯世家》）后遂称军营纪律严明者为细柳营。

④投壶：古代宴会礼制，亦为娱乐活动。宾主依次用矢投向盛酒的壶口，以投中多少决胜负。负者饮酒。

⑤飞诏：诏书。

【评析】

《燕归梁》又是一首蜀妓的词，是在帅府晏上所作。

"细柳营中有亚夫，华宴簇名姝。"词一开头就紧切军营、将军之题，将帅府比作军纪严明的细柳营，把宴会的主人比作汉代名将周亚夫，又盛赞其宴会之豪华阵容。接下来描写宴会热闹的场景："雅歌长许佐投壶，无一日、不欢娱。"上阕热闹繁华，气氛热烈。

"汉王拓境思名将，捧飞诏，欲登途。"下阕一转写离别。首写离别之因，并寓其前途远大之意。"从前密约尽成虚，空赢得、泪如珠。"继而转写离别的黯然神伤，表达别离的伤感。

这首词紧紧围绕将军的身份写宴会、写离别，意气飞动，颇有几分豪气。

僧儿《满庭芳》①

广汉官妓名僧儿者，秀外慧中，善填词。时有太守戴姓，两临此郡，甚眷之。后以玉局之请②，致仕归。僧儿于饯席赋《满庭芳》云："团菊苞金，丛兰减翠，画成秋暮风烟。使君归去，千里倍潸然。两度朱幡雁水，全胜得、陶侃当年③。如何见，一时盛事，都在送行篇。　　愁烦。懒梳洗，寻思陪宴，花底湖边。有多少风流，往事萦牵。闻道霓旌羽驾④，看看是、玉局神仙。应相许，冲云破雾，一到洞中天。"

【注释】

①《满庭芳》：词牌名，又名《锁阳台》《满庭霜》《潇湘夜雨》《话桐乡》《满庭花》等。双调，九十五字，上、下阕各四平韵。或上阕四平韵，下阕五平韵。

②玉局：苏轼的别称。苏轼曾任玉局观提举，后人遂以"玉局"称苏轼。

③陶侃（259—334）：字士行（一作士衡）。本为鄱阳郡枭阳县（今江西都昌）人，后徙居庐江寻阳（今江西九江西）人。东晋时期名将。

④霓旌：相传仙人以云霞为旗帜。羽驾：传说以鸾鹤为驭的坐车。亦借指

神仙。

【评析】

此则故事南宋魏庆之《诗人玉屑》有记载："广汉妓女小名僧儿，秀外惠中，善填词。有姓戴者，忘其名，两作汉守，宠之。既而得请玉局之祠以归。"

僧儿的《满庭芳》是送别戴太守之作。

"团菊苞金，丛兰减翠，画成秋暮风烟"，上阕先写送别的环境。时在菊花盛开的秋季，丛丛兰花已开始凋零，暮色苍苍，风烟茫茫。萧瑟的秋气和离别的怅惘相互交融。"使君归去，千里倍凄然"，直抒离愁。"两度朱幡雁水，全胜得、陶侃当年"，回忆戴太守两任广汉期间的风采。陶侃为东晋名将，事功卓著，位极人臣，词中以陶侃比拟戴太守，盛赞其在广汉的为官盛事。

下阕写离愁。"愁烦"直抒离愁。"懒梳洗"，描写因离愁别恨而倦怠，无心梳洗打扮。"寻思陪宴，花底湖边。有多少风流，往事萦牵。"回想从前的欢乐，寓以今日的离愁。"闻道霓旌羽驾，看看是、玉局神仙。应相许，冲云破雾，一到洞中天。"此词贵在一扫离别词惯有的低靡缠绵，而以昂扬乐观的情调作结。戴太守是退休归老，但僧儿却将其赋闲生活说成是逍遥自在的神仙生活，并希望能和他一起做一对洞天中的神仙眷侣。可见僧儿非但才艺双绝，性格也豁达开朗，难怪戴太守"两临此郡"，都"甚眷之"。

乐婉与施酒监词

杭妓乐婉，与施酒监善。施秩满去，赠以词云："相逢情

便深，恨不相逢早。识尽千千万万人，终不如伊好。　　别
尔登长道。转觉添烦恼。楼外朱楼独倚阑，满目围芳草。"
婉亦能词，答赠云："相思似海深，旧事如天远。泪滴
千千万万行，使我愁肠断。　　要见无由见。见了终难拚。
若是前生未有缘，重结来生愿。"

【评析】

明代陈耀文《花草粹编》引宋代杨湜《古今词话》（原书已佚）说："杭妓
乐婉与施酒监善，施尝赠以词云……"明代梅鼎祚《青泥莲花记》、赵世杰
《古今女史》、清代周铭《林下词选》以及徐𨱏的《词苑丛谈》等，也都著录了
这两首词。

两首赠、答词都用《卜算子》调。

施词"相逢情便深，恨不相逢早"，一开头就说他们一见钟情，相见恨晚。
唐代张籍的《节妇吟》中说道："还君明珠双泪垂，恨不相逢未嫁时。"此处化
用张籍诗句。"识尽千千万万人，终不如伊好"，《诗经·郑风·出其东门》云：
"出其东门，有女如云。虽则如云，匪我思存。""别尔登长道。转觉添烦恼"，
写离别的烦忧。"楼外朱楼独倚阑，满目围芳草"，写别后的寂寞。施词多用
典，化用前人诗句。

乐婉词则直抒胸臆。"相思似海深，旧事如天远"，尚在离别之际，却从别
后的相思说起，可见女词人的多愁善感。由于对未来相思苦的预见，现在便更
加难舍难分。

"泪滴千千万万行，使我愁肠断"，泪流不断，更让人愁肠寸断。"要见无由见。见了终难拚"，以后想相见不能相见，不如就了却这一段情，但要了却不能了。"若是前生未有缘，重结来生愿"，有道是"有情人终成眷属"，但此时有情人却要分别。也许是前生没有结下这份缘，今生才不能在一起。但是，词人并不因此放弃、认命，而是等待来世再结为夫妻。

乐婉的词感情真挚执着，表达坦率热烈。词的语言朴实质朴、通俗直接、不事雕饰，一腔真情如江河汩汩流出，自具有动人的力量。

刘濬《期夜月》①

乐部中诸艺，惟杖鼓鲜有能工之者②。京师官妓杨素娥，最工此技。刘濬酷爱之，为特制《期夜月》，以咏其事云："金钩花绶系双月③。腰肢软低折。揎皓腕④，萦绣结。轻盈宛转，妙若凤鸾飞越。无别。香檀急叩，转清切。翻妙手飘瞥⑤。催画鼓，追脆管⑥，锵洋雅奏⑦，尚与众音为节。　当时妙选舞袖，慧性雅质，各为殊绝。满座倾心注目，不甚窥回雪⑧。纤怯逡巡，一曲《霓裳》彻。汗透鲛绡湿。教人与傅香粉，媚容秀发。宛降蕊珠宫阙⑨。"

【注释】

①刘濬：字景明，安福（今属江西）人。杨万里的朋友。《期夜月》：词牌

名。双调，一百一十三字。

②杖鼓：古代的一种打击乐器，以木为框，细腰，两头蒙皮，缚以五彩绣带。

③花绶：系官印用的织有花彩的丝带。

④揎（xuān）：捋起袖子露出胳膊。

⑤飘瞥：迅速飘过。

⑥脆管：笛子。

⑦锵洋：亦作"锵羊"。原指金玉碰击发声，后泛指发出美妙的乐声。

⑧回雪：雪回旋飞舞。比喻女子舞姿的轻盈优美。

⑨蕊珠宫阙：亦省称"蕊宫"。道教经典中所说的仙宫。

【评析】

古代描写音乐的诗词中以写弹琴、筝、琵琶，吹笛子等的居多，这些是乐妓们常用的乐器。描写歌妓的舞姿也大多是泛泛而言，只有寥寥几首，如杜甫诗《观公孙大娘弟子舞剑器行》，描写舞姿具体生动，形神兼备。

这首《期夜月》词写官妓杨素娥的杖鼓舞，对其动作、身段、道具、音乐，以及击鼓的表演场面，观众的反应，都描绘得极其细致。词中歌、舞、鼓、乐皆备，将一场奇技表演描写得栩栩如生。

王清惠《满江红》

丙子①，元兵入杭，两宫北迁，妃嫔皆随行。有王昭仪者，名清惠，留题《满江红》于夷山驿壁云："太液芙蓉②，

浑不是、旧时颜色。曾记得、承恩雨露，玉楼金阙。名播兰
簪妃后里，晕潮莲脸君王侧。忽一朝、鼙鼓揭天来③，繁华
歇。　　龙虎散，风云灭。千古恨，凭谁说。对山河百二，
泪沾襟血。驿馆夜惊尘土梦，宫车晓碾关山月。愿嫦娥、相
顾肯从容，随圆缺。"迨文丞相北行④，过此，读至末句，
叹云："惜哉，夫人于此少商量矣。"为之代作二阕，亦题于
壁。其一云："试问琵琶，胡沙外、怎生风色⑤。最苦是、姚
黄一朵，移根瑶阙。王母欢阑琼宴罢，仙人泪满金盘侧。听
行宫、夜半《雨霖铃》⑥，声声歇。　　彩云散，香尘灭。铜
驼恨⑦，那堪说。想男儿慷慨，嚼穿龈血。回首昭阳辞落日，
伤心铜雀迎新月⑧。算妾身、不愿似天家⑨，金瓯缺⑩。"其
二云："燕子楼中，又捱过、几番秋色。相思处、青年如梦，
乘鸾仙阙。肌肉暗消衣带缓，泪珠斜透花钿侧。最无端、蕉
影上窗纱，青灯歇。　　曲池合，高台灭。人间事，何堪说。
向南阳阡上，满襟清血⑪。世态便如翻覆雨，妾身原是分明
月。笑乐昌、一段好风流⑫，菱花缺。"考王昭仪抵上郡，
即恳请为女道士，自号冲华，与丞相黄冠之志正同。其从容
圆缺之语，又何必遽贬之耶。

【注释】

①丙子：指宋恭帝德祐二年（1276）。

②太液：太液池本汉代宫中池名，唐代长安大明宫中亦有太液池。这里代指南宋临安的皇宫。

③鞞（pí）鼓：古代军中所用之乐鼓。揭天：谓声音高入天际。

④文丞相：指南宋丞相文天祥（1236—1283），字履善，又字宋瑞，自号文山、浮休道人，江西吉州庐陵（今江西吉安）人。宋末政治家、文学家，抗元名臣，与陆秀夫、张世杰并称为"宋末三杰"。

⑤胡沙：原指西方和北方的沙漠或风沙，比喻入侵中原的元兵的势焰。

⑥《雨霖铃》：唐教坊曲名。唐郑处诲《明皇杂录补遗》："明皇既幸蜀，西南行初入斜谷，属霖雨涉旬，于栈道雨中闻铃，音与山相应。上既悼念贵妃，采其声为《雨霖铃》曲，以寄恨焉。"

⑦铜驼：铜铸的骆驼。多置于宫门寝殿之前。借指京城、宫廷。

⑧铜雀：指铜雀台。位于河北邯郸临漳。

⑨天家：指帝王家。

⑩金瓯：原意为金做的盆盂，用来比喻疆土之完固。亦用以指国土。

⑪清血：指血泪。

⑫乐昌：指乐昌公主。由陈入隋，因破铜镜，终与驸马徐德言"破镜重圆"。事见唐人韦述《两京新记》。

【评析】

王清惠本是宫中一位侍奉君王，并不过问政事的女官，南宋都城临安（今浙江杭州）沦陷，山河易主，社稷倾圮，王清惠也和三宫一起被俘，解往元都。就在途中，王清惠写下了这首《满江红》词，题在驿壁上。

　　王清惠词抒写了国破家亡、今非昔比的痛苦与哀伤。

　　"太液",汉唐宫中的池名,这里借指南宋宫廷;"芙蓉",荷花,比喻女子姣美的面容。唐代白居易《长恨歌》中有"太液芙蓉未央柳,芙蓉如面柳如眉"。"浑不是、旧时颜色",是说自己的容颜完全失去了往日的鲜丽。词人一开始就运用比兴手法,暗示自己遭遇巨变后身心的憔悴。

　　"曾记得、承恩雨露,玉楼金阙。"由"旧时颜色"而转入"曾记得",领起对往日生活的回忆。"雨露"喻君恩,"玉楼金阙"泛指宫廷。这两句写君王的宠幸,居住宫室的华美。

　　"名播兰簪妃后里,晕潮莲脸君王侧。""晕潮莲脸",莲花般的脸上泛着羞赧的潮红。这两句写自己在后妃中容貌出众,美名远播,得以常伴君王之侧。

　　可是好景不长,"忽一朝、鼙鼓揭天来,繁华歇。"词调急转直下,元兵入侵的鼙鼓惊天动地响起,南宋小朝廷一朝覆亡,往日繁华顿歇。这三句与词的开头相对比,深切地写出了词人经历这种惨痛的历史巨变后的真实感受。

　　词人写自己的主观感受,也呈现出一种历史的真实和因果规律。就如唐代白居易在《长恨歌》中所说:"缓歌慢舞凝丝竹,尽日君王看不足。渔阳鼙鼓动地来,惊破《霓裳羽衣曲》。"一个王朝的覆灭从来都不是偶然的,而是其源有自,都与帝王及整个社会耽于嬉乐、竞逐繁华的骄奢怠惰有关。

　　下阕主要抒发被俘途中的感慨和国家沦亡的哀痛。"龙虎散,风云灭。千古恨,凭谁说。对山河百二,泪沾襟血。"掷地有声的词句与岳飞《满江红》词中"靖康耻,犹未雪。臣子恨,何时灭"的精神和感慨高度贯通和一致!

　　"驿馆夜惊尘土梦",写自己驿馆夜宿,白天路途上奔波,被驱逐凌辱的景象也成为噩梦，惊醒自己的睡眠。"宫车晓碾关山月"，乘坐的宫车拂晓就出发，车轮从洒满月光的大地上碾过。宫中诸人千里驱驰，晓行夜宿，劳顿、惊惶、辛酸、痛苦的种种情景，都浓缩在这两句词中。"愿姮娥、相顾肯从容，随圆缺。"这一拍又一转，由痛苦的眼前境况想望未来的安宁。"愿姮娥"承上"月"字，向月亮祈愿，表达出词人希望摆脱囚徒生活而过上平常、平安、清静的生活的愿望。

文天祥北行见此词，读到最后一句，叹云："惜哉，夫人于此少商量矣。"对此词是一种赞美，同时对最后一句表达的避世之情也表示了一点遗憾。因为王清惠词最后表达的并非岳飞那种"驾长车，踏破贺兰山缺。……待从头，收拾旧山河，朝天阙"的英雄壮志。

王清惠后来果然出家做了女道士，号冲华，清净地度过了她的余生，实现了"愿姮娥、相顾肯从容，随圆缺"的祈愿。

汪元量《水龙吟》①

汪元量水云，随驾北迁，尝于淮河舟中，夜闻故宫人弹琴，感赋《水龙吟》云："鼓鞞惊破《霓裳》，海棠亭北多风雨。酒阑歌罢，玉啼金泣，此行良苦。驼背模糊，马头匼匝②，朝朝暮暮。自都门宴罢，龙艘绵缆，空载得，春归去。　　目断东南半壁，怅长淮、已非吾土。受降城下③，草如霜白，凄凉酸楚。粉阵红围，夜深人静，谁宾谁主。对渔灯一点，羁愁万斛④，谱琴中语。"

【注释】

①汪元量（1241—1317后）：字大有，号水云，亦自号水云子、楚狂、江南倦客，钱塘（今浙江杭州）人。宋末元初文学家、宫廷琴师。诗多纪国亡前后事，时人比之杜甫。有《水云集》《湖山类稿》存世。

②匼匝（kē zā）：周匝环绕。

③受降城：汉唐时期都曾筑城以接受敌人投降，故名。

④羁愁：作客他乡所引起的愁绪。斛（hú）：中国旧量器名，亦是容量单位，唐朝之前一斛为十斗，宋朝开始改为五斗。

【评析】

宋恭帝德祐二年（1276），元军大兵直入南宋都城临安，俘虏三宫帝后、妃嫔及宫官三千多人，押往燕京，汪元量作为宫廷乐师，也在其中。途径淮河时，宫女的琴声哀怨凄凉，勾起了汪元量国破家亡的哀伤之情，感怀而作《水龙吟》。

上阕一开头就写出亡国的巨变："鼓鞞惊破《霓裳》，海棠亭北多风雨。"海棠亭，唐代宫廷内的沉香亭。《太真外传》记载："上皇登沉香亭诏太真妃子，妃子时卯醉未醒，命力士从侍儿扶掖而至。妃子醉颜残妆，鬓乱钗横，不能再拜。上皇笑曰：'岂是妃子醉，真海棠睡未足耳。'"这里借古喻今，写易代之际的历史巨变。这两句是说惊天动地的战鼓惊断了欢乐歌舞，朝廷还沉浸在轻歌曼舞之际，战争的腥风血雨就已然降落在深宫。

"酒阑歌罢，玉啼金泣，此行良苦。""金泣"用金人滴泪的典故，李贺《金铜仙人辞汉歌序》云："仙人临载，乃潸然泣下。"写易代之际被遣的悲哀。

"驼背模糊，马头匼匝，朝朝暮暮。"这三句承上"此行良苦"，并化用杜甫诗《送蔡希曾还陇右》"马头金匼匝，驼背锦模糊"之句，想象以后的亡国奴生活。"自都门宴罢，龙艘绵缆，空载得，春归去。""龙艘绵缆"用隋炀帝事，比喻帝后所乘之舟。"空"字浸透着深深的悲哀。"春归去"是自然的季节转换，也象征南宋国运的衰败终结。

下阕写船经淮河时的感受。"目断东南半壁，怅长淮、已非吾土。"王粲《登楼赋》有"虽信美而非吾土兮"句。望断江南半壁江山，怅恨长淮虽美，已非吾土。"受降城下，草如霜白，凄凉酸楚。"唐代李益《夜上受降城闻笛》诗有"受降城外月如霜"句，再次设想以后凄凉酸楚的亡国奴生活。"粉阵红围，夜深人静，谁宾谁主。"这几句又从未来回到现实。眼前的后妃、宫女，本来等级森严，如今皆为囚徒，已经不分谁主谁奴。"对渔灯一点，羁愁万斛，谱琴中语。"对着一盏渔灯，满怀愁绪，弹拨琴弦，诉说着一腔心绪。

这首词陈述词人亲身经历的亡国巨变，抒发被俘押解途中的真实感受，对现实境况的描写和未来境况的想象不断转换，在看似零落的思绪中更深刻真实地表现出其亡国的深哀剧痛和对国家个人前途的绝望。

张炎《国香慢》①

张炎叔夏，自号玉田，循王诸孙也。知音律，工诗词，入元不仕。浪游南北，杨守斋以"佳公子""穷诗客"目之②。尝游燕山，遇杭妓沈梅娇者，把酒相劳苦，犹能歌周清真《意难忘》《台城路》两阕③。且乞词于玉田，因为赋《国香慢》，书罗帕以赠云："莺柳烟堤。记未吟青子④，曾比红儿⑤。娴娇弄春微透，鬟翠双垂。不道留仙不住，更无梦、吹到南枝⑥。相看两流落，掩面凝羞，怕说当时。　凄凉歌楚调，袅余音不放，一朵云飞。丁香枝上，几度款语深期⑦。拜了花梢淡月，最难忘、弄影搴衣。无端动人处，过了黄昏，犹道休归。"

【注释】

①张炎（1248—约1320）：字叔夏，号玉田，又号乐笑翁。祖籍凤翔成纪（今甘肃天水），寓居临安（今浙江杭州）。宋末元初词人。著有《山中白云词》。《国香慢》：词牌名。双调，九十九字，上阕十句五平韵，下阕十句四平韵。

②杨守斋：即杨缵，字继翁，号守斋，又号紫霞翁。好古博雅，善作墨竹，好弹琴，又能自度曲。有《作词五要》传于世。

③《意难忘》：词牌名。双调，九十二字，上、下阕各九句六平韵。《台城路》：词牌名，又名《齐天乐》《五福降中天》《如此江山》。一百零二字，上、下阕各六仄韵。

④青子：泛指尚未黄熟的果实。

⑤红儿：唐代名妓杜红儿。后泛指美女。

⑥南枝：原意为朝南的树枝，比喻故土、故国。

⑦款语：轻声细语，软语。

【评析】

张炎是循王张俊六世孙，早期词反映贵公子的悠闲生活，词风深受周邦彦和姜夔的影响，注重音律的谐和、词句的工巧，后世亦以姜、张并称。南宋郑思肖在《山中白云词序》中称其"鼓吹春声于繁华世界，飘飘徵情，节节弄拍，嘲明月以谑乐，卖落花而陪笑"。宋亡后，张炎词风发生了巨大的变化，其后期词作的题材虽然也还是咏物、咏怀，但国破家亡的伤痛和个人浪迹江湖的凄苦，使其词的思想深度和格调都发生了深刻变化。所作词多寓今昔之感，凄楚苍凉。《四库全书总目》称其后期词"苍凉激楚，即景抒情，备写其身世盛衰之感，非徒以翦红刻翠为工"。论词专著《词源》对后世也有很大影响。

爱情是历代诗词永恒的话题。传统的爱情词不外乎男女相恋之情和离别之愁，还有歌楼妓馆的艳情之作。经历国破家亡的剧痛后，爱情词也往往会交织着家国之痛、身世之感和世事无常的感叹。张炎这首《国香慢》词就是这方面的代表作品。《国香慢》词前有序云："沈梅娇，杭妓也。忽于京师见之，把酒相劳苦，犹能歌周清真《意难忘》《台城路》二曲，因属余纪其事。以素罗帕书之。"

小序交代了写作背景：张炎与杭妓沈梅娇意外重逢于京师，此时已是国破家亡，各自流落异方，不再是往日歌舞升平的繁华之时。

首句"莺柳烟堤"追忆当年才子佳人相识相欢的美好情景。西子湖畔，柳树成阴，如烟似雾，笼罩着西湖堤岸，黄莺儿在柳叶间婉转的鸣唱。"记未吟青子"化用杜牧《叹花》诗中"绿叶成阴子满枝"句，比喻他当年喜欢的少女已为人妇为人母。这里用"未吟青子"是说二人相识时，正值美好的年少之时。"曾比红儿"化用唐人罗虬所作《比红儿》诗，写沈梅娇的娇俏可爱、明艳动人。"娴娇弄春微透，鬓翠双垂"，描写沈梅娇美好娇羞的少女形象。"不道留仙不住，更无梦、吹到南枝。"词调至此一转，由太平的欢乐转向流离的痛苦。"相看两流落，掩面凝羞，怕说当时"，回到眼前两人的重逢，往日的轻歌曼舞、优游繁华已烟消云散。不敢说，不忍回忆往昔美好温馨的生活。

"凄凉歌楚调，袅余音不放，一朵云飞。"如今重抚旧弦，歌的也只会是凄凉的思乡之音。"丁香枝上，几度款语深期。"久别重逢，两人互诉衷肠。"拜了花梢淡月，最难忘、弄影搴衣。无端动人处，过了黄昏，犹道休归。"依旧是花前月下，依旧是儿女情长，缠绵悱恻，但更别有一番滋味在清疏的黄昏花影间。

这首写男女重逢情意的词融入了沧桑巨变后深深的故国之思，昔日的甜美欢乐与今日的凄凉哀伤形成了巨大的反差，感情深沉蕴藉，极富感染力。

慕容嵓卿妻词①

平江雍熙寺，月夜，有客闻妇人歌《浣溪沙》云："满目江山忆旧游，汀花汀草弄春柔。长亭舣住木兰舟②。　好梦易随流水去，芳心犹逐晓云愁。行人莫上望京楼③。"声极凄婉。此词传至苏州，慕容嵒卿闻而惊曰："此余亡妻作也。"询所由来，则其妻停殡处耳。

【注释】

①慕容嵒（yán）卿：生卒年、事迹均不详。

②舣（yǐ）：停船靠岸。

③行人莫上望京楼：运用唐代诗人李益"感恩知有地，不上望京楼"（《献刘济》）的诗意，委婉地讽喻"行人"不要上京去求官。

【评析】

这首《浣溪沙》词以浓艳的笔调抒写凄怆的感情，缠绵曲折。

词的上阕由眼前的景物勾起对往事的回忆，表达缠绵悱恻的离愁别恨。

"满目江山忆旧游，汀花汀草弄春柔"，放眼望去，江山苍莽寥廓，意境辽远苍凉，这令人想起历历往事。这汀洲上的花花草草，依旧呈现着春日初生的娇柔，暗写旧日的柔情蜜意。可惜好景不长，两人长亭相

别。眼前的景物，正与当时长亭送别时相同，于是自然想起旧日情景，"长亭舣住木兰舟"。这片木兰舟本来常常荡漾在碧绿的柔波里，载着他们的欢乐，然而现在却停靠在岸边。

下阕抒写词人心中的哀怨和愁苦。"好梦易随流水去"，"好梦"承"忆旧游"，"易随流水去"又转出下文的"愁"字。两情脉脉的好梦已随着流水一去不复返了，但"芳心犹逐晓云愁"，她的一颗芳心仍然追逐着"晓云"一样飘游不定的行人，充满了愁苦。结句"行人莫上望京楼"，行人，指游子。因为登楼遥望，致无限的愁苦，所以出此"莫上"的反语。其独倚危栏，望断归舟的绵绵情思融于结句中，可谓"含不尽之意"。

辽萧后《回心院》词①

辽萧后，小字观音，工书，能歌词，善弹筝琶。天祐帝初甚宠之，敕为懿德皇后。帝后荒于游畋②，后讽诗切谏，帝遂疏之。后乃作《回心院》词，寓望幸之意也③。其一云："扫深殿，闭久金铺暗④。游丝络网尘作堆⑤，积岁青苔厚阶面。扫深殿，待君宴。"其二云："拂象床，凭梦借高唐。敲坏半边知妾卧，恰当天处少辉光。拂象床，待君王。"他如"换香枕""铺翠被""装绣帐""叠锦茵""展瑶席""剔银灯""爇熏炉""张鸣筝"。凡十首，皆情致缠绵，怨而不怒焉。

【注释】

①辽萧后：即萧观音（1040—1075），辽道宗耶律洪基的皇后，辽代女诗人。被辽道宗誉为女中才子。由于谏猎秋山被皇帝疏远，作《回心院》词十首。《回心院》：词牌名。萧观音自创。单调，六句二十八字，有平韵、仄韵二体。

②游畋（tián）：亦作"游田"，出游打猎。

③望幸：臣民、妃嫔盼望皇帝临幸。

④金铺：门户之美称。

⑤游丝：飘动着的蛛丝。

【评析】

萧观音是辽道宗耶律洪基的皇后，工书法，能自制歌词，善弹筝、弹琵琶，甚得辽道宗宠爱。但道宗后来耽于游猎，荒于时政，萧后写诗切谏，被疏失宠。萧后作《回心院》词十首，表达自己的感情，词收在辽王鼎的《焚椒录》中。

萧后的十首词，都是从宴寝游乐等日常生活方面，联章铺叙，反复咏叹，组成一组完整的生活场景。其中心非常明确统一，就是希望

道宗能了解自己的心曲，重新给予宠幸。十首词情感动人，是辽词中并不多见的佳作。

吴激词①

金学士吴激彦高，宋侍郎吴栻之子，米元章之婿也。靖康末，奉使北军，以知名士为所留，仕为翰林待制。工诗文，善书画，尤精乐府，与蔡松年齐名②，号"吴蔡体"。尝在燕山张总持家宴集③，张出侍姬佐酒。中有一人，意态摧抑。诘之，乃宣和殿小宫婢也。吴为赋《人月圆》云④："南朝千古伤心地，曾唱《后庭花》⑤。旧时王谢，堂前燕子，飞向谁家⑥。　偶然一见，仙肌胜雪，宫鬓堆鸦。江州司马⑦，青衫泪湿，同是天涯。"时宇文叔通亦赋《念奴娇》⑧，先成，及见此作，茫然自失。是后有向求乐府者，辄云："吴郎近以乐府名天下，可往求之。"其推重如此。吴又于会宁府遇老姬，善鼓瑟，自言是梨园旧籍⑨，亦为赋《春从天上来》云⑩："海角飘零。叹汉苑秦宫，坠露飞萤。梦回天上，金屋银屏。歌吹竞举青冥⑪。问当时遗谱，有绝艺、鼓瑟湘灵。但哀弹、似林莺呖呖，山溜泠泠⑫。　梨园太平乐府，醉几度春风，发变星星⑬。舞彻中原，尘飞沧海，风雪万里龙庭⑭。写胡笳幽怨，人憔悴、不似丹青。酒微醒。一窗凉月，灯火青荧。"

二词皆有故宫离黍之悲⑮，南北无不传诵焉。

【注释】

①吴激（1090—1142）：字彦高，号东山，建州（今福建建瓯）人。宋金时期文学家、书画家，被元好问推为"国朝第一作手"。从岳父米芾，工于书画。

②蔡松年（1107—1159）：字伯坚，真定（今河北正定）人。因家乡别墅有萧闲堂，故自号萧闲老人。宋金时期政治家、文学家。词作尤负盛名，与吴激齐名，时称"吴蔡体"，有文集《明秀集》传世。

③张总持：生卒年、事迹均不详。

④《人月圆》：词牌名。双调，四十八字，上阕五句两平韵，下阕六句两平韵。

⑤《后庭花》：乐府清商曲吴声歌曲名。唐为教坊曲名。本名《玉树后庭花》，南朝陈后主制。其辞轻荡，而其音甚哀，故后多用以称亡国之音。

⑥"旧时王谢"三句：内容来自唐刘禹锡《乌衣巷》诗："旧时王谢堂前燕，飞入寻常百姓家。"王谢，六朝望族王氏、谢氏的并称。后以"王谢"为高门世族的代称。

⑦江州司马：唐代诗人白居易曾被贬为江州司马，其诗《琵琶引》云："座中泣下谁最多？江州司马青衫湿！"后因以"江州司马"代称白居易。

⑧宇文叔通：即宇文虚中（1079—1146），初名黄中，宋徽宗亲改其名为虚中，字叔通，别号龙溪居士，成都广都（今成都双流）人。宋朝官员、诗人。词存《迎春乐》《念奴娇》两首。诗集不传，今存诗五十余首。

⑨梨园：因唐玄宗时于梨园教习艺人，后以"梨园"泛指戏班或演戏之所。

⑩《春从天上来》：词牌名。吴激自度曲，双调。

⑪青冥：形容青苍幽远。指青天。

⑫山溜：亦作"山霤"。山间向下倾注的细小水流。

⑬星星：头发花白貌。

⑭龙庭：亦作"龙廷"。原为匈奴单于祭天地鬼神之所，借指匈奴和其他边塞少数民族政权。

⑮故宫离黍：比喻怀念故国的情思。故宫，从前的宫殿。黍，指粮食作物。

【评析】

吴激是北宋宰相吴栻之子，书画家米芾之婿，能诗文善书画。吴激为金初词坛盟主，词作不多，多乡国之思之作，词风清婉。清代陈廷焯也评价说："金代词人，自以吴彦高为冠，能于感慨中饶伊郁，不独组织之工也。同时尚吴蔡体，然伯坚非彦高匹。"

王特起别妾词①

王监使特起，字正之，代州人。少工词赋，年四十余，方登第。晚置一妾，甚宠之。世所传《喜迁莺》词②，乃别妾作也。词云："东楼欢宴。记遗簪绮席，题诗罗扇。月枕双歌，云窗同梦，相伴小花深院。旧欢顿成陈迹，翻作一番新怨。素秋晚③。听《阳关三叠》，一尊相饯。　　留恋。情缱绻。红泪洗妆，雨湿梨花面。雁底关河，马头星月，西去

一程程远。但愿此心如旧，天也不违人愿。再相见。老生
涯，分付药炉经卷。"

【注释】

①王特起：生卒年不详，字正之，崞县（今山西原平）人。好学，智识精
深，多才多艺，对于音乐技艺、辞赋、经史无所不通。《中州集》录其诗七首，
《全金元词》收其词五首。

②《喜迁莺》：词牌名，又名《鹤冲天》《万年枝》《春光好》等。双阕，
一百零三字，上、下阕各五仄韵。另有变格平仄韵转换。

③素秋：秋季。五行之中秋属金，其色白，所以秋季称素秋。

【评析】

这首词是与爱妾离别之作。

"东楼欢宴。记遗簪绮席，题诗罗扇。月枕双欹，云窗同梦，相伴小花深
院。"这几句是对两人欢乐生活的描写：欢乐的宴会、簪子掉落在绮席上，在
轻罗小扇上题诗，月下两人双双斜倚在枕头上，深院花间相伴，一幕幕生活
场景，温馨安宁欢乐。可是两人就要远别了，"旧欢顿成陈迹，翻作一番新怨。
素秋晚。听《阳关三叠》，一尊相饯。"在离别的晚筵上，以《阳关三叠》诉
说离愁别恨。

"留恋。情缱绻。红泪洗妆，雨湿梨花面"，写离别的流连缱绻和哀伤。
"雁底关河，马头星月，西去一程程远"，这几句写去程的辽远，景色凄黯。
"但愿此心如旧，天也不违人愿。再相见。老生涯，分付药炉经卷。"最后是

永结同心的誓愿，表达了对今后团圆的期盼。

　　词贵在描写点点滴滴生活场景，情真意切。

李冶赋《双蕖怨》①

　　大名民家，有男女以私情不遂，相约赴水死。后三日，两尸相携，浮于水滨。是岁陂中莲花②，无不并蒂者。乐城李仁卿为赋《双蕖怨》云："为多情和天也老，不应情遽如许。请君试听《双蕖怨》，方见此情真处。谁点注。香潋滟、银塘对抹胭脂露。藕丝几缕。绊玉骨春心，金沙晓泪③，漠漠瑞红吐④。　　连理树⑤。一样骊山怀古。古今朝暮。云雨六郎夫妇⑥。三生梦、幽恨从来艰阻。须念取。共翡翠鸳鸯，照影长相聚。秋风不住。怅寂寞芳魂，轻烟北渚。凉月又南浦。"仁卿名冶，金进士，后入元为学士。

【注释】

①李冶（1192—1279）：原名李治，字仁卿，自号敬斋，真定栾城（今属河北石家庄）人。金元时期的数学家、诗人。有《敬斋集》。《双蕖怨》：词牌名，又名《买陂塘》《迈陂塘》《摸鱼儿》等。双调，一百一十六字，上阕六仄韵，下阕七仄韵。

②陂（bēi）：池塘。

③金沙：指金沙罗，一种开花似酴醾、红艳夺目的树木。这里借喻荷花。

④漠漠：茂盛、浓郁貌。

⑤连理树：枝或根合生在一起的两棵树，常用来比喻恩爱夫妇。

⑥六郎夫妇：是用唐武则天宠臣张昌宗（排行第六，人称六郎）夫妇不能经常相守的典故。

【评析】

李冶的这首《双蕖怨》词咏叹一对青年男女因恋情受挫而投水的故事。

一对青年男女因爱情受挫而双双投水自杀，陂塘遍开并蒂莲，这件奇事在当时文坛引起了很大反响。元好问写词咏叹其情，李冶又和之而作此词。

"为多情和天也老"，词一开始便突出一个"情"字，多情足以感天动地，连天也为之情伤共老。"不应情遽如许"，"不应"，是为他们惋惜，"情遽如许"，则是对二人情之深挚强烈的惊叹。"请君试听《双蕖怨》，方见此情真处"，这种感情是多么的令人惊叹？词人以小说一样的结构引人侧耳倾听。"谁点注。香潋滟、银塘对抹胭脂露"，写二人沉水之塘的景色，凄艳哀美。"藕丝几缕。绊玉骨春心，金沙晓泪，漠漠瑞红吐"，缕缕藕丝恰如二人斩不断的情丝，牵绊着两副玉骨两颗春心。上阕以银塘双荷的形象，写其丝丝相连、春心共守、红香滴泪，意象凄绝艳美，实则以物喻人，叹其情之感动的力量。

下阕以"连理树。一样骊山怀古"承上启下，将时事与故实相联系，"古今朝暮。云雨六郎夫妇"，一样深情，转瞬即逝，古今共具。连理树和并蒂莲一样是夫妇恩爱、长相厮守的象征，由此转入对古代的许多美丽传说的追述。骊山，指唐玄宗和杨贵妃的爱情悲剧。"须念取。共翡翠鸳鸯，照影长相聚"，词人又以并蒂莲还能与成双成对的鸳鸯、翠鸟照影长伴为辞，告慰这对殉情男女的亡灵。"秋风不住。怅寂寞芳魂，轻烟北渚。凉月又南浦"。但秋风不断，惆怅寂寞的芳魂飘荡在凄迷的轻烟北渚中，清冷的月光又笼罩在南浦之上。词在清冷高华、凄婉迷蒙的境界中结束，留下人生长恨、千古同悲的深深叹息。

赵孟頫赠贵贵词①

　　赵松雪以承平王孙，而遭世变，故其词多感慨。尝于李叔固丞相席上，赠其歌姬贵贵云："满捧金杯低唱词。尊前再拜索新诗。老夫惭愧鬓成丝。　　罗袖染将修竹翠，粉香须上小梅枝。相逢不似少年时。"

【注释】

①赵孟頫（fǔ，1254—1322）：字子昂，号松雪道人，又号水精宫道人、鸥波，浙江吴兴（今浙江湖州）人。宋末元初著名书法家、画家、诗人。赵孟頫博学多才，特别是书法和绘画成就最高。绘画开创元代新画风，被称为"元人冠冕"。书法以楷、行书著称于世，创"赵体"书，与欧阳询、颜真卿、柳公权并称"楷书四大家"。

【评析】

　　赵孟頫以书法名，他的绘画成就也相当高。其赠歌妓贵贵词也融有其书画艺术的功力。"满捧金杯低唱词。尊前再拜索新诗"，写贵贵奉酒索词，形象如在目前。"老夫惭愧鬓成丝","罗袖染将修竹翠",词人年老鬓发之白与贵贵罗袖修竹之翠,两相对照,形成鲜明的对比。"粉香须上小梅枝。相逢不似少年时",结句颇带诙谐。

赵管词

松雪夫人管仲姬①,生泖西②,今其里尚名管道。善画竹,亦工诗词,尝题《渔父图》云:"人生贵极是王侯,浮利浮名不自由。争得似,一扁舟,弄月吟风归去休。"松雪和云:"渺渺烟波一叶舟,西风木落五湖秋。盟鸥鹭③,傲王侯,管甚鲈鱼不上钩。"

【注释】

①管仲姬:即管道升(1262—1319),字仲姬,一字瑶姬。赵孟𫖯妻。元代女书法家、画家、诗词家。精于诗。尤擅画墨竹梅兰,首创晴竹新篁。存世有《水竹图》《竹石图》等。

②泖(mǎo):湖名。又名三泖。在上海青浦西南,松江西和金山西北,现已淤为平地。

③盟鸥鹭:与鸥鹭鸟订盟同住水乡,比喻退隐。

【评析】

管仲姬自幼聪慧,能诗善画,嫁给赵孟𫖯,常常互相唱和。赵孟𫖯晚年官居从一品，贵倾朝野，但由于是宋室后裔，在元为官，心情郁闷，因此潜心书画以自遣。管仲姬曾填过四首《渔父图》劝其归去，这是第四首。

"人生贵极是王侯，浮利浮名不自由。争得似，一扁舟，弄月吟风归去休。"一个闺房女子而有此见识，可谓清标高举，不同凡俗。

后来管仲姬病，赵孟𫖯多次上书请求，得准送夫人南归。至山东临清，管仲姬病逝于舟中。三年后，赵孟𫖯也去世。两人合葬于浙江德清东衡山南麓。

管仲姬相夫教子，培养子孙后代传承书画艺术，使赵氏三代出了七个大画家，一门流芳百世，管夫人之才德品格功业都非同寻常。

元好问《小圣乐》①

燕都万柳堂②，亦一燕游佳处也。廉野云尝于夏月置酒③，邀卢疏斋、赵松雪为销暑之会④，召名姬解语花以佐欢。席间刘姬左手擎荷花，右手捧玉杯，歌《小圣乐》以劝客词云："绿叶阴浓，遍池亭水阁，偏趁凉多。海榴初绽⑤，朵朵蹙红罗⑥。乳燕雏莺弄语，对高柳鸣蝉相和。骤雨过，似琼珠乱撒，打遍新荷。　　人生百年有几，念良辰美景，休放虚过。富贵前定，何用苦张罗。命友邀宾宴赏，饮芳醑、浅斟低歌⑦。且酩酊，从教二轮，来往如梭。"赵大喜，即席赠以长句焉。《小圣乐》，元遗山所制曲也。

【注释】

①元好问（1190—1257）：字裕之，号遗山，太原秀容（今山西忻州）人。金末元初作家和历史学家，是宋金对峙时期北方文学的主要代表、文坛盟主，又是金元之际在文学上承前启后的桥梁，被尊为"北方文雄""一代文宗"。其诗、文、词、曲各体皆工，诗作成就最高。有《元遗山先生全集》《中州集》存世。《小圣乐》：曲牌名。双调，九十五字，上阕十句三平韵、一叶韵，下阕十句四平韵。

②燕都：或称"燕京"。原为燕国都城，后为元明清三代都城，即今日之北京。

③廉野云：即廉希宪（1231—1280），字善甫，畏兀儿人。元代政治家，官至中书平章政事。

④卢疏斋：即卢挚（1242—1314），字处道，一字莘老，号疏斋，又号蒿翁，涿郡（今河北涿州）人。诗文与散曲皆有盛名。今人有《卢疏斋集辑存》。

⑤海榴：即石榴。

⑥罗：即纱罗。

⑦芳醑（xǔ）：美酒。

【评析】

这首《小圣乐》词上阕写晏会风景之美，下阕劝宾朋及时行乐，开怀畅饮。

上阕"绿叶阴浓，遍池亭水阁，偏趁凉多"，写环境的优美宜人，绿阴遍地，亭阁架池，正是消夏的好处所。"海榴初绽，朵朵蹙红罗"，石榴花初放，像红罗扎成一样，赏心悦目。"乳燕雏莺弄语，对高柳鸣蝉相和"，乳燕雏莺与鸣蝉相应和，稚嫩的叫声甚是可爱。"骤雨过，似琼珠乱撒，打遍新荷"，水里的清荷经雨清洗，更是鲜丽夺目。一片新鲜、生机勃勃、色彩分明的景象。

下阕"人生百年有几，念良辰美景，休放虚过"，如此美景，怎可虚度？"富贫前定，何用苦张罗"，贫富自有前生定，苦苦营求有什么用？"命友邀宾宴赏，饮芳醑、浅斟低歌。且酩酊，从教二轮，来往如梭"，于是邀宾朋欢聚一堂，一同欣赏美景，开怀畅饮。

词写景清丽，格调明朗豪放。

罗志仁《虞美人》①

净慈尼，宋旧宫人也。罗志仁为赋《虞美人》云："君王曾识如花面。往事多恩怨。霓裳和泪换袈裟。又送銮舆北去、听琵琶②。　当年未削青螺髻。知是归期未。天花交室万缘空③。结绮临春何处、泪痕中④。"

【注释】

①罗志仁：生卒年不详，字寿可，号秋壶，清江（今江西樟树西南）人。宋末元初词人。《全宋词》录其词七首。

②銮舆：天子的乘舆。亦借指天子。

③天花：亦作"天华"。佛教语。指开在西方极乐净土的"天界仙花"。

④结绮：即结绮阁。南朝陈后主曾建临春、结绮、望仙三阁，阁高数丈，并数十间，窗牖、壁带之类皆以沉檀香木为之，饰以金玉，间以珠翠，其服玩之属，瑰奇珍丽，穷极奢华。

【评析】

这首《虞美人》词是为一个削发为尼的旧日宫人而作。

词一开始就说明主人公以前为宫女的身份，"君王曾识如花面"，年轻貌美，曾得君王眷顾。"往事多恩怨"，而恩恩怨怨都已成为往事，如今"霓裳和泪换袈裟"，已是穿上袈裟的出家人。"和泪"，见其出家的不得已。"又送銮舆北去、听琵琶"，南宋覆亡，宫中人被掳往北方，故云"又送銮舆北去"。琵琶声里有多少哀怨。

"当年未削青螺髻。知是归期未"，又回到未出家时，交待出家缘由，归期无望，只能出家避祸。"天花交室万缘空。结绮临春何处、泪痕中"，如今在空荡荡的佛殿，窗前万般春色，也只能和泪相看。

词中写宫人出家的无奈、痛苦，纯以形象出之。一个宫人的遭遇，也是一个王朝遭遇的缩影。

拜住《菩萨蛮》①

宣徽使孛罗家，有杏园，每春日，宅眷常戏秋千于园中。适签枢帖木耳之子拜住，过墙外，窥见一女绝色，归白之父，乞委禽焉②。孛罗欣然，邀拜住来，告以能赋秋千词，得佳作，即以此女妻之。拜住当成《菩萨蛮》，以国书写之云③："红绳画板柔荑指④，东风燕子双双起。夸俊与争高，先将裙系牢。　牙床和困睡⑤，一任金钗坠。推枕觉来迟，纱窗月上时。"孛罗阅词大喜，纳为婿焉。

【注释】

①拜住（1298—1323）：蒙古札剌儿氏，元朝政治家。好儒学，通汉族传统礼仪。与元英宗君臣推行新政，锐意改革，制定和颁布了《大元通制》。

②委禽：即纳采，下聘。古代婚礼男方都要向女方送上雁作为订婚的聘礼，故称下聘为"委禽"。

③国书：国字，官方使用的文字。

④柔荑（tí）：茅草的嫩芽，多比喻女子柔嫩洁白的手。

⑤牙床：有象牙雕刻装饰的床。泛指制作精美的床。

【评析】

明代凌濛初的拟话本小说《初刻拍案惊奇》中有"宣徽院仕女秋千会　清安寺夫妇笑啼缘"，说的是拜住与宣徽使爱女速哥失里的爱情传奇。拜住在宣徽使家墙外偶见其女在院子的杏花间荡秋间，一见倾心，前往求亲。宣徽使见其气宇轩昂，又是贵胄之家，便有意将爱女嫁给他。又怕他是浮华公子，就试他诗赋之才，拜住就写了这首《菩萨蛮》。后来，拜住家遭遇不幸，宣徽使之女另嫁不从自缢，棺柩停在一个寺庙里。拜住听说后感其情，于深夜到寺，抚棺痛哭，速哥失里死而复生。最后两人终结良缘。明代李昌祺的传奇小说《剪灯余话》也记载有这则传奇。

刘鼎玉《少年游》①

刘鼎玉见友人与女客对棋，戏赋《少年游》云：“石榴花下薄罗衣，睡起却寻棋。未省高低，被伊春笋②，拈了白琉璃。　钏脱钗斜浑不省，意重子声迟③。对面痴心，只愁收局，肠断欲输时。”

【注释】

①刘鼎玉：即刘铉，生卒年不详。南宋词人。

②春笋：春季的竹笋。这里比喻女子纤润的手指。

③子声：做声。

【评析】

《少年游》词着重写一位女子下棋时专注的神态，手钏脱落了，头上的发钗也偏斜了，可是她浑然不觉，只全神贯注在棋盘上，形象逼真如现。

刘天迪《一萼红》①

西昌刘天迪，尝于旅邸夜闻南妇哭北夫者，因赋《一萼红》云：“拥孤衾②，正朔风凄紧，毯帐夜惊寒。春梦无凭，秋期又误，迢递烟水云山③。断肠处，黄茆瘴雨④，恨骢马、憔悴只空还⑤。揉翠盟孤，啼红怨切，暗老朱颜。　　暗叹扬州十里，甚倡条冶叶，不省春残。蔡女哀笳⑥，昭君怨曲，何预当日悲欢。漫赢得、西邻倦客，空惆怅，今古上眉端⑦。梦破梅花，角声又报更阑。"

【注释】

①刘天迪：号云闲，西昌（今江西泰和西）人。南宋末遗民词人。《全宋词》录其词六首。《一萼红》：词牌名。双调，一百零八字，有平韵、仄韵两体，后者少见。

②孤衾：原意为一床被子，常用来比喻独宿。

③迢递：形容遥远。

④黄茆（máo）瘴：亦称"黄芒瘴"。我国岭南地区在秋季草木黄落时的瘴气。茆，同"茅"。

⑤骢马：指青白色相杂的马。

⑥蔡女：即蔡文姬（约177—？），名琰，原字昭姬，晋时避司马昭讳，改字文姬，陈留圉（今河南开封杞县）人。东汉大文学家蔡邕的女儿，擅长文学、音乐、书法，是中国历史上著名的才女和文学家。代表作有《胡笳十八拍》《悲愤诗》等。

⑦今古：过去，往昔。借指消逝的人事、时间。

【评析】

刘天迪在旅馆夜晚听到一个南方的妇人哭在北方的丈夫，因此作《一萼红》词。

词的上阕写北地的孤寒。"拥孤衾，正朔风凄紧，毯帐夜惊寒"，朔风凄紧，吹透了毯帐和孤衾，征人被一阵寒风吹醒。"春梦无凭，秋期又误，迢递烟水云山"，春天团圆的美梦没有实现，秋天又误了归期，归乡的路隔着千重山万条水，遥遥无期。"断肠处，黄茆瘴雨，恨骢马、憔悴只空还"，令人哀伤断肠处，是一片衰败的茅草和满天的瘴雨中，只有憔悴的骢马独自空空地回来了。"揉翠盟孤，啼红怨切，暗老朱颜"，在家的思妇只有以泪洗面，暗老红颜。

"暗叹扬州十里，甚倡条冶叶，不省春残"，暗暗地感叹，十里扬州繁华地，歌女不识这等苦滋味。"蔡女哀笳，昭君怨曲，何预当日悲欢"，就是蔡琰的哀笳声和王昭君幽怨的歌曲，也不曾表达出这样的悲欢之情。蔡女，即蔡琰，曾作过《胡笳十八拍》写她在战乱中的遭遇和在胡地思乡的忧伤之情。昭君，即远嫁匈奴的王昭君。"漫赢得、西邻倦客，空惆怅，今古上眉端"，令西邻倦客空惆怅，今古离别的哀伤一起涌上心头，跳上眉间。结尾"梦破梅花，角声又报更阑"，以角声报夜深结束，如一声叹息，悠悠不尽。

张翥题《杏花春雨词卷》①

楚芳、吴兰，江南名姬也。张仲举题柯敬仲所藏虞伯生

《杏花春雨词卷》②，曾述之。词云："记兰亭旧时风景，西楼灯火如昼。严城月色依然好③，无复绮罗游冶。欢意谢。向客里相逢，还有思陶写。金章翠斝④。把锦字新声，红牙小拍，分付倦司马⑤。　　繁华梦、唤起燕娇莺姹。肯教孤负元夜。楚芳玉润吴兰媚，一曲'夕阳西下'。沈醉罢。君试问人间，谁是无情者。先生归也。但留意江南，杏花春雨，和泪在罗帕。"盖伯生题词于罗帕，以寄敬仲，敬仲装潢作轴，故末句纪其事云。

【注释】

①张翥（zhù，1287—1368）：字仲举，晋宁（今山西临汾）人。元代诗人。遗稿多散失，今存《蜕庵诗集》，词两卷。

②柯敬仲：即柯九思（1290—1343），字敬仲，台州仙居（今属浙江）人。素有诗、书、画三绝之称。代表画作《竹石图》《清阁阁墨竹图》《双竹图》。虞伯生：即虞集（1272—1348），字伯生，号道园，人称邵庵先生。元代学者、诗人。曾领修《经世大典》，著有《道园学古录》《道园遗稿》。

③严城：戒备森严的城池。

④金章：古代高级官员的官服。斝（jiǎ）：古代汉族用于温酒的酒器，也被用作礼器。

⑤司马：指司马相如。

【评析】

　　据《元史》记载，张翥少时，自负才隽，豪放不羁，好蹴鞠，喜音乐。后来闭门读书，受业于江东大儒李存。李存的学问传自于陆九渊，因此，张翥跟随李存于道德性命之说多所研究。后来又师从仇远学诗，尽得其音律之奥，遂以诗文知名一时。在江南居住的时间很长，从学者众。

　　张翥长于诗，尤善律诗，亦工于词。张翥的词缺乏社会内容，因为长时间在东南歌舞之地为官，赠与歌妓之词很多。但也有一些苍凉慷慨之作，寓人世炎凉于豪放之中，颇为清人推崇。

赠珠帘秀词

　　名妓珠帘秀者，姓朱氏，以色艺著。胡紫山宣慰甚眷之[①]，尝为赋《沉醉东风》云[②]："锦织江边翠竹，绒穿海上明珠。月淡时，风清处，都隔断软红尘土。一片闲情任卷舒，挂尽朝云暮雨。"此元人小令也。冯海粟待制亦赠以《鹧鸪天》云[③]："十二阑干映远眸[④]，醉香空断楚天秋。虾须影薄微微见，龟背纹轻细细浮。香雾掩，翠云收。海霞为带月为钩。夜来卷尽西山雨，不着人间半点愁。"二词皆以珠帘寓意云。

【注释】

　　①胡紫山：即胡祗遹（zhǐ yù，1227—1295），字绍开（闻），号紫山，磁

州武安（今属河北）人。元代官员、文学家。学出宋儒，著述较丰，有诗文集《紫山大全集》传世，另存世散曲小令十一首。

②《沉醉东风》：元小令曲牌名。七句六韵，句式为六六、三三七、七七。一、二句须对仗，除第六句外，七字句须以上三下四句法。

③冯海粟：即冯子振（1253—1348），字海粟，自号瀛洲洲客、怪怪道人，攸州（今湖南攸县）人。元代散曲家。一生著述丰厚，有《居庸赋》《十八公赋》《华清古乐府》《海粟诗集》等书文传世。

④十二阑干：曲曲折折的栏杆。十二，言其曲折之多。

【评析】

珠帘秀是元代早期的杂剧女演员。据元代夏庭芝撰《青楼集》记载，珠帘秀"姿容姝丽，杂剧为当今独步，驾头、花旦、软末泥等，悉造其妙，名公文士颇推重之"，后人尊称她为"朱娘娘"。珠帘秀家境贫寒，但色艺双绝，许多元曲作家都对她非常器重，如关汉卿、胡祗遹、卢挚、冯子振、王涧秋等，和她常常以词曲相赠答。关汉卿曾这样形容她："富贵似侯家紫帐，风流如谢府红莲。"又有："十里扬州风物妍，出落着神仙。"坊间也流传着她和关汉卿的爱情故事。

刘燕哥《太常引》①

燕山妓刘燕哥，能为小词。齐参议还山东，刘赋《太常引》饯之云："故人别我唱《阳关》。奈无计、锁雕鞍②。今古别离难。倩谁画、蛾眉远山③。　　一尊别酒，一声杜宇，寂寞又春残。明日小楼间。第一夜、相思泪弹。"

【注释】

①《太常引》：词牌名，又名《太清引》《腊前梅》。正体为双调，四十九字，上阕四平韵，下阕三平韵。变格为双调，五十字，上阕四句四平韵，下阕五句三平韵。

②锁雕鞍：锁住鞍马，意为留住远行之人。雕鞍，雕花马鞍，这里指远行的坐骑。

③蛾眉远山：指美女的秀眉。

【评析】

关于刘燕歌，明代梅鼎祚的《青泥莲花记》载：刘燕歌善歌舞，齐参议还山东，刘赋《太常引》以饯，至今脍炙人口。清代沈雄的《古今词话》亦云：刘燕歌有饯行《太常引》词，传唱一时。《全元散曲》未载，《北词广正谱》、近人辑本《元人小令集》中录有此曲。

这是一首离别曲。"故人别我唱《阳关》。奈无计、锁雕鞍"，写别离之际，唱一曲《阳关三叠》，不忍离别，但又没有办法锁住离人的鞍马，表现离别之情真挚深切。"今古别离难。倩谁画、蛾眉远山"，道出别离的艰难，别情的惆怅。"一尊别酒，一声杜宇，寂寞又春残"，离别的酒和泣血的杜宇，取象简洁又极富表达力。"明日小楼间。第一夜、相思泪弹"，此时小楼伤别，而明日将独自倚楼洒相思之泪，对以后相思苦的揣想更加深了眼前不忍离别的忧伤之情。

　　小词情真意切，情思哀婉缠绵，《古今词话》《词苑萃编》都说这首词"传唱一时，脍炙人口"。